LE CANTIQUE
DES INNOCENTS

Chez le même éditeur

Mort à La Fenice
Mort en terre étrangère
Un Vénitien anonyme
Le Prix de la chair
Entre deux eaux
Péchés mortels
Noblesse oblige
L'Affaire Paola
Des amis haut placés
Mortes-eaux
Une question d'honneur
Le Meilleur de nos fils
Sans Brunetti
Dissimulation de preuves
De sang et d'ébène
Requiem pour une cité de verre

DONNA LEON

LE CANTIQUE
DES INNOCENTS

*Traduit de l'anglais (États-Unis)
par William Olivier Desmond*

calmann-lévy

Titre original anglais :
SUFFER THE LITTLE CHILDREN
Première publication : William Heinemann, Londres, 2007

© Donna Leon et Diogenes Verlag AG Zurich, 2007

Pour la traduction française :
© Calmann-Lévy, 2010

ISBN 978-2-7021-4079-6

Pour Ravi Mirchandani

Welche Freude wird das sein,
Wenn die Götter uns bedenken,
Unsrer Liebe Kinder schenken,
So liebe kleine Kinderlein!

Quel bonheur cela sera-t-il
Quand les dieux bienveillants
Bénirons notre amour avec des enfants,
Avec d'adorables petits enfants!

Wolfgang Amadeus Mozart,
La Flûte enchantée

1

« … et alors, ma belle-fille m'a dit que je devais venir ici et vous en parler. Moi, je n'en avais pas envie, et mon mari m'a dit que j'étais une idiote de vouloir avoir affaire à vous parce que ça ne me causerait que des ennuis, et il a assez d'ennuis pour le moment. Il a dit que ce serait comme la fois où le voisin de son oncle avait fait un branchement sauvage et commencé à lui voler son électricité, et qu'il avait appelé pour le signaler et que quand ils étaient venus, ils lui avaient dit de…

— Excusez-moi, signora, mais pourrait-on revenir à ce qui s'est passé le mois dernier?

— Bien sûr, bien sûr, mais toujours est-il que ça lui a coûté trois cent mille lires, en fin de compte.

— Signora.

— Ma belle-fille m'a dit que si je le faisais pas, elle vous appellerait elle-même, mais comme c'est moi qui l'ai vue, c'est probablement mieux que ce soit moi qui vous le dise, non?

— Certainement.

— Alors quand ils ont annoncé de la pluie à la radio, ce matin, j'ai mis mon parapluie et mes bottes près de la porte juste au cas où, mais finalement il n'a pas plu, hein?

— Non, il n'a pas plu, signora. Mais vous vouliez me parler de quelque chose d'inhabituel qui s'est passé dans l'appartement en face du vôtre.

— Oui, cette fille.

— Quelle fille, signora?

— La jeune, celle qui était enceinte.

— Quel âge avait-elle, à votre avis, signora?

— Oh, dix-sept ans, peut-être, ou peut-être un peu plus, ou un peu moins. J'ai eu deux fils, vous comprenez, et je l'aurais bien vu si ç'avait été un garçon, mais c'était une fille.

— Et vous dites qu'elle était enceinte, signora?

— Oui. Et près de la fin. En fait, c'est pour ça que j'en ai parlé à ma belle-fille, et c'est là qu'elle m'a dit de venir vous en parler.

— Parce qu'elle était enceinte?

— Parce qu'elle avait accouché.

— Et où a-t-elle accouché, signora?

— Juste là, dans la rue, en face de chez moi. Enfin, pas dehors dans la *calle*, je veux dire dans l'appartement de l'autre côté de la rue. Pas exactement celui en face du mien, il fait face à la maison voisine, en fait, mais comme le bâtiment dépasse un peu, je peux voir par les fenêtres et c'est comme ça que je l'ai vue.

— Où cela se trouve-t-il exactement, signora?

— Calle dei Stagneri. Vous la connaissez. C'est près de San Bartolo, la *calle* qui descend jusqu'au Campo de la Fava. J'habite du côté droit, elle habitait du côté gauche, celui où il y a la pizzeria, sauf qu'on se trouve tout au bout, du côté du pont. L'appartement appartenait autrefois à une vieille dame – je n'ai jamais su son nom –, mais elle est morte et son fils en a hérité, et il a commencé à le louer, vous savez comment font les gens, à la semaine, à des étrangers, ou au mois.

« Mais quand j'y ai vu la fille et que j'ai vu qu'elle était enceinte, j'ai pensé qu'il avait peut-être décidé de le louer comme un véritable appartement, avec un bail et tout. Et si elle était enceinte, c'est qu'elle était de chez nous et pas une touriste, n'est-ce pas? Mais évidemment, ça rapporte davantage de louer à la semaine, en particulier à des étrangers.

Et en plus on n'est pas obligé de payer le... Oh, désolée. Je suppose que ce n'est pas important, hein ? Comme je disais, elle était enceinte, alors je me suis dit qu'il devait s'agir d'un jeune couple, puis je me suis rendu compte que je n'avais jamais vu son mari.

— Combien de temps y est-elle restée, signora ?

— Oh, pas plus d'une semaine, peut-être même un peu moins. Mais assez longtemps pour que je finisse par connaître ses habitudes, plus ou moins.

— Et pouvez-vous me dire quelles étaient ses habitudes ?

— Ses habitudes ?

— Oui.

— Eh bien, je ne l'ai pas tellement vue. Sauf quand elle passait devant la fenêtre et allait dans la cuisine. Si elle se faisait la cuisine, parce que je ne l'ai jamais vue la faire. Mais je ne sais rien du reste de l'appartement, alors je ne sais pas vraiment ce qu'elle y faisait. Je suppose qu'elle faisait juste qu'attendre.

— Attendre ?

— Que le bébé naisse. Ils viennent quand ils veulent.

— Je vois. Vous a-t-elle jamais remarquée, signora ?

— Non, j'ai des rideaux à mes fenêtres, mais elle n'en avait pas. Et la rue est tellement sombre qu'on ne voit pas grand-chose à travers les fenêtres, de l'autre côté, sauf qu'il y a deux ans, ou quelque chose comme ça, ils ont mis un de ces nouveaux lampadaires juste en face de son appartement, alors c'est toujours éclairé toute la nuit. Je ne comprends pas comment les gens supportent ça. Nous, on dort avec les volets fermés, mais quand on n'a pas de volets, comment peut-on avoir une bonne nuit de sommeil, dites-moi ?

— Vous avez raison, signora. Vous dites que vous n'avez jamais vu son mari ; vous avez peut-être vu d'autres personnes avec elle ?

— Des fois. Mais toujours le soir. Après l'heure du dîner, même si je ne l'ai jamais vue faire la cuisine. Mais elle devait bien la faire, pas vrai ? Ou alors quelqu'un lui apportait à manger, non? Il faut manger, quand on est enceinte. Moi, je dévorais comme un loup quand j'attendais mes garçons. Je suis bien tranquille qu'elle mangeait, sauf que je ne l'ai jamais rien vue préparer elle-même. On ne peut tout de même pas laisser une femme enceinte quelque part et ne pas lui donner à manger, hein?

— Certainement pas, signora. Et qui avez-vous vu d'autre avec elle, dans l'appartement?

— Parfois des hommes venaient, ils s'asseyaient autour de la table de la cuisine et ils parlaient. Ils fumaient, alors ils ouvraient la fenêtre.

— Combien étaient-ils, signora?

— Trois. Ils s'asseyaient à la table de la cuisine, la lumière allumée, et ils parlaient.

— En italien, signora?

— Laissez-moi réfléchir. Oui, ils parlaient italien mais ils n'étaient pas de chez nous. Pas vénitiens, je veux dire. Je ne sais pas quel dialecte ils parlaient, mais ce n'était pas du vénitien.

— Et ils ne faisaient que ça, s'asseoir autour de la table et parler?

— Oui.

— Et la fille?

— Je ne l'ai jamais vue avec eux. Lorsqu'ils étaient partis, elle venait des fois dans la cuisine pour se prendre un verre d'eau, peut-être. En tout cas, je l'ai vue à la fenêtre.

— Mais vous ne lui avez jamais parlé?

— Non, comme je vous ai dit, je n'ai jamais eu affaire à elle ni à ces hommes. J'ai juste fait que la regarder en me disant qu'elle aurait dû manger quelque chose. J'avais tellement faim quand j'étais enceinte de Luca et de Pietro. Je mangeais tout le temps. J'ai eu de la chance de ne pas prendre plus de...

— Et les hommes mangeaient-ils, signora?

— Manger? Non, je ne crois pas les avoir vus manger. Jamais. C'est bizarre, maintenant que vous me le dites, non? Et ils ne buvaient rien non plus. Ils étaient juste assis là à parler, comme s'ils attendaient le vaporetto. Après leur départ, elle venait des fois dans la cuisine mais elle n'allumait jamais. C'est ça qui était curieux : elle n'allumait jamais, à la nuit tombée, nulle part dans l'appartement, en tout cas pour ce que je pouvais en voir. Je voyais très bien les hommes assis à la table, mais elle, je ne l'ai vue que pendant le jour, ou alors quand elle passait devant une fenêtre, le soir.

— Et qu'est-ce qui s'est passé, ensuite?

— Un soir, je l'ai entendue qui criait, mais je ne sais pas ce qu'elle disait. Il me semble avoir reconnu le mot *"mamma"*, mais je n'en suis pas vraiment sûre. Puis j'ai entendu les cris d'un nouveau-né. Vous savez, cette manière qu'ils ont de crier? Ça ne ressemble à rien d'autre. Je me rappelle, quand Luca est né…

— Y avait-il quelqu'un d'autre, à ce moment-là?

— Quoi? Quand?

— Quand le bébé est né.

— Je n'ai vu personne, si c'est ce que vous voulez dire, mais il y avait forcément quelqu'un. On ne peut tout de même pas laisser une pauvre fille accoucher toute seule, hein?

— À l'époque, signora, vous êtes-vous demandé pourquoi elle vivait seule dans l'appartement?

— Oh, je ne sais pas. Je me suis dit que son mari était peut-être ailleurs pour son travail, ou qu'elle n'en avait pas, et que le bébé était arrivé trop vite pour qu'elle ait le temps d'aller à l'hôpital.

— Pourtant, signora, l'hôpital n'est qu'à quelques minutes de là, non?

— Je sais, je sais. Mais des fois, tout se passe très vite, vous savez. Pour mes deux fils, ça m'a pris longtemps, mais j'ai connu des femmes pour qui c'était réglé en une demi-heure ou une heure, alors je me suis dit que c'était ce qui avait dû lui arriver. Je l'ai entendue, puis j'ai entendu le bébé, puis je n'ai plus rien entendu.

— Et qu'est-ce qui s'est passé ensuite, signora?

— Le lendemain, ou peut-être le surlendemain – je ne m'en souviens plus –, j'ai vu une autre femme qui se tenait à côté de la fenêtre ouverte et qui parlait dans son téléphone portable.

— En italien, signora?

— En italien? Attendez une minute. Oui, oui, c'était en italien.

— Et que disait-elle?

— Quelque chose du genre : "Tout va bien, on se revoit à Mestre demain."

— Pourriez-vous décrire cette femme, signora?

— Vous voulez dire, de quoi elle avait l'air?

— Oui.

— Laissez-moi réfléchir une minute. Elle avait à peu près le même âge que ma belle-fille. Ma belle-fille a trente-huit ans. Des cheveux sombres, coupés court. Grande, comme ma belle-fille, mais peut-être pas aussi mince. Sauf que, comme je vous l'ai dit, je ne l'ai vue que pendant une minute, pendant qu'elle parlait au téléphone.

— Et ensuite?

— Et ensuite, plus personne. Le lendemain, il n'y avait plus un chat dans l'appartement, et je suis restée sans voir personne pendant deux semaines. Ils ont juste disparu, comme ça.

— Savez-vous si, parmi vos voisins, il y en a qui ont remarqué tout cela, signora?

— Seulement le *spazzino*, l'éboueur. Je l'ai vu, un jour, et il m'a dit qu'il savait qu'il y avait quelqu'un dans l'appartement parce qu'il trouvait un sac-poubelle tous les matins, mais il n'a jamais vu personne entrer ou sortir.

— Est-ce que l'un de vos voisins a dit quelque chose à ce sujet?

— Non, pas à moi, en tout cas. Mais je suppose que certains ont dû voir qu'il y avait quelqu'un là-dedans, ou qu'ils ont entendu quelque chose.

— En avez-vous parlé vous-même à quelqu'un, signora?

— Non, pas vraiment. Seulement à mon mari, mais il m'a dit de ne pas m'occuper de ça, que ça ne nous regardait pas. S'il savait que j'étais ici, je ne sais pas ce qu'il ferait.

16

Nous n'avons jamais eu affaire à la police de notre vie, ça finit toujours par causer des ennuis... Enfin, désolée, c'est pas ce que je voulais dire, pas vraiment, mais vous savez comment sont les gens.

— Oui, signora, je le sais. Ne vous souvenez-vous de rien d'autre?

— Non, pas vraiment.

— Pensez-vous que vous reconnaîtriez la fille, si vous la revoyiez?

— C'est possible. Mais on a l'air tellement différente quand on est enceinte, en particulier vers la fin, comme elle. Pour Pietro, j'avais l'air d'une...

— Pensez-vous que vous pourriez reconnaître l'un ou l'autre des hommes, signora?

— Peut-être, c'est bien possible. Ou peut-être pas.

— Et la femme au téléphone?

— Non, elle, je ne crois pas.

— Je tiens à vous remercier d'être venue nous voir, signora.

— Je ne l'aurais pas fait si ma belle-fille ne m'y avait pas poussée. Vous comprenez, je lui en parlais pendant que ça se passait, je lui disais que c'était étrange, tout de même, tous ces hommes, pas de lumière et ainsi de suite. On en parlait comme ça, vous voyez. Puis elle a eu son bébé et tout le monde a disparu, et c'est là que ma belle-fille m'a conseillé de venir vous voir. Elle m'a dit que je risquais d'avoir des ennuis si quelque chose s'était passé et si jamais vous découvriez que j'avais vu quelque chose sans être venue vous le dire. Elle est comme ça, ma belle-fille, vous comprenez, elle a toujours peur de ne pas faire les choses comme il faut. Ou que moi je ne les fasse pas comme il faut.

— Oui, je comprends. Je pense qu'elle vous a donné un bon conseil.

— Peut-être. Oui, j'ai sans doute bien fait de vous en parler. Qui sait ce que tout cela veut dire, hein?

— Merci encore pour votre temps, signora. L'inspecteur va vous raccompagner au rez-de-chaussée.

— Merci. Heu...

— Oui, signora ?

— Mon mari n'aura pas besoin de savoir que je suis venue ici, n'est-ce pas ?

— Ce n'est certainement pas nous qui le lui dirons, signora.

— Merci. Je ne veux pas que vous pensiez du mal de lui, mais c'est simplement qu'il n'aime pas se mêler des affaires des autres.

— Je le comprends tout à fait, signora. Vous pouvez être tout à fait certaine qu'il ne l'apprendra pas.

— Merci. Et bonne journée.

— Bonne journée. Inspecteur Vianello, pouvez-vous reconduire la signora jusqu'à la sortie ? »

2

Gustavo Pedrolli était sur le point de sombrer dans le sommeil du juste, étroitement collé au dos de sa femme. Il était encore dans cet état brumeux entre veille et assoupissement, répugnant à échanger son bonheur contre le simple sommeil. Il avait vécu ce jour-là une émotion différente de tout ce qu'il avait jamais connu et il refusait de se laisser entraîner loin du rayonnement de son souvenir. Il s'efforçait de se rappeler quand il avait été aussi heureux. Peut-être lorsque Bianca avait accepté de l'épouser, ou encore le jour de leur mariage, avec l'église dei Miracoli remplie de fleurs blanches et Bianca sautant sur l'appontement depuis la gondole, tandis qu'il se précipitait vers les marches pour aller lui prendre la main – et la prendre sous son aile jusqu'à la fin de sa vie.

Il avait déjà connu des bonheurs, certes – celui d'obtenir son doctorat en médecine, puis d'être nommé chef de clinique en pédiatrie –, mais des bonheurs bien loin des flots de joie qui l'avaient envahi juste avant le dîner, lorsqu'il avait fini de donner son bain à Alfredo. Il avait attaché les deux côtés de sa couche-culotte d'une main experte et enfilé le bas du pyjama de son fils, puis avait fait passer le haut (avec ses motifs de canards) par-dessus la tête du bébé; lorsque celui-ci en avait émergé, ils avaient joué comme d'habitude à chercher les petites mains pour les faire passer par les manches. Alfredo poussait des glapissements ravis, aussi surpris que son père à la vue des minuscules doigts apparaissant par l'ouverture.

Gustavo l'avait pris par la taille et s'était mis à le soulever et l'abaisser, Alfredo agitant les bras en mesure. « Qui est un beau petit garçon? Qui est le fiston chéri à son papa? » avait demandé Gustavo. Comme toujours, Alfredo avait brandi ses merveilleux petits poings et déplié un doigt pour le poser sur le bout de son nez. Ses yeux sombres regardant intensément son père, il avait aplati son nez sur sa figure puis éloigné le doigt avant de se montrer à plusieurs reprises et d'agiter les bras en tous sens, sans cesser un instant de pousser ses cris de ravissement.

« C'est vrai, Alfredo est le fiston chéri à son papa, le chéri de son papa, le chéri de son papa. » S'en étaient suivis de nouveaux jeux, mouvements de haut en bas, agitation des bras du petit. Mais Gustavo évita de le lancer en l'air – Bianca disait que cela l'excitait trop – avant de le mettre au lit, et il s'était donc contenté de le soulever à plusieurs reprises, l'approchant parfois de lui pour l'embrasser sur le bout du nez.

Puis il avait emporté le bébé dans sa chambre pour le mettre dans son petit lit. Au-dessus de lui, pendait toute une galaxie de formes et d'animaux qui flottaient et tournaient; le dessus de la commode était un vrai zoo. Avant de le coucher, il l'avait serré contre lui, avec la plus grande douceur, conscient de la fragilité de ses côtes minuscules. Alfredo s'était tortillé et Gustavo avait enfoncé son visage dans les plis tendres du cou de son fils.

Il l'avait ensuite pris par la taille pour le tenir à bout de bras. « Et qui c'est, le chéri de son papa? » avait-il de nouveau chantonné. Il était incapable de s'arrêter. De nouveau, Alfredo avait touché son nez, et Gustavo avait senti son cœur qui chavirait. Les doigts minuscules s'étaient agités en l'air jusqu'à ce que l'un d'eux vînt se poser sur le nez de Gustavo et le bébé avait marmonné quelque chose qui ressemblait à « papa », agité les bras et affiché un sourire édenté et béat.

20

C'était la première fois que Gustavo le lui entendait dire et il s'était senti tellement ému qu'il avait porté une de ses mains à son cœur. Alfredo était retombé contre son épaule, mais Gustavo avait heureusement eu la présence d'esprit, (sans parler de l'expérience qu'il avait des enfants effrayés) de faire de l'incident une plaisanterie et de dire : « Et qui essaie de grimper sur le cardigan de son papa, hein? » Sur quoi, tenant Alfredo contre sa poitrine, il avait enroulé l'enfant dans un pan du lainage, riant fort pour montrer quel merveilleux nouveau jeu c'était.

« Ah, non, tu ne peux pas te cacher là-dedans, pas du tout. C'est le moment de dormir. » Il avait posé l'enfant dans le berceau, sur le dos, et remonté la couverture de laine, s'assurant qu'elle était bien en place.

« Fais de doux rêves, mon petit prince, avait-il dit comme il le faisait chaque soir depuis qu'Alfredo dormait dans ce lit. Il s'attarda encore à la porte, mais seulement un instant pour que le garçon ne prenne pas l'habitude d'essayer de retarder le départ de son père. Il avait eu un regard pour la minuscule forme, dans le berceau, et les larmes lui étaient montées aux yeux. Gêné à l'idée que Bianca aurait pu les voir, il les essuya en s'éloignant.

Quand il entra dans la cuisine, Bianca lui tournait le dos : elle était occupée à égoutter les *penne* dans la passoire. Il ouvrit le réfrigérateur et en sortit une bouteille de Moët & Chandon qu'il posa sur le comptoir. Puis il prit deux flûtes de cristal du service de douze que leur avait offert la sœur de Bianca comme cadeau de mariage.

« Du champagne? demanda-t-elle, à la fois curieuse et ravie.

— Mon fils m'a appelé papa », répondit-il en dégageant le bouchon de la feuille dorée. Évitant son regard sceptique, il ajouta : « Notre fils. Mais juste pour cette fois, comme il m'a appelé papa, j'ai envie de dire mon fils pendant une heure — d'accord? »

Voyant son expression, elle abandonna les pâtes fumantes et s'approcha de lui. « Remplis-les, dit-elle, que nous puissions porter un toast à ton fils. » Puis elle se pencha sur lui et l'embrassa sur les lèvres.

Comme dans les premiers jours de leur mariage, les pâtes refroidirent dans l'évier pendant qu'ils buvaient le champagne au lit. Longtemps après que la bouteille avait été vidée, ils se retrouvèrent dans la cuisine, nus et affamés. Délaissant les *penne* compactées, ils mangèrent la sauce tomate directement sur d'épaisses tartines de pain, debout devant l'évier, se donnant mutuellement la becquée et faisant descendre le tout avec une bouteille de pinot gris. Puis ils retournèrent dans la chambre.

C'est ainsi qu'il s'était retrouvé dans le sillage lumineux laissé par la soirée, tout étonné d'avoir pu craindre, ces mois derniers, que Bianca ait pu changer en... en quoi? C'était normal – il le savait assez par son métier – qu'une mère soit accaparée par l'arrivée d'un enfant et paraisse donc moins intéressée par le père, moins disponible. Mais la soirée, pendant laquelle ils s'étaient comportés comme deux adolescents découvrant le sexe, avait mis un terme à toutes ses craintes.

Et il l'avait parfaitement entendu : son fils l'avait appelé papa. Son cœur se gonfla une fois de plus à ce souvenir et il se serra contre Bianca, espérant qu'elle se réveillerait et se tournerait vers lui. Mais elle continua à dormir et il commença alors à penser au lendemain, au train pour Padoue qu'il devait prendre de bonne heure, et s'efforça de s'endormir, prêt à se laisser dériver vers le tendre pays des rêves où l'attendait peut-être un autre fils, ou une fille, ou les deux.

Il devint vaguement conscient d'un bruit, au-delà de la porte de la chambre, et il fit un effort pour tendre l'oreille, se demandant si ce n'était pas Alfredo qui pleurait et appelait. Mais le bruit de tintement s'était évanoui et il tâcha d'en faire de même, lèvres arrondies sur le souvenir du mot prononcé par son fils.

Tandis que le dottor Gustavo Pedrolli s'enfonçait dans le premier et plus profond sommeil de la nuit, le bruit retentit de nouveau, mais il ne l'entendit pas, cette fois, pas plus que sa femme qui dormait à côté de lui, nue, épuisée, rassasiée. Pas davantage que ne l'entendit l'enfant dans l'autre pièce, nageant dans le bonheur d'être et rêvant, peut-être, du merveilleux nouveau jeu qu'il avait appris ce soir, caché et en sécurité sous la protection de l'homme qu'il savait maintenant être papa.

Du temps passa et les rêves envahirent l'esprit des dormeurs. Il y avait des mouvements, des couleurs; l'un d'eux vit un animal qui ressemblait à un tigre; tous continuèrent de dormir.

La nuit explosa. La porte d'entrée s'ouvrit avec fracas et alla heurter le mur, la poignée entamant le revêtement de plâtre. Un homme s'engouffra dans l'appartement. Il portait un passe-montagne, une tenue qui ressemblait à un uniforme camouflé et de lourdes bottes; il tenait une mitraillette à la main. Un autre homme, masqué et dans le même accoutrement, était sur ses talons. Ils furent suivis d'un troisième homme en uniforme sombre mais non masqué. Deux autres personnages, également en uniforme sombre, restèrent à l'extérieur.

Les deux hommes masqués traversèrent le séjour en courant et s'engagèrent dans le couloir desservant les chambres. L'homme au visage découvert les suivit, mais plus précautionneusement. L'un des hommes masqués ouvrit la première porte qu'il vit, constata que c'était la salle de bains, ne referma pas et se dirigea vers une autre porte laissée entrouverte. Il vit le berceau, les mobiles qui tournaient lentement dans un léger courant d'air.

« Il est là », lança l'homme, sans chercher à parler à voix basse.

Le deuxième homme masqué s'approcha de la porte en face. Tenant toujours sa mitraillette, il se précipita à l'intérieur, son acolyte sur les talons. Les deux personnes couchées là se redressèrent brusquement, réveillées par le bruit et la lumière du couloir, car le personnage au visage découvert venait d'allumer avant d'entrer dans la chambre où dormait le bébé.

La femme hurla et tira les draps devant sa poitrine. Le dottor Pedrolli bondit si vivement du lit que le premier intrus fut pris par surprise. Avant qu'il ait le temps de réagir, l'homme nu fut sur lui ; un poing s'écrasa sur sa tête, un deuxième sur son nez. L'intrus hurla de douleur et s'effondra, tandis que Pedrolli criait à sa femme : « Appelle la police ! Appelle la police ! »

Le deuxième intrus masqué brandit son arme et la braqua sur Pedrolli. Il prononça quelques paroles, mais le passe-montagne étouffa ses mots et personne n'aurait pu comprendre ce qu'il avait dit. De toute façon, Pedrolli était au-delà de tout appel à la raison et se précipita, mains en avant, pour attaquer. L'intrus masqué réagit instinctivement, tourna son arme et porta un coup de crosse au-dessus de l'oreille gauche à la tête de son assaillant.

La femme hurla et, de la chambre voisine, lui répondirent les pleurs du bébé – ces pleurs pleins de panique que poussent les tout jeunes enfants. Elle repoussa les couvertures et, poussée par l'instinct, n'ayant plus conscience de sa nudité, elle courut vers la porte.

Elle s'arrêta brusquement : l'homme au visage découvert venait de s'encadrer dans le chambranle, lui barrant le passage. Elle cacha ses seins de ses bras en un geste qu'elle n'eut même pas conscience de faire. Voyant la scène, le nouveau venu s'approcha vivement de l'homme armé qui tenait en joue le médecin immobile gisant à ses pieds. « Espèce d'imbécile ! » lui dit-il en l'agrippant par l'épais tissu de sa veste. Lui faisant décrire un brusque demi-cercle, il le repoussa sèchement. Puis il se tourna vers la femme et leva les mains, paumes ouvertes vers elle. « Le bébé va bien, signora. Il ne lui arrivera rien. »

Pétrifiée sur place, elle était incapable de crier.

La tension fut rompue par l'homme masqué allongé sur le sol qui gémit et se remit laborieusement debout, comme s'il était ivre. Il porta une main gantée à son nez et, lorsqu'il l'examina, parut choqué à la vue de son sang. « Il m'a cassé le nez », marmonna-t-il d'une voix étouffée. Sur quoi il retira son passe-montagne et le laissa tomber au sol. Le sang continuait à couler de son nez et gouttait sur le devant de son gilet. Lorsqu'il se tourna vers celui qui paraissait être leur chef, la femme vit alors le mot cousu en lettres fluo dans le dos de son gilet pare-balles.

« Les carabiniers ? demanda-t-elle, sa voix à peine audible à cause des cris incessants du bébé.

— Oui, signora. Les carabiniers », répondit l'homme qui lui avait déjà adressé la parole. « Ne saviez-vous pas que nous allions venir ? » ajouta-t-il avec quelque chose de proche de la sympathie dans sa voix.

3

Guido Brunetti était sur le point de sombrer dans le sommeil du juste, étroitement collé au dos de sa femme. Il était encore dans cet état brumeux entre veille et assoupissement, répugnant à abandonner les petites joies que lui avait apportées la journée. Son fils avait dit en passant, au cours du repas du soir, qu'il trouvait que l'un de ses camarades de classe était vraiment stupide de toucher aux drogues – sans voir le regard de soulagement échangé par ses parents. Sa fille s'était excusée d'une remarque coléreuse faite la veille, et les mots Mahomet et Montagne lui étaient presque venus à l'esprit. Et sa femme, sa tendre et chère épouse depuis plus de vingt ans, l'avait surpris par une manifestation explosive de demande amoureuse qui l'avait mis en transe – à croire que ces deux décennies ne comptaient pour rien.

Il se laissa doucement couler, plein de satisfaction et avide de repasser dans sa tête tous ces événements. Le repentir spontané d'une adolescente : devait-il alerter la presse ? Ce qui le stupéfiait encore plus était que, d'après Paola, il ne s'agissait pas d'une tentative de Chiara pour obtenir quelque chose en échange de l'expression de sentiments conformes à son âge et à son statut. Leur fille était sans aucun doute assez intelligente pour savoir à quel point une telle stratégie pourrait être efficace, mais Brunetti préférait croire sa femme lorsqu'elle affirmait que leur enfant était fondamentalement trop honnête pour jouer ce jeu-là.

Mais n'était-ce pas notre plus grande illusion, se demanda-t-il, que de croire en l'honnêteté de nos enfants ? Il s'enfonça dans le sommeil sans avoir répondu à sa propre question.

Le téléphone sonna.

À cinq reprises, avant que Brunetti ne décroche et réponde, de la voix enrouée d'un drogué ou d'un ivrogne. « Oui ? » marmonna-t-il, son esprit reprenant les commandes et aussitôt rassuré de se rappeler avoir souhaité la bonne nuit à ses deux enfants avant qu'ils aillent au lit.

« C'est Vianello, fit la voix familière. Je suis à l'hôpital. On a une sale affaire. »

Brunetti s'assit dans le lit et alluma. Le ton de Vianello, tout autant que la teneur de son message, lui faisait savoir qu'il n'avait pas d'autre choix que d'aller retrouver l'inspecteur à l'hôpital. « Et quel genre de sale affaire ?

— Un des médecins d'ici, un pédiatre. Il est aux urgences et ses collègues craignent un traumatisme crânien. » Cela n'avait aucun sens pour Brunetti – indépendamment du brouillard dans lequel il était encore –, mais il savait que Vianello n'allait pas tarder à compléter ses explications, si bien qu'il ne dit rien.

« Il a été agressé à son domicile, poursuivit l'inspecteur, qui marqua alors une longue pause. Par la police.

— Par nous ? demanda un Brunetti étonné.

— Non, par les carabiniers. Ils sont entrés chez lui en forçant la porte et ont tenté de l'arrêter. Le capitaine qui dirigeait l'opération de l'affaire prétend qu'il a agressé l'un de ses hommes. » Les yeux de Brunetti se contractèrent lorsque Vianello ajouta : « Mais il ne pouvait pas dire autre chose, hein ?

— Combien étaient-ils ? demanda Brunetti.

— Cinq. Trois dans l'appartement et deux à l'extérieur, en renfort. »

Brunetti se leva. « J'arrive. J'en ai pour vingt minutes. Au fait, sais-tu ce qu'ils fabriquaient là-bas ? »

Vianello hésita un instant avant de répondre. « Ils étaient allés lui prendre son fils. Il a dix-huit mois. Paraît-il qu'il aurait adopté l'enfant illégalement.

— Vingt minutes », répéta Brunetti en raccrochant.

Ce n'est qu'en quittant son domicile qu'il prit la peine de consulter sa montre. Deux heures et quart. Il avait pensé à enfiler un veston et était content de l'avoir fait ; il faisait frisquet, en cette nuit du début de l'automne. Au bout de la rue il tourna à droite et se dirigea vers le Rialto. Il aurait peut-être dû demander une vedette, mais on ne savait jamais combien de temps cela prendrait, alors qu'il était sûr, à la minute près, du temps qu'il mettrait à pied.

Il ne fit pas attention à la ville, autour de lui. Cinq carabiniers pour aller s'emparer d'un bébé de dix-huit mois. On pouvait supposer, en particulier si l'homme qui se trouvait à l'hôpital avait subi un traumatisme crânien, qu'ils n'avaient pas sonné à la porte ni demandé poliment s'ils pouvaient entrer. Brunetti avait lui-même participé à trop de descentes matinales pour se faire des illusions sur le degré de panique que celles-ci pouvaient provoquer. Il avait vu des criminels endurcis trahis par leurs intestins à la vue d'hommes en armes faisant brutalement et bruyamment irruption chez eux – imaginez la réaction d'un médecin, que son fils ait été adopté légalement ou non. Quant aux carabiniers, Brunetti en avait rencontré beaucoup trop qui adoraient ce genre d'assauts leur permettant d'imposer ainsi leur soudaine et terrifiante autorité, comme si Mussolini était encore au pouvoir et que personne ne pouvait y mettre le holà.

Il était trop préoccupé par ces réflexions, en franchissant le Rialto, pour penser à regarder la vue ; il se dépêcha de redescendre du pont pour aller emprunter la Calle de la Bissa. Pourquoi avoir eu besoin de cinq hommes ? Comment s'étaient-ils rendus sur place ? Ils avaient forcément eu besoin d'un bateau, et sous quelle autorité avaient-ils agi pour conduire une telle opération dans la ville ? Qui en avait été informé ? Et si un avis officiel avait été émis, comment se faisait-il qu'il n'en ait rien su ?

Le *portiere* semblait dormir, derrière les vitres de son cagibi – en tout cas, il ne leva pas les yeux lorsque Brunetti entra dans l'hôpital. Aveugle à la somptuosité du vaste hall d'entrée mais en revanche sensible à la soudaine chute de température, Brunetti tourna à gauche puis à droite deux fois, jusqu'à ce qu'il ait atteint les portes automatiques du service des urgences. Elles coulissèrent pour le laisser entrer. Une fois le sas franchi, il prit sa carte d'accréditation et s'approcha de l'homme en blouse blanche, derrière le comptoir.

Gros et gras, la mine épanouie, le personnage paraissait beaucoup plus joyeux que n'auguraient le moment et les circonstances. Il jeta un coup d'œil à la carte de Brunetti, sourit et dit : « Couloir de gauche, signore. Deuxième porte à droite. Il est là. »

Brunetti le remercia et suivit ces indications. Il frappa une fois et entra. Si Brunetti ne reconnut pas l'homme en tenue de combat allongé sur la table d'examen, il identifia cependant l'uniforme de l'individu qui se tenait près de la fenêtre. Une femme en blouse blanche était assise à côté de l'homme allongé, occupée à fixer une bande de plastique en travers de son nez. Sous les yeux de Brunetti, elle coupa une deuxième bande qu'elle disposa parallèlement à la première. Les bandes servaient à maintenir en place un épais pansement sur le nez du patient, dont les deux narines étaient bouchées par du coton hydrophile. Le policier remarqua que l'homme avait déjà deux cercles noirs sous les yeux.

Le troisième personnage présent dans la salle était adossé au mur dans une attitude décontractée, bras et jambes croisés, observant la scène. Il portait les trois étoiles du grade de capitaine et une paire de hautes bottes de cuir plus appropriées pour monter un cheval que pour enfourcher une Ducati.

« Bonjour, dottoressa, dit Brunetti lorsque la femme leva les yeux. Je suis le commissaire Guido Brunetti et je vous serais très reconnaissant si vous pouviez me dire ce qui se passe. »

Le policier s'attendait à être interrompu par le capitaine, mais il fut à la fois surpris et déçu, car celui-ci continua à garder le silence. Le médecin retourna à son patient, appuyant à plusieurs reprises sur l'extrémité des bandes adhésives pour qu'elles tiennent bien sur son visage. « Gardez le pansement pendant au moins deux jours. Les cartilages ont été déplacés, mais ils devraient se remettre en place tout seuls. Faites simplement bien attention. Enlevez les bouchons de coton avant de vous coucher. Si jamais le pansement se détachait, ou si le saignement reprenait, consultez un médecin ou revenez ici. D'accord ?

— D'accord », répondit l'homme d'une voix plus sibilante qu'elle devait être en temps normal.

Le médecin lui tendit la main et l'homme s'en saisit. Elle l'aida pendant qu'il posait ses pieds au sol et se redressait, s'appuyant de son autre main sur la table d'examen. Il eut besoin de quelques secondes pour retrouver son équilibre. Le médecin s'accroupit pour le regarder par en dessous afin d'examiner les bouchons de coton de son nez, mais apparemment tout allait bien car elle se releva aussitôt et recula d'un pas. « Même si tout se passe bien, revenez ici dans trois jours, que je vous examine. » L'homme hocha la tête d'un mouvement très prudent et eut l'air de vouloir dire quelque chose, mais elle le précéda : « Et ne vous inquiétez pas. Ça ira très bien. »

L'homme jeta un coup d'œil au capitaine, puis se tourna vers le médecin. « Je suis de Vérone, dottoressa, dit-il d'une voix étouffée.

— Dans ce cas, répondit-elle vivement, voyez votre médecin personnel dans trois jours, ou si les saignements reprennent. »

Il hocha de nouveau la tête et se tourna vers le capitaine. « Et pour le travail, monsieur ?

— Je ne crois pas que tu pourras nous être bien utile dans cet état, observa le capitaine avec un geste vers le pansement. Je me charge d'appeler ton sergent et de lui expliquer.

(Il se tourna vers le médecin.) Pouvez-vous lui signer un arrêt de travail de quelques jours, dottoressa ? »

Quelque chose, peut-être rien de plus que l'impression de voir jouer la comédie ou l'habitude d'être soupçonneux, fit que Brunetti se demanda si le capitaine se serait montré aussi courtois sans un témoin venant de se présenter comme officier de police. La femme en blouse blanche alla à son bureau et tira un ordonnancier à son nom. Elle écrivit quelques lignes, détacha la feuille et la tendit au blessé, lequel la remercia, salua le capitaine et quitta la pièce.

« On m'a informé qu'il y avait un autre blessé, dottoressa, dit alors Brunetti. Pourriez-vous me dire où il se trouve ? »

Elle était jeune, se rendit-il alors compte, beaucoup plus jeune qu'un médecin aurait dû avoir le droit de l'être. Elle n'était pas jolie mais avait un visage agréable, de ceux qui vieillissaient bien et devenaient plus séduisants avec l'âge.

« Il s'agit d'un de mes collègues, chef de clinique en pédiatrie », répondit-elle, soulignant son titre comme si c'était la meilleure preuve que les carabiniers n'auraient jamais dû s'en prendre à lui. « Je n'ai pas trop aimé l'aspect de ses blessures, poursuivit-elle avec un coup d'œil vers le capitaine, et je l'ai donc transféré en neurologie et fait appeler le chef de clinique du service qui était d'astreinte. »

Brunetti se rendait compte que le capitaine écoutait ces explications avec autant d'attention que lui.

« Ses pupilles ne se dilataient pas, et il avait du mal à placer son pied gauche. J'ai donc estimé qu'il valait mieux qu'il soit vu par quelqu'un en neurologie. »

Sans bouger de place, le capitaine prit alors la parole, pour la première fois. « Est-ce qu'on aurait pas pu attendre un peu, dottoressa ? Ne me dites pas qu'il faut tirer un médecin de son lit simplement parce qu'un homme a été frappé à la tête, si ? »

La jeune femme se tourna vers le capitaine et, à l'expression qu'elle arbora, Brunetti s'attendit à ce qu'elle lui envoie une réplique bien sentie. Mais c'est d'un ton parfaitement égal qu'elle répondit. « J'ai jugé que c'était plus prudent, capitaine, étant donné qu'il paraissait s'être cogné la tête contre la crosse d'un fusil. »

Mets ça dans ta poche et ton mouchoir par-dessus, capitaine, songea Brunetti. Il surprit le regard qu'eut alors l'officier des carabiniers et eut la surprise de constater que l'homme, qui était jeune, avait l'air gêné.

« C'est lui qui vous a dit ça, dottoressa ? demanda le capitaine.

— Non. Il n'a rien dit. C'est votre homme qui me l'a dit. Je lui ai demandé ce qui était arrivé à son nez, et il m'a tout raconté. » Son ton était toujours aussi neutre.

Le capitaine hocha la tête et se détacha du mur. Il s'approcha de Brunetti et lui tendit la main.

« Marvilli », dit-il pendant qu'ils échangeaient une poignée de main. Puis il se tourna vers le médecin. « Cela ne vous concerne peut-être pas, mais il ne s'agit pas de l'un de mes hommes, dottoressa. Comme je vous l'ai dit, il appartient à la brigade de Vérone. Ainsi que les trois autres. » Comme ni le médecin ni Brunetti ne commentaient sa remarque, il trahit sa jeunesse et son incertitude en se lançant dans des explications. « L'officier qui aurait dû les accompagner a été obligé d'aller faire un remplacement à Milan et on m'a donc confié la responsabilité de l'opération du fait que j'appartiens à la brigade locale.

— Je vois », dit la jeune femme.

Brunetti, qui n'avait aucune idée de la nature ni de l'étendue de l'opération, jugea plus prudent de garder le silence.

Marvilli paraissait avoir fait le tour de ce qu'il avait à dire, si bien que, après un moment de silence, Brunetti prit la parole : « J'aimerais voir cet homme si c'est possible, dottoressa. Celui qui est en neurologie.

— Vous savez où se trouve le service ?

— À côté de celui de dermatologie, n'est-ce pas ?

— Alors je ne vois pas pourquoi vous n'y monteriez pas. »

Voulant la remercier plus personnellement, Brunetti regarda le badge qu'elle portait sur sa blouse. « Dottoressa Claudia Cardinale », lut-il. Il lui fallait vivre avec ça, bien sûr, mais à quoi pensent les parents ? songea-t-il.

« Merci, dottoressa Cardinale », dit-il d'un ton formel en lui tendant la main. Elle la lui serra, puis le surprit en serrant aussi celle du capitaine avant de les laisser seuls dans la salle.

« Capitaine ? demanda alors Brunetti d'un ton neutre, pourrais-je savoir ce qui se passe ici ? »

Marvilli eut de la main un geste qui était curieusement conciliant. « Seulement en partie, commissaire », répondit-il. Comme Brunetti ne réagissait pas, il continua : « L'opération de cette nuit a eu lieu dans le cadre d'une enquête commencée depuis un certain temps – presque deux ans. Le dottor Pedrolli (Brunetti ne put que supposer qu'il s'agissait de l'homme admis en neurologie) a illégalement adopté un bébé, il y a dix-huit mois. Au cours de plusieurs opérations séparées, lui et d'autres personnes ont été arrêtés cette nuit pour le même motif. »

Brunetti aurait bien aimé en savoir un peu plus sur le nombre de ces personnes, mais il ne posa pas la question ; Marvilli, de son côté, estima qu'il était inutile de s'en expliquer davantage.

« Et c'est de cela qu'on l'accuse, demanda Brunetti, d'avoir adopté illégalement un enfant ? » C'était une manière de reconnaître que Gustavo Pedrolli s'était exposé à la puissance et à la majesté de la loi.

« J'imagine qu'il y a des chances pour qu'il soit aussi accusé de corruption de fonctionnaire, de falsification de documents officiels, d'enlèvement d'enfant mineur et de transfert illégal de fonds. » Marvilli avait regardé Brunetti dans les yeux, en disant cela et, devant l'expression du commissaire qui s'assombrissait, il ajouta : « Les progrès de l'instruction devraient se traduire par d'autres chefs d'inculpation. » Il baissa les yeux et, du bout de son pied élégamment botté, repoussa un morceau de gaze taché de sang. Puis il releva la tête. « Et je ne serais nullement surpris si, parmi ceux-ci, il n'y avait pas résistance à l'arrestation et violence envers un fonctionnaire de police dans l'exercice de ses fonctions. »

Brunetti préféra garder le silence, conscient du peu qu'il savait de l'affaire. Il ouvrit la porte et s'effaça pour laisser passer le capitaine. Si l'accent de ce dernier trahissait la Vénétie, il n'était pas de Venise même, et le policier doutait qu'il connaisse le labyrinthe de couloirs de l'hôpital. En silence, Brunetti le précéda, tournant automatiquement à droite et à gauche dans les corridors vides.

Ils s'arrêtèrent devant les portes du service de neurologie. « Un de vos hommes est-il auprès de lui ? demanda Brunetti.

— Oui. Celui qu'il n'a pas agressé », expliqua-t-il, puis prenant conscience de ce qu'il venait de dire, il se corrigea lui-même : « Un autre gars de Vérone. »

Brunetti poussa les portes donnant dans le service. Une jeune infirmière aux longs cheveux noirs était assise au comptoir, juste de l'autre côté. Elle leva les yeux et Brunetti lui trouva l'air fatigué et de mauvaise humeur.

« Oui ? dit-elle en les voyant. Qu'est-ce que vous voulez ? »

Avant qu'elle ait pu ajouter que le service était fermé au public, Brunetti s'était dirigé vers elle, arborant un sourire conciliant. « J'appartiens à la police et je suis venu voir le dottor Pedrolli. Je crois que mon inspecteur est aussi sur place. »

L'allusion à Vianello parut atténuer sa mauvaise humeur. « Il était ici, mais je crois qu'il est descendu au rez-de-chaussée. On a amené le dottor Pedrolli il y a environ une heure et c'est le dottor Damasco qui l'examine en ce moment. » Elle se tourna vers l'homme en uniforme qui accompagnait le policier s'exprimant en vénitien. « Il a été battu par les carabiniers, semblerait-il. »

Brunetti sentit Marvilli se raidir et vouloir faire un pas en avant, mais il s'interposa. « Me serait-il possible de le voir ? »

demanda-t-il, se tournant ensuite vers le capitaine, à qui il adressa un regard suffisamment sévère pour l'empêcher de parler.

« Je suppose, oui, répondit lentement l'infirmière. Suivez-moi, s'il vous plaît. » Elle se leva. Lorsqu'ils passèrent devant son bureau, Brunetti vit, sur l'écran de l'ordinateur, une scène tirée d'un péplum, *Gladiateur,* ou peut-être *Alexandre.*

Il la suivit dans le corridor, conscient que Marvilli leur avait emboîté le pas – le bruit des bottes. Elle s'arrêta devant une porte, frappa et, réagissant à une réponse que Brunetti n'entendit pas, poussa le battant et y passa la tête. « Un policier est ici, dottore, dit-elle.

— J'en ai déjà un dans les pattes, bon Dieu! répondit une voix d'homme, sans chercher à dissimuler sa colère. Ça suffit. Dis-lui d'attendre. »

L'infirmière referma la porte. «Vous l'avez entendu», dit-elle, d'un ton à présent dépourvu de toute aménité, son visage redevenu fermé.

Marvilli consulta sa montre. «À quelle heure ouvre la cafétéria? demanda-t-il.

— À cinq heures », répondit-elle. Devant la grimace du capitaine, son ton s'adoucit pour ajouter : « Mais vous avez des machines à café au rez-de-chaussée. » Sur quoi elle les quitta sans un mot de plus pour retourner à son film.

Marvilli demanda à Brunetti s'il voulait quelque chose, mais ce dernier refusa. Disant qu'il allait revenir bientôt, le capitaine s'éloigna à son tour. Brunetti regretta immédiatement d'avoir répondu par la négative et fut sur le point de lancer au dos qui s'éloignait : « *Caffè doppio, con due zuccheri, per piacere*», mais quelque chose le retint de rompre le silence. Il regarda Marvilli franchir les portes battantes, au bout du couloir, puis se dirigea vers une rangée de chaises en plastique orange. Il en choisit une, s'installa, et attendit de voir quelqu'un émerger de la pièce.

4

Pendant qu'il attendait, Brunetti essaya de donner du sens à ce qui se passait. Pour qu'on ait appelé le chef de clinique de neurologie à trois heures du matin, c'est qu'il était arrivé quelque chose de sérieux à ce dottor Pedrolli, en dépit des tentatives de Marvilli pour minimiser la situation. Brunetti n'arrivait pas à comprendre cet usage excessif de la force, même si l'on pouvait envisager le fait que le capitaine, n'étant pas le patron habituel de l'unité d'intervention, n'ait pas été capable de contrôler l'opération comme l'aurait fait un officier connaissant mieux ses hommes. Pas étonnant que Marvilli ait été mal à l'aise.

Se pouvait-il que le dottor Pedrolli, outre le fait d'avoir lui-même adopté illégalement un bébé, ait été impliqué dans le trafic, quel qu'il soit, que les carabiniers cherchaient à démanteler? En tant que pédiatre, il avait un accès privilégié à des enfants et, grâce à eux, à leurs parents; peut-être même à des parents voulant d'autres enfants, voire à des parents susceptibles de se laisser persuader de se séparer d'un enfant non désiré.

Il pouvait aussi avoir accès à des orphelinats : les enfants qui s'y trouvaient placés avaient forcément autant besoin – sinon davantage – des services d'un médecin que des enfants vivant avec leurs parents. Vianello, savait-il, avait grandi au milieu de petits orphelins, car sa mère avait recueilli ceux d'une amie pour éviter qu'ils ne soient placés dans un orphelinat, terreur atavique des gens de cette génération. Les choses devaient certainement être différentes aujourd'hui, avec les services sociaux et les psychologues. Brunetti devait cependant reconnaître qu'il ne savait même pas combien d'orphelinats existaient encore dans le pays, ni même où un seul d'entre eux se trouvait.

Son esprit se reporta brusquement au tout début de son mariage avec Paola, quand elle avait dû assurer un cours sur Dickens et qu'il avait lu (par solidarité de jeune mari, sans doute) les romans de l'auteur anglais en même temps qu'elle. C'est avec un frisson qu'il se souvint de l'orphelinat dans lequel on avait placé Oliver Twist, puis il se rappela un passage des *Grandes Espérances* qui, à l'époque, lui avait glacé les sangs : l'admonestation de Mrs Joe, disant que les enfants devaient être élevés « à la main », expression dont ni lui ni Paola n'avait pu vraiment éclaircir le sens mais qui les avait mis tous les deux mal à l'aise.

Dickens avait écrit ses romans presque deux siècles auparavant, toutefois, à une époque où les familles, si on les comparait aux normes actuelles, étaient pléthoriques ; ses propres parents avaient eu chacun six frères et sœurs. Est-ce que nous ne traitons pas mieux les enfants aujourd'hui, maintenant qu'ils sont devenus une rareté ? se demanda-t-il.

Brunetti porta soudain sa main droite à son front, en un geste involontaire de surprise. Aucun chef d'inculpation ne pesait sur le dottor Pedrolli, il n'avait vu aucune preuve matérielle, et voilà qu'il en était à prendre pour acquise la culpabilité de cet homme, simplement sur la parole d'un capitaine des carabiniers en bottes de cheval.

Ses réflexions furent interrompues par Vianello qui apparut à l'autre bout du corridor et vint s'asseoir à côté de lui. « Je suis content que tu sois là, dit l'inspecteur.

— Qu'est-ce qui se passe ? » demanda Brunetti, lui aussi soulagé de voir son adjoint.

Parlant à voix basse, Vianello entreprit de lui donner des explications. « J'étais de service de nuit avec Riverre

quand un appel est arrivé – mais je n'y comprenais rien. »
L'inspecteur dut réprimer une envie de bâiller.

Il se pencha en avant, coudes sur les genoux et tourna la tête vers Brunetti. « C'était une femme. Elle disait qu'elle voyait des hommes armés devant une maison de San Marco, du côté de la Fenice, Calle Venier. Près des anciens bureaux de la Carive. Nous avons envoyé une patrouille, mais le temps qu'elle arrive, ils étaient repartis et quelqu'un a crié depuis une fenêtre qu'il s'agissait des carabiniers, qu'un homme avait été blessé et qu'ils l'avaient conduit à l'hôpital. »

Vianello attendit de voir si Brunetti le suivait avant de poursuivre. « C'est l'un des types de la patrouille – de notre patrouille – qui a rappelé et nous a raconté tout ça, disant que c'était un médecin qui avait été blessé, et je suis venu ici, pour voir ce qui se passait, et c'est là qu'un crétin de capitaine – il porte des bottes de cheval, tu vois le genre ! – m'a dit que c'était leur affaire et que ça ne me regardait pas. » Brunetti ne releva pas le mépris manifesté par son inspecteur pour un officier.

« C'est à ce moment-là que j'ai décidé de t'appeler, ajouta Vianello.

— Quoi d'autre ? demanda Brunetti, le silence de son collègue se prolongeant.

— Ensuite – après t'avoir appelé –, j'ai attendu un moment ici. J'ai parlé au neurologue quand il est arrivé et j'ai essayé de lui expliquer ce qui s'était passé. Mais Le Petit Bottillon rouge est sorti de la salle et le docteur est entré voir son patient. Je suis alors descendu jusqu'au bateau et j'ai parlé à l'un des carabiniers qui avaient accompagné le blessé. Il m'a dit que l'équipe chargée de l'arrestation était de Vérone, mais que l'embotté était d'ici. De Pordenone ou de je ne sais où, mais qu'il n'était en poste à Venise que depuis environ six mois. Bref, l'arrestation du médecin s'était mal passée. Il était tombé sur quelque chose en voulant agresser l'un d'eux et comme il était incapable de se relever, que sa femme hurlait, ils avaient décidé de l'amener ici pour qu'un docteur l'examine.

— Il n'a rien dit à propos d'un bébé?

— Non, rien, répondit Vianello, l'air intrigue. Le type du bateau n'était pas très bavard et je ne savais pas trop quelles questions lui poser. Je voulais simplement apprendre ce qui était arrivé à ce médecin, savoir comment il avait été blessé. »

En quelques mots, Brunetti raconta à Vianello ce qu'il avait appris de Marvelli sur la descente de police, son objectif et son résultat. Vianello marmonna quelque chose et Brunetti crut distinguer le terme agression.

« Tu ne crois pas qu'il soit tombé? » demanda Brunetti, se souvenant de ce qu'avait dit la dottoressa Cardinale.

Vianello laissa échapper un bref soupir traduisant toute son incrédulité. « À moins qu'il n'ait trébuché sur les éperons du capitaine quand ils l'ont tiré du lit. Il était entièrement nu, quand ils l'ont amené ici. En tout cas, c'est ce que l'une des infirmières des admissions m'a dit. Enveloppé dans une couverture, mais nu.

— Et alors?

— Alors, enlève ses vêtements à un homme et il n'est plus que la moitié d'un homme, répondit Vianello. Un homme nu n'attaque pas un homme armé, conclut-il – mais à tort, dans le cas précis.

— Deux hommes, je crois, observa Brunetti.

— Exactement, dit Vianello, refusant d'en démordre.

— Oui. »

À ce moment-là ils entendirent un bruit de pas dans le corridor. Marvilli s'approchait.

Le capitaine remarqua la présence de Vianello. « Je vois que votre sergent vous a mis au courant », dit-il.

Vianello voulut parler, mais Brunetti l'en empêcha en se levant pour s'avancer d'un pas vers le carabinier. « L'inspecteur ne faisait que me rapporter ce qu'on lui a dit, capitaine, dit Brunetti avec un sourire aimable. Ce n'est pas forcément la même chose.

— Cela dépend d'avec qui il a parlé, je suppose, répondit Marvilli du tac au tac.

— Je suis certain que quelqu'un finira bien par nous dire la vérité », le contra Brunetti, se demandant si l'état d'agitation dans lequel se trouvait Marvilli n'était pas plus ou moins dû à la caféine.

La réaction du capitaine fut interrompue par l'ouverture de la porte donnant accès à la chambre de Pedrolli. Un homme d'âge moyen, dont le visage n'était pas totalement inconnu à Brunetti, s'avança dans le corridor mais en regardant derrière lui. Il portait une veste en tweed, un chandail jaune pâle et des jeans.

Il leva une main et montra le corridor. « Dehors », dit-il d'un ton de voix menaçant, regardant toujours vers l'intérieur – et apparemment vers quelqu'un.

Un homme beaucoup plus jeune, en tenue camouflée et portant une mitraillette, s'encadra dans la porte. Il s'y immobilisa, le visage figé, regardant le couloir, et il ouvrit la bouche comme s'il allait parler.

Le capitaine le fit taire d'un geste et, d'un mouvement sec de la tête, lui ordonna de sortir. Le carabinier s'avança en direction de Marvilli, mais l'officier répéta son geste, de façon coléreuse cette fois, et le jeune homme poursuivit son chemin. On n'entendit plus que le bruit de ses bottes allant en diminuant.

Le silence revenu, le médecin referma la porte et s'approcha du groupe. Il eut un hochement de tête en reconnaissant Vianello, puis s'adressa à Marvilli. « C'est vous le responsable ? demanda-t-il d'un ton ouvertement agressif.

— Oui, c'est moi », répondit Marvilli. Brunetti se rendit compte que le capitaine faisait de gros efforts pour garder son calme. « Puis-je vous demander qui vous êtes ? Et pourquoi vous me posez cette question ? ajouta-t-il après une brève hésitation.

— Je vous la pose parce que je suis médecin et que le patient que je viens d'examiner a été victime d'une agression. Et étant donné que vous êtes officier des carabiniers et qu'on peut supposer que vous savez ce qui se passe, j'aimerais faire un rapport et signaler qu'il s'agit d'un crime.

— Une agression? dit Marvilli, feignant la curiosité. Votre patient a attaqué deux de mes hommes et a cassé le nez de l'un d'eux. Alors si vous voulez parler d'agression, il est plus probable que c'est lui qui en sera accusé. »

Le médecin regarda Marvilli avec un mépris qui fut tout autant présent dans son ton. « Je n'ai aucune idée de votre grade, officier, mais à moins que vos hommes n'aient pris l'initiative de le déshabiller après lui avoir fracturé le crâne, alors ceux-ci – et je suppose qu'ils étaient armés – ont été agressés par un homme nu. » Après un bref silence, il ajouta : « Je ne sais pas d'où vous sortez, mais ici, à Venise, la police n'est pas autorisée à brutaliser les gens de cette façon. » Sur quoi il se détourna de Marvilli, manifestant clairement qu'il avait dit ce qu'il avait à lui dire, pour s'adresser à Vianello. « Inspecteur, puis-je vous dire quelques mots? À l'intérieur, ajouta-t-il quand il vit Vianello sur le point de répondre.

— Bien sûr, dottore, dit Vianello qui ajouta, en montrant Brunetti, voici mon supérieur, le commissaire Brunetti. Il se sent très concerné par ce qui s'est passé.

— Ah, c'est vous », fit le médecin qui tendit la main à Brunetti avec un sourire charmant – comme s'ils étaient dans un salon et non dans un couloir d'hôpital à quatre heures du matin. « J'aimerais aussi vous parler », dit-il, comme si Marvilli ne se tenait pas à moins de un mètre d'eux.

Le médecin fit un pas de côté pour laisser entrer Brunetti et Vianello, les suivit et referma la porte derrière eux. « Je m'appelle Damasco, dit-il en se dirigeant vers le lit, Bartolomeo. »

L'homme allongé sur le lit leva sur eux des yeux pleins de confusion. La lumière centrale n'était pas allumée, et le seul éclairage était celui d'une petite lampe de chevet, de l'autre côté du lit. Brunetti distingua tout d'abord une tignasse châtaine qui retombait sur le front de l'homme et une barbe dans laquelle le gris dominait. La peau, au-dessus, était à vif et marquée, et le haut de son oreille gauche rouge et enflé.

Pedrolli ouvrit la bouche, mais Damasco se pencha sur lui et lui dit : « Ne t'inquiète pas, Gustavo. Ces hommes sont là pour t'aider. Et ne t'en fais pas non plus pour ta voix. Tu retrouveras la parole. Il faut juste que tu te reposes et laisses aux médicaments le temps d'agir. » Il tapota l'épaule nue de Pedrolli et remonta le drap jusqu'à son cou.

Le blessé regardait son collègue intensément, comme s'il avait pu lui faire comprendre ainsi ce qu'il voulait lui dire. « Ne t'inquiète pas, Gustavo. Bianca va bien. Alfredo va bien. »

En entendant ce dernier prénom, Brunetti vit le visage de l'homme se tordre de douleur et il ferma les yeux pour ne pas trahir l'émotion qu'il ressentait, puis il tourna la tête, les yeux toujours fermés.

« Qu'est-ce qui lui est arrivé ? » demanda Brunetti.

Damasco secoua la tête, comme s'il n'avait pas envie d'entendre la question ni d'y répondre. « C'est à vous de nous le dire, commissaire. Mon problème à moi, c'est de traiter les conséquences physiques. »

Damasco vit la surprise se peindre sur le visage des deux policiers, devant cette réplique abrupte, et les entraîna loin du lit. Une fois près de la porte, il reprit la parole. « La dottoressa Cardinale m'a appelé vers deux heures, ce matin. Elle m'a dit qu'un homme avait été admis aux urgences – en précisant qu'il s'agissait de Gustavo Pedrolli, l'un de nos collègues – amené par les carabiniers. Il avait reçu un coup derrière l'oreille gauche, porté par quelque chose d'assez dur pour avoir provoqué une fracture du crâne. Heureusement, la boîte crânienne est solide à cet endroit, si bien qu'il s'agit d'une fracture fine comme un cheveu. N'empêche, c'est une blessure sérieuse. Ou qui pourrait l'être.

« Lorsque je suis arrivé sur place, une vingtaine de minutes plus tard, deux carabiniers gardaient la porte. Ils m'ont raconté que le blessé avait été placé sous surveillance parce qu'il avait agressé l'un de leurs collègues quand ils avaient voulu l'arrêter. » Damasco ferma les yeux et pinça les lèvres, pour montrer tout le crédit qu'il donnait à cette explication.

« Peu après, mon collègue des urgences m'a appelé pour me dire que cet homme – le carabinier qui avait été agressé –

43

n'avait rien de plus qu'un cartilage déplacé dans le nez, si bien que j'ai du mal à croire qu'il ait été victime d'une agression caractérisée. »

Par curiosité, Brunetti voulut savoir si le dottor Pedrolli était le genre d'hommes à réagir ainsi, aussi violemment.

Damasco ouvrit la bouche pour répondre, puis parut reconsidérer sa réponse. « Non. Un homme nu ne se jette pas comme ça sur un type armé d'une mitraillette, pas vrai ? » Puis, après un bref silence, il ajouta : « Sauf pour défendre sa famille, bien entendu. » Voyant qu'il avait l'attention de deux policiers, il continua. « Ils ont essayé de m'empêcher d'entrer ici pour voir mon patient. Je ne sais s'ils ont cru que j'allais l'aider à s'échapper par la fenêtre ou je ne sais quoi. Ou à inventer je ne sais quelle histoire. Je leur ai dit que j'étais médecin, et lorsque j'ai exigé de connaître le nom de leur commandant, ils m'ont laissé entrer, mais celui des deux qui était responsable a exigé que l'autre soit présent pendant que j'examinais Gustavo. » Sur quoi il ajouta, non sans fierté : « Puis je l'ai flanqué à la porte. Ils ne peuvent pas faire n'importe quoi, ici. »

La manière qu'eut Damasco de dire ces derniers mots toucha une corde sensible chez Brunetti. Non, pas ici, et certainement pas en passant par-dessus la police locale. Le commissaire ne jugea cependant pas nécessaire d'en faire état et se limita à dire : « À la manière dont vous vous êtes adressé à votre patient, dottore, j'ai cru comprendre que celui-ci était incapable de parler. Pourriez-vous m'en dire un peu plus ? »

Damasco détourna les yeux, comme si la réponse avait pu être écrite sur les murs. « Il donne l'impression de vouloir parler, dit-il finalement, mais les mots n'arrivent pas à sortir.

— À cause du coup ? »

Damasco haussa de nouveau les épaules. « C'est bien possible. » Sur quoi il regarda tour à tour les deux hommes, comme pour évaluer ce qu'il pouvait leur confier. « Le cerveau est quelque chose d'étrange, vous savez, et l'esprit quelque chose d'encore plus étrange. Je travaille sur le premier depuis trente ans et j'ai appris un certain nombre de choses sur son fonctionnement, mais l'autre reste encore un mystère pour moi.

— Est-ce le cas ici, dottore? » demanda Brunetti, sentant que le médecin avait envie de se voir poser la question.

Celui-ci haussa les épaules avant de répondre. « Pour ce que j'en sais, le coup n'est peut-être pas à l'origine de sa perte de parole. Il pourrait s'agir du choc; ou il pourrait avoir décidé de ne rien dire avant d'avoir une idée plus claire de ce qui se passe. » Le médecin se frotta les joues avec ses deux paumes.

Puis il baissa les mains et reprit la parole. « Je ne sais pas. Comme je viens de le dire, je m'occupe du cerveau, des neurones et des synapses, de choses qui peuvent être testées et mesurées. Je laisse tout le reste – tout ce qui n'est pas proprement physique, l'esprit, si vous préférez – à d'autres.

— Vous y avez cependant fait allusion, remarqua Brunetti, parlant à voix aussi basse que Damasco.

— Oui, j'y ai fait allusion. Je connais Gustavo depuis longtemps, et je crois donc connaître un peu sa façon de penser et de réagir aux choses. Oui, j'y ai fait allusion.

— Pourriez-vous développer un peu cela, dottore? demanda Brunetti.

— Développer quoi?

— Ce que vous pensez de la manière dont votre patient pense et réagit. »

Damasco donna toute son attention à Brunetti, et il était clair qu'il considérait la question avec un maximum de sérieux. « Non, je ne pense pas pouvoir le faire, commissaire. Je peux seulement vous dire qu'il est rigoureusement honnête, qualité qui, au moins sur un plan professionnel, n'a pas toujours joué à son avantage. » Il se tut, comme s'il réfléchissait à ce qu'il venait de dire. « Il est mon ami, mais aussi mon patient, et ma responsabilité est de le protéger autant que je peux.

— Le protéger de quoi ? » demanda Brunetti, choisissant d'ignorer, pour l'instant, les observations de Damasco sur les conséquences qu'avait eues l'honnêteté de son ami.

Le neurologue eut un sourire tout à fait naturel et amical lorsqu'il répondit : « Ne serait-ce que de la police, commissaire. » Sur quoi il fit demi-tour et se dirigea vers le lit, lançant, par-dessus son épaule : « J'aimerais qu'on me laisse seul avec mon patient, messieurs, si vous n'y voyez pas d'inconvénient. »

5

En quittant la chambre, Brunetti et Vianello constatèrent que Marvilli était toujours là, adossé au mur, jambes et bras croisés, comme quand Brunetti l'avait vu pour la première fois.

« Qu'est-ce que le médecin avait donc à vous dire ? demanda-t-il.

— Que son patient ne pouvait pas parler, suite au coup qu'il avait reçu sur la tête », répondit Brunetti, en choisissant de privilégier l'une des hypothèses émises par Damasco. Il laissa le temps au capitaine de digérer l'information, puis lui posa à son tour une question : « Voulez-vous nous raconter ce qui s'est passé ? »

Les yeux de Marvilli parcoururent rapidement le corridor dans les deux sens, comme pour vérifier qu'aucune oreille malveillante n'y traînait, mais il n'y avait personne. Il décroisa jambes et bras et remonta sa manche pour consulter sa montre. « La cafétéria n'est toujours pas ouverte, n'est-ce pas ? » demanda-t-il, paraissant soudain plus fatigué que sur ses gardes. Puis il ajouta : « La machine à café est en panne, en bas. Et j'aurais bien besoin d'un café.

— Il arrive que la cafétéria ouvre en avance », dit Vianello.

Remerciant d'un hochement de tête, Marvilli commença à s'éloigner sans attendre de voir s'il était suivi par les policiers. Mais une fois la porte franchie, il s'engagea dans le service de dermatologie, et Brunetti fut trop étonné et trop lent à réagir pour le rappeler. « Viens, lui dit Vianello en prenant la direction opposée. Il finira bien par la trouver. »

Une fois en bas et alors qu'ils approchaient des portes ouvertes de la cafétéria, ils entendirent le bruit caractéristique du moulin à café et le sifflement de la machine à espresso. Le barman commença par protester en les voyant arriver, mais lorsque Brunetti lui dit qu'ils étaient de la police il accepta de les servir. Les deux hommes se tinrent au bar, remuant le sucre dans leur café, et attendirent Marvilli. Deux employés en blouse bleue entrèrent à leur tour et commandèrent deux *caffè corretto*, le premier avec une bonne dose de grappa, le second avec du Fernet-Branca. Ils les burent rapidement et partirent sans payer, mais le barman, nota Brunetti, prit un carnet coincé derrière la caisse enregistreuse, le feuilleta et y inscrivit quelque chose.

« Bonjour, commissaire », fit une voix douce derrière lui. Quand Brunetti se tourna, il se trouva face au dottor Cardinale.

« Ah, dottoressa », dit-il en lui faisant une place au bar. Puis-je vous offrir un café ? » Il avait parlé suffisamment fort pour que le barman entende.

« Et me sauver la vie par la même occasion », répondit-elle avec un sourire. Elle posa sa sacoche de médecin au sol. « La dernière heure est la pire. D'habitude, on n'a aucune entrée, et je commence à penser au café. C'est sans doute ce qu'on doit ressentir quand on est naufragé en plein désert. On n'arrive pas à penser à autre chose qu'à cette première gorgée, cette première gorgée qui vous sauvera la vie. »

Son café arriva et elle y mit trois sucres. Devant l'expression des deux policiers, elle dit : « Si je voyais mes patients le faire je pousserais de hauts cris. » Elle fit tourner le mélange à plusieurs reprises, et Brunetti eut l'impression qu'elle savait exactement le nombre de tours qu'il fallait donner pour que son breuvage soit à la bonne température.

Elle descendit la tasse en une seule fois, la reposa sur la soucoupe, regarda Brunetti et reprit : « Ça y est, je suis sauvée. De nouveau humaine.

— Prendriez-vous le risque d'une deuxième ? demanda Brunetti.

— Pas si je veux dormir en arrivant chez moi, mais merci de me l'avoir proposé. »

Tandis qu'elle se penchait pour reprendre sa sacoche, Brunetti lui demanda si les blessures du policier étaient sérieuses.

« En dehors de celle faite à son amour-propre, pas très, non. » Elle se redressa, sa sacoche à la main, et ajouta : « S'il avait été frappé vraiment fort, il aurait eu le nez cassé ou le cartilage complètement déplacé. Il ne se serait pas fait plus mal en rentrant dans une porte. Et encore, en marchant d'un pas tranquille.

— Et le dottor Pedrolli ? »

Elle secoua la tête. « Je vous l'ai dit : je ne m'y connais pas beaucoup en neurologie. C'est pour cette raison que j'ai appelé le dottor Damasco. »

Par-dessus l'épaule de la jeune femme, Brunetti vit arriver Marvilli. Le capitaine, sans prendre la peine de cacher son irritation de s'être perdu, s'approcha du bar et commanda un café.

Le dottor Cardinale fit passer sa sacoche dans sa main gauche pour tendre la droite à Brunetti, puis se pencha pour serrer la main de Vianello. « Merci encore pour le café, commissaire. » Elle sourit alors à Marvilli et lui tendit la main. Après un bref instant d'hésitation, il céda et la lui serra.

Sur quoi la jeune femme se dirigea vers le corridor, s'arrêtant cependant sur le pas de la porte. Elle attendit que Marvilli se tourne et la regarde. Elle afficha alors un grand sourire et dit : « Vraiment géniales ces bottes, capitaine », puis elle disparut.

Brunetti ne détourna pas les yeux de son café, le finit et reposa doucement la tasse dans sa soucoupe. Après avoir constaté qu'ils étaient les seuls clients de la cafétéria, il s'adressa à Marvilli. « Pensez-vous pouvoir m'en dire davantage sur cette opération, capitaine ? »

Marvilli prit une gorgée de café et reposa sa tasse avant de répondre : « Comme je vous l'ai déjà dit, commissaire, c'est une enquête commencée depuis quelque temps déjà.

— Depuis combien de temps ?

— Presque deux ans – je vous l'ai dit aussi. »

Vianello reposa à son tour sa tasse, peut-être un peu trop fort, et demanda trois autres cafés au barman.

« En effet, capitaine, vous me l'avez dit, répondit Brunetti. Mais ce que j'aurais aimé savoir était quel événement avait déclenché l'enquête, en particulier l'opération effectuée ici.

— Je ne suis pas certain de pouvoir vous le révéler, commissaire. Je peux simplement vous dire que cette opération-là a eu lieu dans le cadre d'une série d'interventions similaires ayant eu lieu dans d'autres villes cette nuit même. » Il repoussa sa tasse avant d'ajouter : « En dehors de ça, je ne sais trop ce que je peux vous dire. »

Brunetti résista à l'envie de lui faire remarquer que l'opération en question avait envoyé un homme à l'hôpital. « Capitaine, dit-il doucement, je suis certain, pour ma part, que j'ai un motif suffisant pour vous arrêter – ou pour arrêter celui de vos hommes qui a agressé le dottor Pedrolli – pour voie de fait. » Sur quoi il sourit avant de poursuivre : « Je ne vais pas le faire, bien entendu ; je le mentionne simplement en tant qu'exemple du fait que nous ne devons pas nous sentir liés par ce que nous sommes ni par ce que nous avons la liberté ou non de faire. » Il caressa l'idée d'ajouter que le port de telles bottes aurait suffi à le faire accuser de vouloir se faire passer pour un officier de cavalerie, mais son bon sens prévalut.

Il déchira un paquet de sucre et le versa dans la tasse qui venait d'être posée devant lui. Il la tourna doucement, sans quitter la petite cuillère des yeux, et reprit son discours, toujours sur le ton d'une aimable conversation. « En l'absence de toute information sur votre opération, et donc n'ayant aucune certitude sur le fait que vos hommes avaient le droit de la conduire dans cette ville, capitaine, je n'ai pas d'autre choix que de protéger la sécurité des habitants de Venise. Ce qui est mon devoir. » Il leva les yeux. « Raison pour laquelle j'aimerais avoir davantage d'informations. »

D'une main fatiguée, Marvilli prit son second café, repoussant encore un peu plus loin la tasse vide et sa soucoupe sur le bar. Mais le geste de sa main gauche avait été trop brusque et la tasse alla atterrir sans se casser dans l'évier, de l'autre côté. « Désolé », dit-il machinalement tandis que le barman récupérait tasse et soucoupe.

Marvilli reporta son attention sur Brunetti et demanda : « Et si tout ceci n'était que du bluff, commissaire ?

— Si cela est vraiment votre réaction, capitaine, je crains de devoir établir un rapport de protestation contre l'usage excessif de la violence fait par vos hommes, assorti d'une requête pour une enquête officielle. » Il reposa sa tasse. « En l'absence d'un mandat émis par un juge vous autorisant à entrer de force dans l'appartement du dottor Pedrolli, vos hommes restent coupables d'effraction et d'agression.

— Il y a un mandat, répondit Marvilli.

— Émis par un juge de cette ville ? »

Marvilli ne répondit qu'après un long silence : « J'ignore si le juge est de Venise, commissaire. Mais je sais qu'il existe un mandat. Jamais nous n'aurions conduit une telle opération sans un mandat, pas plus ici qu'ailleurs. »

C'était tout à fait vraisemblable, dut convenir Brunetti. On n'en était pas arrivé à une époque où la police pouvait entrer n'importe où sans mandat. Pas encore. On était en Italie, pas aux États-Unis.

D'une voix dans laquelle il mit toute la fatigue d'un homme réveillé bien avant son heure habituelle et exaspéré par tout ce qui s'était passé depuis, Brunetti dit alors : « Si nous pouvions arrêter tous les deux de jouer les machos, capitaine, nous pourrions peut-être retourner tranquillement ensemble à la questure et vous m'expliqueriez en chemin de quoi il retourne exactement dans cette affaire. » Il prit un billet de dix euros dans sa poche, le posa sur le bar et se tourna vers la porte.

« Votre monnaie, signore », lui lança le barman.

Brunetti lui sourit. « Vous avez sauvé la vie du dottor Cardinale, pas vrai ? Je dirais que cela n'a pas de prix. » Le barman se mit à rire et le remercia, et Brunetti et Vianello s'engagèrent dans le couloir qui rejoignait l'entrée. Un Marvilli songeur leur emboîta le pas.

Une fois dehors, Brunetti constata qu'il faisait moins froid et qu'il restait des flaques sur le sol. Il ne se rappelait plus s'il pleuvait quand il était arrivé à l'hôpital ; et pendant qu'il était à l'intérieur, il n'avait guère regardé par les fenêtres. Toujours est-il que la pluie avait cessé et que l'air de Venise avait retrouvé la transparence caractéristique des débuts de l'automne, peut-être pour consoler ses habitants d'avoir été privés de l'été. Brunetti fut tenté d'aller jusqu'au bout du canal pour voir si l'on n'apercevait pas les montagnes au-delà de la lagune, dans le petit jour, mais, sachant que Marvilli verrait cela comme une provocation, y renonça. Dès l'après-midi, la pollution et l'humidité auraient de nouveau voilé les montagnes. Elles seraient peut-être visibles demain…

Quand ils traversèrent la place, Brunetti remarqua qu'on avait enfin enlevé les échafaudages qui, depuis des années, entouraient la statue équestre de Colleoni : c'était merveilleux de revoir enfin l'affreux condottiere. Il coupa par Rosa Salva, qui n'était pas encore ouverte, et s'engagea dans la Calle Bressana. Il attendit que Vianello et Marvilli l'aient rejoint au sommet du pont, mais Vianello préféra rester en bas des marches, appuyé au parapet, établissant ainsi une certaine distance entre lui et son supérieur. Brunetti fit de même en haut du pont. Marvilli, qui se trouvait entre eux mais regardait par-dessus le parapet, commença à parler. « Il y a environ deux ans, on nous a informés qu'une Polonaise, entrée légalement en Italie et travaillant comme employée de maison, célibataire, était sur le point d'accoucher dans un hôpital de Vicenza. Quelques jours plus tard, un couple de Milan approchant la quarantaine, sans enfant, est sorti de ce même hôpital avec un bébé et un certificat de naissance portant le nom de l'homme. Il prétendait avoir été l'amant de la Polonaise et être le père de l'enfant. La Polonaise a déclaré sous serment que c'était vrai. »

Marvilli s'accouda au parapet, contemplant les bâtiments à l'autre bout du canal. Il reprit là où il s'était interrompu. « Ce qui ne tenait pas debout était que l'homme, le soi-disant père, travaillait en Angleterre à l'époque où l'enfant avait été conçu. Elle devait avoir déjà été enceinte à son arrivée en Italie : d'après son permis de travail, elle y était entrée six mois avant la naissance du bébé. L'homme qui prétendait être le père n'avait jamais mis les pieds en Pologne, et la femme n'avait jamais quitté son pays avant de venir en Italie. » Et sans attendre que Brunetti pose la question, il ajouta : « Nous en sommes certains, croyez-moi. » Il se tut à nouveau et se tourna pour regarder Brunetti droit dans les yeux. « Il n'est pas le père.

— Comment êtes-vous tombé sur cette histoire ? » demanda Brunetti.

Marvilli reprit sa contemplation du canal avant de répondre, d'une voix soudain un peu nerveuse, comme s'il divulguait des informations qui auraient dû rester confidentielles : « Par l'une des femmes qui partageaient la chambre de la Polonaise. Elle a accouché au même moment. Elle a dit qu'elle ne pouvait pas parler d'autre chose que de son petit ami et de son désir de le rendre heureux. Et il semblait que la manière de le rendre heureux était de ramener beaucoup d'argent en Pologne, ce qu'elle lui racontait à chaque fois qu'elle lui téléphonait.

— Je vois, dit Brunetti. Et c'est cette femme qui partageait sa chambre qui vous a avertis ?

— Non, elle en a parlé à son mari, qui travaille pour les services sociaux de la ville, et il a appelé le commandement de Vicenza. »

Brunetti se tourna pour regarder dans la même direction que Marvilli, son attention attirée par un taxi qui approchait. « Comme tout cela tombait rudement bien, capitaine. Quelle chance que les forces de l'ordre aient eu le bonheur d'être gratifiées d'un tel enchaînement de coïncidences ! Que la femme du travailleur social ait assez bien parlé le polonais pour comprendre ce que la Polonaise racontait à son petit ami ! » Brunetti jeta à Marvilli un regard de côté. « Sans parler du fait encore plus opportun que l'homme travaillait pour les services sociaux de la ville et était assez bon citoyen pour penser à alerter les carabiniers. » Son regard fut appuyé, cette fois, et il ne fit rien pour dissimuler sa colère.

Marvilli hésita longtemps avant de répondre. « Très bien, commissaire, dit-il en levant les mains comme s'il se rendait. Nous étions déjà au courant, par une autre source, et l'Italienne était déjà installée dans la chambre quand la Polonaise y a été mise.

— Et cet appel citoyen que vous avez reçu de son prétendu mari ?

— Ces opérations sont secrètes, répliqua un Marvilli en colère.

— Poursuivez, capitaine », dit Brunetti. Il déboutonna sa veste ; avec l'arrivée du jour, la température augmentait peu à peu.

Marvilli se tourna brusquement vers lui. « Puis-je vous parler franchement, commissaire ? » Dans la lumière grandissante, le carabinier paraissait plus jeune, remarqua Brunetti.

« Je ne devrais pas prendre la peine de vous le faire remarquer, capitaine, mais votre question pourrait me laisser penser que vous ne l'avez pas fait jusqu'ici. Me parler franchement est précisément tout ce que je vous demande », ajouta Brunetti d'une voix soudain adoucie.

Marvilli cligna des yeux, ne sachant trop s'il devait réagir aux paroles de Brunetti ou à son ton. Il se dressa sur les pieds et s'étira le dos avant de répondre. « Bon Dieu, j'ai horreur de ces opérations aux petites heures de la nuit. Je n'ai même pas pris la peine de me coucher.

— Un autre café ? » lui proposa Brunetti.

Pour la première fois, Marvilli sourit, ce qui le faisait paraître plus jeune encore. « Vous avez dit au barman que le café avait sauvé la vie du docteur. Il a aussi probablement sauvé la mienne.

— Vianello ? lança Brunetti à l'inspecteur, resté en bas des marches, qui faisait semblant d'admirer la façade d'un bâtiment, sur sa gauche, qu'est-ce qu'il y a d'ouvert dans le secteur ? »

L'inspecteur consulta sa montre. « Ponte dei Greci », répondit-il, montant les marches dans leur direction.

La grille qui protégeait l'établissement, quand ils arrivèrent au bar, n'était relevée que de quelques centimètres, assez, cependant, pour suggérer que la machine à café était opérationnelle, à l'intérieur. Brunetti cogna contre la grille et cria : « Tu es là, Sergio ? » Sur quoi il cogna encore à la grille et, au bout d'un moment, quatre doigts poilus se glissèrent sous le bas de la grille, qui commença à monter lentement. Marvilli les surprit en s'accroupissant pour aider à la soulever jusqu'à ce qu'elle soit dans son logement, au-dessus de la porte dans laquelle se tenait un Sergio corpulent, noir de poil et velu – mais la vision la plus agréable que Brunetti aurait pu imaginer.

« Ça vous arrive de dormir, les gars ? » demanda Sergio, d'un ton plus râleur qu'agressif. Il battit en retraite dans le bar et passa derrière son comptoir.

« Trois ? » demanda-t-il sans se soucier d'être plus précis – la vue du trio lui avait suffi.

Brunetti hocha affirmativement la tête et conduisit les autres à une table près de la fenêtre.

On entendit siffler la machine, puis la porte claqua ; levant les yeux, Brunetti vit un grand Africain habillé d'une djellaba bleu clair et d'une veste de laine, portant un plateau de pâtisseries recouvert d'un papier de protection. « Apporte-les à mes clients, Bambola, tu veux bien ? lui lança Sergio.

L'Africain se tourna vers le petit groupe et eut un sursaut de peur involontaire en reconnaissant l'uniforme que portait Marvilli. Il s'immobilisa, tenant défensivement le plateau contre sa poitrine.

Vianello eut un geste d'apaisement. « Nous ne sommes pas encore au travail », dit-il. Bambola regarda tour à tour Vianello et les deux autres, puis hocha la tête. Son visage se détendit et il s'avança vers leur table sur laquelle il posa son plateau ; puis, avec un geste de magicien, il retira la protection de papier et les arômes de crème, d'œufs, de raisins de Corinthe et de pâte fraîchement levée emplirent l'air.

« Laisse-le là », dit Marvilli. « S'il te plaît », ajouta-t-il.

L'Africain se rendit au comptoir, dit quelque chose à Sergio et quitta le bar.

Chacun d'eux choisit une pâtisserie, puis Sergio arriva avec un plateau sur lequel il avait placé, outre les trois cafés, une assiette sur laquelle il disposa quelques pâtisseries. Il récupéra celles qui restaient, les ramena derrière son comptoir et les disposa dans un présentoir en Plexiglas.

Comme si, par un accord tacite, ils étaient convenus de la difficulté qu'il y avait à parler d'affaires de police avec de la brioche à la crème plein la bouche, les trois hommes gardèrent le silence jusqu'à ce que les trois premières pâtisseries et les cafés eussent disparu. Brunetti sentit le coup de fouet apporté par la caféine et le sucre et se rendit compte que Vianello et Marvilli paraissaient aussi plus réveillés.

« Et une fois le couple de Milan reparti avec le bébé de la Polonaise, qu'est-ce qui s'est passé ? » demanda Brunetti. À l'hôpital, Marvilli avait dit que l'opération Pedrolli était « séparée », mais Brunetti était certain de pouvoir le conduire, à un moment ou un autre, à s'expliquer là-dessus.

Jetant sa serviette en papier sur l'assiette, Marvilli expliqua qu'un juge avait signé un mandat pour que les Milanais soient maintenus sous surveillance.

« Ce qui signifie ?

— Qu'ils étaient sur écoute à leur domicile et sur leurs portables, que leurs courriels étaient lus. Leur courrier était ouvert et ils étaient suivis, de temps en temps, répondit Marvilli.

— Et il en allait de même pour le dottor Pedrolli et sa femme? demanda Brunetti.

— Non, le cas était différent.

— En quoi?»

Les lèvres de Marvilli se pincèrent. «Je ne peux pas vous en dire davantage, sinon que nous avons reçu l'information d'une source différente.

— Vous ne pouvez pas, ou vous ne voulez pas?

— Je ne peux pas», répondit Marvilli, l'air mécontent – sans que Brunetti puisse déterminer si c'était parce que la question l'avait agacé ou parce qu'il regrettait de ne pouvoir y répondre.

Le commissaire décida de risquer une autre question : «Étiez-vous au courant depuis le début, pour eux aussi?»

Marvilli secoua négativement la tête mais ne répondit pas.

Brunetti accepta la réaction de Marvilli avec une résignation apparente, intrigué de l'avoir entendu souligner à plusieurs reprises que l'opération Pedrolli avait été différente et dans une certaine mesure séparée de l'affaire principale, préparée de longue date. Il sentit que Vianello avait envie de dire quelque chose et il le laissa faire. Ce serait une manière délicate de clore le sujet des anomalies de l'affaire Pedrolli. Se tournant vers l'inspecteur, il fit exprès de l'appeler par son prénom : «Oui, Lorenzo, qu'est-ce qu'il y a?

— Capitaine, commença alors Vianello, puisque vos supérieurs savaient ce qu'avaient fait ces personnes, pourquoi ne pas les avoir tout simplement arrêtées?

— L'intermédiaire – la personne qui organisait ce trafic –, c'était lui qu'ils voulaient», expliqua Marvilli. Puis il se tourna vers Brunetti. «Vous comprenez à présent que ce n'est pas seulement aux personnes arrêtées cette nuit que nous nous intéressons, n'est-ce pas?»

Brunetti hocha la tête.

«Ce ne sont pas des cas isolés, continua Marvilli. On en compte dans tout le pays. Nous n'avons probablement même pas idée de l'étendue du phénomène.»

Il revint à Vianello. « C'est pourquoi il nous faut le ou les intermédiaires, pour savoir qui procure les documents, les certificats de naissance, voire, dans un cas, de faux certificats médicaux prétendant qu'une femme avait accouché d'un enfant qui n'était pas le sien. » Il croisa les mains sur la table comme un écolier discipliné.

Brunetti attendit quelques instants avant de prendre la parole : « Nous avons eu quelques cas ici, en Vénétie, mais pour autant que je sache c'est la première arrestation faite à Venise dans ce genre d'affaires. » Marvilli acquiesça et Brunetti poursuivit : « Quelqu'un a-t-il une idée du... disons, du tableau d'ensemble ?

— À ça non plus je ne peux pas répondre, commissaire. On ne m'a confié l'opération qu'hier au soir et mon briefing a été des plus sommaires. » Brunetti avait cependant l'impression que le capitaine avait appris beaucoup de choses en très peu de temps.

Au lieu de commenter cela, il demanda : « Et savez-vous si celui que vous appelez "l'intermédiaire" a été arrêté ? Ou les intermédiaires ? »

Marvilli haussa les épaules, laissant à Brunetti le soin de conclure que la réponse était non. « Ce que je sais, c'est que deux des couples arrêtés cette nuit étaient passés par la même clinique à Vérone », répondit finalement le capitaine.

La surprise que Brunetti ressentit en entendant le nom d'une ville appartenant au cœur économique du pays l'obligea à reconnaître qu'il avait une forte tendance à considérer comme acquis que crimes et délits avaient toujours le Sud comme origine. Mais pourquoi le désir d'enfant poussé jusqu'au comportement délictueux serait-il plus fort là-bas que dans le confort et la richesse du Nord ?

Il se tourna pour entendre Marvilli terminer une phrase. « ... Dottor Pedrolli et son épouse.

— Désolé, capitaine, pourriez-vous répéter ? Je pensais à autre chose. »

Marvilli fit plaisir à Brunetti en ne manifestant aucune irritation devant ce manque d'attention de sa part. « Comme je l'ai dit, deux des autres couples sont passés par la même clinique à Vérone, une clinique spécialisée dans les problèmes de fertilité. On y envoie des gens de tous les coins du pays. » Il les regarda enregistrer cette information avant de continuer : « Il y a environ deux ans, les Pedrolli sont allés dans la clinique en question pour y être examinés tous les deux. » Brunetti n'avait aucune idée du nombre de cliniques, dans toute la Vénétie, spécialisées dans les problèmes de fertilité ; il se demanda s'il s'agissait simplement d'une coïncidence.

« Et ensuite ? demanda-t-il, curieux de savoir dans quelle mesure et depuis combien de temps la police s'intéressait à cette clinique et aux problèmes intimes des gens qui y allaient comme patients.

— Et ensuite, rien, répondit Marvilli, soudain de mauvaise humeur. Rien. Ils y ont eu un rendez-vous, c'est tout ce que nous savons. »

Brunetti s'abstint de demander si les carabiniers avaient mis la clinique et les Pedrolli sous surveillance et si oui, dans quelle mesure. Il se demanda en revanche comment les carabiniers avaient eu vent de cette visite et de quel droit ils s'y étaient intéressés, mais la voix de la patience lui souffla à l'oreille la liste des secrets qui n'en étaient pas pour lui grâce au talent des plus éprouvés de la signorina Elettra Zorzi, la secrétaire de son supérieur, si bien qu'il garda pour lui sa vertueuse indignation devant cette atteinte à la vie privée des citoyens. « Avez-vous trouvé un rapport quelconque avec cette clinique ? » demanda-t-il.

Marvilli repoussa l'assiette. « Nous travaillons là-dessus », fut sa réponse évasive.

Brunetti croisa ses jambes sous la table en faisant attention de ne pas toucher celles de Marvilli. Il se laissa aller un peu en arrière sur la banquette et croisa les bras. « Permettez-moi de penser un moment à voix haute, capitaine. » Marvilli lui jeta un coup d'œil un peu inquiet. « Des centaines de personnes doivent consulter cette clinique, chaque année. »

Comme le carabinier ne réagissait pas, Brunetti enchaîna : « N'est-ce pas exact, capitaine ?

— Si.

— Bien, dit Brunetti, souriant comme si Marvilli venait de confirmer par avance l'hypothèse qu'il était sur le point d'émettre. Autrement dit, les Pedrolli figurent parmi des centaines de personnes ayant les mêmes problèmes. » Il sourit encore à Marvilli, tel un professeur cherchant à soulever l'enthousiasme de son élève préféré. « Dans ce cas, comment se fait-il – telle est la question que je me pose – que les carabiniers aient décidé que seul le dottor Pedrolli, parmi toutes ces personnes venues consulter à la clinique, aient adopté illégalement un enfant ? À moins, bien sûr, que l'intermédiaire n'ait été arrêté ? »

Marvilli hésita un moment avant de répondre : « On ne me l'a pas dit. »

Après un instant de silence, le capitaine ajouta : « Je crois que c'est une question que vous devriez poser au dottor Pedrolli. »

Quelqu'un de plus brutal ou de plus implacable que Brunetti aurait rappelé à l'officier des carabiniers que Pedrolli n'était pas en mesure de répondre à des questions, dans son état actuel. Au lieu de cela, il prit Marvilli par surprise en lui disant : « Je n'aurais pas dû vous demander cela. Et les enfants ? Qu'est-ce qui va leur arriver ? dit-il pour changer de sujet.

— La même chose qu'aux autres, répondit Marvilli.

— C'est-à-dire ?

— Ils seront placés dans un orphelinat. »

6

Brunetti ne laissa rien paraître de l'effet que les mots de Marvilli avaient eu sur lui et résista à l'envie d'échanger un coup d'œil avec Vianello. Il espérait que l'inspecteur suivrait son exemple et ne dirait rien qui puisse atténuer ou gâcher le contact plus facile qu'il venait d'établir avec le capitaine.

« Et ensuite, demanda Brunetti d'un ton professionnel. Qu'advient-il des enfants ? »

Marvilli ne put cacher sa perplexité. « Je vous l'ai dit, commissaire. Nous veillons à ce qu'ils soient confiés à un orphelinat et c'est ensuite aux services sociaux et aux tribunaux pour enfants de vérifier qu'on prend convenablement soin d'eux. »

Brunetti préféra ne pas insister. « Je vois. Si bien que dans chaque cas, vous... » Il essaya de penser au verbe qu'il était supposé employer : reprendre possession ? confisquer ? voler ? « ... récupérez l'enfant et le confiez aux services sociaux.

— Cela relève de notre responsabilité, oui, admit Marvilli en toute simplicité.

— Et Pedrolli ? qu'est-ce qui va lui arriver ? »

Marvilli réfléchit avant de répondre : « Cela dépendra du magistrat instructeur, j'imagine. Si Pedrolli décide de coopérer, les chefs d'inculpation pourront être mineurs.

— Coopérer... comment ? » demanda Brunetti. Devant le silence de Marvilli, le commissaire se rendit compte qu'il n'avait pas posé la bonne question mais, avant qu'il ait pu en poser une autre, le carabinier avait dégagé son poignet pour consulter sa montre. « Je crois que je dois retourner à la caserne, *signori*. » Il se glissa hors du box et, une fois debout, proposa de payer les cafés.

« Merci, capitaine, mais non, répondit Brunetti avec un sourire. L'idée d'avoir sauvé deux vies aujourd'hui me plaît. »

Marvilli se mit à rire. Il serra la main à Brunetti puis, après un « Au revoir, inspecteur » courtois, se pencha sur la table pour serrer aussi celle de Vianello.

Si Brunetti s'était attendu à ce que le capitaine dise qu'il tiendrait la police locale informée, voire leur demanderait peut-être de partager avec les carabiniers toute information que celle-ci pourrait obtenir, il fut déçu. L'homme se contenta de remercier Brunetti pour les cafés, tourna les talons et quitta le bar.

Brunetti contempla les reliefs du petit déjeuner, les serviettes froissées. « Si jamais je prends encore un café, je vais pouvoir retourner à la questure en volant.

— Pareil pour moi, marmonna Vianello, avant de demander : Par où on commence ?

— Par Pedrolli, je crois. Nous devrions aussi retrouver cette clinique de Vérone. Et j'aimerais beaucoup savoir ce que les carabiniers ont découvert sur Pedrolli. »

Vianello eut un geste en direction de l'endroit où Marvilli avait été assis. « Oui, il s'est montré pas mal timide sur ce point, hein ? »

Aucun d'eux ne proposa de solution et finalement, après un silence contemplatif, c'est Vianello qui reprit la parole. « Sa femme est probablement à l'hôpital. Tu ne veux pas aller lui parler ? »

Brunetti acquiesça. Puis il se leva et se dirigea vers le bar.

« Dix euros, commissaire », dit Sergio.

Brunetti posa un billet sur le comptoir et se tournait déjà vers la porte, où Vianello l'attendait, lorsqu'il lança, pardessus son épaule : « Bambola, hein ? »

Sergio sourit. « J'ai vu son véritable nom sur son permis de travail, mais pas moyen de le prononcer. Si bien que je lui ai proposé de l'appeler Bambola, ce qui est le plus approchant de son nom qu'on puisse faire en italien.

— Il a un permis de séjour ?

— Oui, il travaille à la pâtisserie de Barbaria delle Tolle, dit-il en prononçant le nom de la rue à la vénitienne – quelque chose qu'aucun étranger n'aurait sans doute été capable de faire. Il a vraiment un permis. »

Les deux policiers quittèrent le bar pour regagner la questure. Il n'était pas encore sept heures et ils se rendirent dans la salle commune où se trouvait une vieille télé en noir et blanc, afin de regarder le premier bulletin d'information de la journée. Ils durent subir d'interminables analyses politiques, la vue de ministres et de politiciens s'exprimant devant des forêts de micros – tout cela pendant qu'une voix off expliquait ce qu'ils étaient censés avoir déclaré. Une voiture avait explosé. Le gouvernement estimait qu'il n'y avait pas d'inflation. Trois nouveaux canonisés venaient surpeupler le calendrier.

Peu à peu, d'autres policiers vinrent les rejoindre. Le sujet changea : on vit une berline bleue des carabiniers s'arrêter devant la questure de Brescia. Un homme, se cachant le visage de ses mains menottées, descendit de la voiture. La voix off expliqua que les carabiniers avaient effectué des descentes nocturnes à Brescia, Vérone et Venise pour démanteler un réseau de trafiquants de bébés. Cinq personnes avaient été arrêtées et trois bébés confiés aux soins de l'État.

« Les pauvres, murmura Vianello, parlant évidemment des enfants.

— Mais que peut-on faire d'autre ? » objecta Brunetti.

Alvise, qui s'était approché discrètement et se tenait maintenant près d'eux, intervint bruyamment, comme s'il s'adressait à la télévision et non pas, en réalité, à Brunetti : « Les laisser à leurs parents, pour l'amour du ciel !

63

— Leurs parents n'en voulaient pas, fit remarquer sèchement Brunetti. C'est justement pour cela que toutes ces affaires sont arrivées. »

Alvise leva une main en l'air. « Je ne parle pas de ceux qui les ont mis au monde, je parle de leurs parents, des gens qui les élèvent, qui les ont depuis (il leva encore un peu plus la voix) depuis dix-huit mois. Un an et demi ! Ils commencent à marcher et à parler. On ne peut pas aller simplement comme ça les leur enlever pour les foutre dans un orphelinat. *Porco Giuda*, ce sont des enfants, pas des ballots de cocaïne qu'on met sous séquestre dans un placard ! » Alvise claqua la table de la paume de la main et regarda son supérieur, le visage empourpré. « Dans quel pays vivons-nous, pour que des choses pareilles soient possibles ? »

Brunetti ne pouvait qu'approuver. La question d'Alvise était parfaitement fondée. Dans quel pays vivaient-ils, en effet ?

Puis ce furent des joueurs de football que l'on vit à l'écran – des joueurs en grève, ou arrêtés, Brunetti n'aurait su dire, d'ailleurs il s'en fichait. Il se détourna de la télévision et quitta la salle, suivi par Vianello.

Tandis qu'ils montaient les marches, l'inspecteur remarqua : « Il a raison, tu sais. Alvise. »

Comme Brunetti ne répondait pas, Vianello insista : « C'est peut-être la première fois dans les annales que notre Alvise a raison, mais le fait est là. »

Brunetti attendit d'être en haut de l'escalier, et lorsque l'inspecteur l'eut rejoint, lui répondit. « La loi est un monstre sans cœur, Lorenzo.

— Ce qui veut dire ?

— Ce qui veut dire, expliqua Brunetti, s'arrêtant juste de l'autre côté de la porte de son bureau, que si l'on permet à ces gens de garder les enfants on établit un précédent ; que n'importe qui pourra acheter un bébé ou s'en procurer un de n'importe quelle manière, à n'importe quelle fin ; que tout cela sera parfaitement légal.

— Et quelle autre fin pourrait-on avoir que de les élever et de les aimer ? » demanda un Vianello scandalisé.

Brunetti, depuis qu'il avait eu vent pour la première fois des rumeurs selon lesquelles on achetait des bébés et des enfants pour en faire des donneurs d'organe involontaires, avait décidé de traiter la chose de mythe urbain. Néanmoins, avec les années, ces rumeurs étaient devenues plus fréquentes et s'étaient déplacées géographiquement du tiers-monde aux pays riches ; aujourd'hui, s'il refusait toujours de leur accorder du crédit, ces accusations le mettaient de plus en plus mal à l'aise. Une opération aussi compliquée qu'une transplantation d'organe exigeait en toute logique un environnement médical de qualité et une équipe chirurgicale de pointe, grâce auxquels au moins l'un des deux patients guérirait. Les chances pour que toutes ces conditions soient remplies et que toutes les personnes impliquées restent bouches cousues paraissaient bien trop minces à Brunetti. Cela était certainement vrai en Italie et en Europe. Mais au-delà ? Le commissaire préférait ne pas trop y penser.

Il se souvenait d'avoir lu dans *La Repubblica* – cela devait remonter à plus de dix ans – la lettre tourmentée et dérangeante d'une femme qui reconnaissait avoir transgressé ce qu'elle savait être la loi, en allant en Inde faire procéder à une transplantation de rein pour sa petite fille de douze ans. Elle racontait le diagnostic, la place assignée à son enfant sur la liste d'attente – tellement éloignée dans le temps que cela revenait à une condamnation à mort.

La femme se disait parfaitement consciente qu'une autre personne, peut-être un enfant, s'était vue contrainte par la pauvreté de vendre une partie de son corps vivant. Elle savait en outre que la santé du donneur serait ensuite compromise de manière permanente, indépendamment du prix qui lui serait payé, indépendamment de ce qu'il ferait de l'argent. Mais quand elle évaluait la vie de sa fille à l'aune du risque sanitaire couru par cette personne étrangère, elle avait accepté l'idée qu'elle pouvait vivre avec cette culpabilité. Elle avait donc amené sa fille en Inde avec ses reins malades et l'avait ramenée avec un rein sain.

Parmi les choses que Brunetti admirait secrètement et depuis toujours chez certains Anciens – et c'était une raison, il devait l'admettre, qui le poussait à les relire avec tant de constance – il y avait l'aisance apparente avec laquelle ils prenaient des décisions éthiques. Le juste et l'injuste; le blanc et le noir. Ah, que les choses étaient faciles alors, lui semblait-il.

Mais voilà qu'était arrivée la science et sa manie de jeter des bâtons dans les roues des décisions éthiques, arrivé le temps où la loi courait après la science et la technologie. Tous les moyens étaient bons pour concevoir, les morts n'étaient plus tout à fait morts, les vivants pas nécessairement pleinement vivants, et il existait peut-être un lieu où des cœurs et des foies étaient à vendre.

Il aurait voulu faire part de tout cela à Vianello dans sa réponse, mais il ne voyait pas comment le condenser en deux ou trois phrases qui auraient fait sens. Si bien qu'il se contenta de se tourner vers son adjoint et de lui poser la main sur l'épaule. « Je n'ai aucune grande réponse, seulement quelques petites idées.

— Ce qui veut dire?

— Ce qui veut dire, répondit Brunetti (à qui l'idée ne vint qu'à ce moment-là) que, puisque nous ne l'avons pas arrêté nous-mêmes, nous devrions peut-être essayer de le protéger.

— Je ne suis pas sûr de bien comprendre, avoua Vianello.

— Moi non plus, je n'en suis pas sûr, Lorenzo, mais il me semble que c'est un homme qui a besoin d'être protégé.

— De Marvilli?

— Non, pas du capitaine. Mais de certaines personnes pour lesquelles le capitaine travaille. »

Vianello s'installa sur l'une des chaises du bureau de Brunetti. « As-tu déjà eu affaire à eux? »

Brunetti, encore sous l'effet excitant de la caféine et du sucre et trop énervé pour s'asseoir, s'appuya contre son bureau. « Non, pas aux gens de Vérone. Je suppose que je parlais d'une manière générale.

— Les personnes qui ont fourni les bébés aux orphelinats ? » demanda Vianello, incapable de se libérer de l'emprise que cette pensée avait sur lui.

— Oui, répondit Brunetti, je crois qu'on pourrait en parler comme ça. »

Vianello accueillit cette idée avec un froncement de sourcils. « Comment pouvons-nous le protéger ?

— Notre première démarche consistera à vérifier s'il a un avocat et si oui, de qui il s'agit.

— On croirait que tu cherches à nous faire avoir des ennuis, répondit Vianello avec un sourire entendu.

— Si jamais il se retrouve avec la liste des chefs d'inculpation que nous a récités Marvilli, il aura besoin d'un bon avocat.

— Donatini ? » suggéra Vianello, prononçant le nom comme s'il s'agissait d'un gros mot.

Brunetti leva les mains, feignant d'être horrifié. « Non, je n'irais pas jusque-là. Il aura besoin de quelqu'un d'aussi bon que Donatini, mais d'honnête. »

Plus parce que la réaction était attendue que parce qu'il le pensait vraiment, Vianello répondit : « Honnête ? Un avocat ?

— Ça existe, tu sais. Il y a Rosato, mais je ne sais pas dans quelle mesure elle s'occupe d'affaires criminelles. Et Varasciutti, et Leonardi… » Sa voix mourut.

Ne ressentant pas la nécessité de faire remarquer qu'ils travaillaient depuis des dizaines d'années avec des avocats criminels et n'avaient pas réussi à trouver plus de trois noms, Vianello observa : « Au lieu d'un avocat honnête, on pourrait se rabattre sur un avocat efficace. » L'un et l'autre préférèrent ne pas relever que, du coup, Donatini revenait en tête de liste.

Brunetti jeta un coup d'œil à sa montre. « Quand je verrai sa femme, je lui demanderai si elle en connaît un. » Il s'écarta du bureau, le contourna et alla s'asseoir.

Il remarqua la présence de papiers qui n'y étaient pas quand il était parti, la veille, mais c'est à peine s'il les regarda. « Il y a une chose que nous devons découvrir, dit-il.

— Qui a autorisé l'opération?

— Exactement. Il est impensable qu'une escouade de carabiniers puisse venir à Venise et forcer la porte d'un domicile sans mandat d'un juge et sans nous en avoir avertis.

— Patta? demanda Vianello. Patta était-il au courant? »

Le nom du vice-questeur avait été le premier à venir à l'esprit de Brunetti, mais plus il y pensait, moins cela lui paraissait vraisemblable. « On ne peut pas l'exclure. Mais dans ce cas-là, on en aurait entendu parler. » Il ne mentionna pas que la source de cette information aurait été obligatoirement non pas le vice-questeur lui-même, mais sa secrétaire, la signorina Elettra.

« Et sinon, qui? » demanda Vianello.

Brunetti ne répondit qu'après quelques instants de réflexion. « Il pourrait s'agir de Scarpa.

— Mais c'est l'homme de Patta », objecta Vianello, sans chercher à déguiser le mépris qu'il ressentait pour le lieutenant.

« Il a fait quelques gaffes, ces temps derniers. Il s'est peut-être adressé directement au questeur pour renforcer sa position.

— Oui, mais quand Patta en entendra parler? Ça risque de ne pas lui plaire beaucoup, d'avoir été doublé par Scarpa. »

Ce n'était pas la première fois que Brunetti s'interrogeait sur la symbiose entre ces deux messieurs venus du Sud, le vice-questeur Patta et son chien de garde, le lieutenant Scarpa. Jusqu'ici, il avait toujours considéré que Scarpa ne visait pas plus haut que la protection de son supérieur direct, à savoir le vice-questeur. Se pourrait-il que le lieutenant ne voie dans ses liens avec Patta rien de plus qu'un instrument conjoncturel, un marchepied pour des visées plus hautes, et que sa véritable cible soit le questeur en personne?

Avec le temps, Brunetti avait appris ce qu'il lui en coûtait de sous-estimer Scarpa et il valait donc peut-être mieux admettre cette possibilité et la garder présente à l'esprit pour ses futurs rapports avec lui. Patta était sans doute un étourdi qui faisait preuve de beaucoup d'indolence et s'adonnait volontiers aux satisfactions de la vanité, mais Brunetti n'avait jamais eu la moindre preuve qu'il fût corrompu, quelques bricoles mises à part, ni qu'il eût été entre les mains de la Mafia.

Il détourna les yeux de Vianello pour mieux suivre son train de pensée. En sommes-nous au stade, se demanda-t-il, où nous estimons que l'absence de vice est synonyme de son opposé? Sommes-nous tous devenus fous?

Vianello, habitué aux petites manies de son supérieur, attendit que celui-ci reportât son attention sur lui pour demander, sans plus de précision : « On lui fait chercher?

— Je crois qu'elle en serait ravie, répondit aussitôt Brunetti, même s'il ne jugeait pas vraiment souhaitable d'encourager la signorina Elettra à saper le système de sécurité de la police.

— Te souviens-tu de la femme venue nous voir, il y a environ six mois, pour nous parler d'une jeune fille enceinte? »

Vianello hocha affirmativement la tête et demanda : « Pourquoi? »

Brunetti se remémora la vieille dame qu'il avait interrogée ce jour-là. Petite, la soixantaine largement dépassée, cheveux teints en blond, très inquiète que son mari puisse apprendre qu'elle avait été voir la police. Mais quelqu'un lui avait dit de venir. Sa fille, ou sa belle-fille, il ne se souvenait plus exactement, était mêlée à l'affaire.

« J'aimerais que tu vérifies s'il existe une transcription de son interrogatoire. Je ne me rappelle plus si j'en ai demandé une ou non et j'ai oublié son nom. C'était au printemps dernier il me semble, non?

— À moi aussi, dit Vianello. Je vais voir si je peux trouver quelque chose.

— C'est peut-être sans rapport, mais j'ai envie de relire ce qu'elle a dit, peut-être même d'aller la voir.

— S'il y a eu une transcription, je la retrouverai. »

Brunetti consulta sa montre. « Je vais aller à l'hôpital voir ce qu'a à nous dire la femme de Pedrolli. Et demande à la signorina Elettra si elle peut découvrir qui a été informé de... l'opération des carabiniers. » Il aurait aimé utiliser un mot plus fort, « descente », voire « raid » ou « agression », mais il se retint.

« Je lui en parlerai dès qu'elle arrivera, cet après-midi, répondit l'inspecteur.

— Cet après-midi ? s'étonna un Brunetti intrigué.

— C'est mardi, dit Vianello en guise d'explication, comme il aurait dit les magasins d'alimentation ferment les mercredis après-midi, les restaurants n'ouvrent pas les lundis, et la signorina Elettra ne travaille pas les mardis matin.

— Ah oui, bien sûr. »

7

Elle était forte. Aurait-on demandé à Brunetti d'expliquer pourquoi cet adjectif lui était venu à l'esprit lorsqu'il vit pour la première fois la femme de Pedrolli, il aurait eu du mal à répondre, mais c'est cependant celui-ci qui s'imposa à lui et l'impression demeura pendant tout le temps qu'il eut affaire à elle. Elle était à côté du lit de son mari et parut surprise en voyant Brunetti entrer, bien que celui-ci eût frappé avant. Peut-être s'attendait-elle à voir quelqu'un d'autre. Un médecin en blouse blanche, par exemple.

Elle était belle : ce fut la deuxième chose qui frappa Brunetti. Grande, mince, avec une crinière de boucles châtain foncé, elle avait les pommettes hautes et des yeux clairs, gris ou peut-être verts, et un nez long et fin dont l'extrémité se redressait. Sa bouche était grande, hors de proportion sous son nez, mais ses lèvres pleines semblaient convenir parfaitement à son visage. Elle avait sûrement dépassé quarante ans, mais sa peau lisse ne laissait voir aucune ride sur sa figure. Elle paraissait avoir au moins dix ans de moins que l'homme dans le lit, mais il est vrai que les circonstances ne permettaient pas de faire une comparaison honnête.

Quand elle eut compris que Brunetti n'était pas la personne qu'elle s'attendait à voir, elle se retourna vers son mari, qui paraissait endormi. Brunetti ne voyait de Pedrolli que son visage, du front au menton, et la forme de son grand corps sous les couvertures.

Elle garda les yeux sur son mari et le policier garda les yeux sur elle. Elle portait une jupe en laine vert foncé et un chandail beige. Avec aux pieds des chaussures marron d'un modèle coûteux, peu faites pour marcher.

« Signora ? dit Brunetti en restant près de la porte.

— Oui ? répondit-elle, lui jetant un coup d'œil rapide avant de revenir à son mari.

— Je suis de la police. »

La rage de la femme explosa si soudainement qu'il fut pris par surprise. Le timbre de sa voix devint un sifflement menaçant, à deux doigts de la violence physique. « Vous nous avez fait ça et vous osez venir ici ? Vous l'avez battu, assommé, vous l'avez rendu incapable de parler et vous avez le culot de m'adresser la parole ? »

Les poings serrés, elle fit deux pas en direction de Brunetti, lequel ne put s'empêcher de lever les mains, paumes tendues, dans un geste qui aurait mieux convenu à se garder d'esprits malfaisants qu'à se protéger de la violence physique. « Je n'ai rien à voir avec ce qui s'est passé cette nuit, signora. Je suis au contraire venu enquêter sur les violences faites à votre mari.

— Sale menteur ! cracha-t-elle, mais sans s'approcher davantage.

— Signora, reprit Brunetti, parlant volontairement à voix basse, on m'a appelé chez moi à deux heures du matin pour que je me rende à l'hôpital, car nous avions reçu un appel à la questure disant qu'un homme avait été victime d'une agression et conduit ici. » C'était une façon de présenter les choses qui relevait presque du mensonge, même si, dans son essence, il n'y avait rien de faux. « Si vous voulez, vous pouvez interroger les médecins et les infirmières. »

Il se tut, lui donnant le temps de digérer cette information. « Comment vous appelez-vous ? demanda-t-elle.

— Guido Brunetti, commissaire de police. L'opération au cours de laquelle votre mari a été blessé... (il la vit qui voulut objecter quelque chose, mais il continua) ... était une opération des carabiniers, pas de chez nous. Pour autant que je sache, nous n'en avions même pas été avertis. » Il n'aurait peut-être pas dû lui dire cela, mais il lui fallait détourner sa rage s'il voulait la conduire à lui parler.

Tentative qui échoua, car elle reprit sur-le-champ l'attaque et, si les termes qu'elle employa étaient des plus violents, jamais son ton ne s'éleva au-dessus du chuchotement. « Vous voulez dire que ces gorilles ont le droit de venir dans la ville quand ils veulent, de forcer notre porte, d'enlever nos enfants et de laisser un homme dans cet état ? » Elle se tourna, montrant son mari ; le geste, comme les paroles, avait quelque chose de volontairement théâtral qui n'échappa pas à Brunetti. En dépit de la sympathie qu'il pouvait ressentir pour Pedrolli et son épouse, le commissaire ne pouvait pas non plus oublier – comme elle paraissait le faire – qu'ils étaient accusés d'avoir adopté illégalement un enfant et que son époux était en état d'arrestation.

« Je ne voudrais pas déranger votre mari, signora. » Elle parut s'adoucir un peu, et il continua. « Si je peux trouver une infirmière pour rester avec lui dans la chambre, viendrez-vous me parler dans le couloir ?

— Si vous arrivez à trouver une infirmière dans cet hôpital, vous êtes meilleur que moi. Je n'ai vu personne depuis qu'on m'a conduite ici, répondit-elle, encore en colère, mais moins. Ça ne leur pose aucun problème de le laisser tout seul ici. »

Le bon sens dictait à Brunetti de ne rien répondre. Il leva la main en un geste d'apaisement. Le carabinier en uniforme était toujours assis dans le couloir mais ne leva même pas les yeux sur le policier quand celui-ci sortit. Au bout du couloir, dans le local des infirmières, l'équipe de jour venait juste de prendre son tour de garde. Il était composé de deux femmes d'un âge moyen portant l'uniforme actuel des infirmières : jeans et chandail sous de longues blouses blanches. La plus grande des deux avait des chaussures rouges, l'autre déjà des cheveux blancs.

Il sortit son accréditation de son portefeuille et la leur montra. « Je suis ici pour le dottor Pedrolli, expliqua-t-il.

« — Et pour quoi faire? Vous ne pensez pas que vous en avez déjà fait assez? » demanda la plus grande.

La plus âgée tendit la main vers le bras de sa collègue, comme si elle craignait qu'elle et Brunetti n'en vinssent aux mains, car elle lui tira le bras, et sèchement : « Fais attention à ce que tu dis, Gina. » Puis elle s'adressa à Brunetti : « Qu'est-ce que vous voulez? » Son ton, bien que moins agressif, paraissait néanmoins accuser Brunetti de complicité dans ce qui était à l'origine de la présence du dottor Pedrolli dans l'hôpital.

Sa colère nullement apaisée, celle qui s'appelait Gina eut un reniflement de mépris, mais au moins l'écoutait-elle et Brunetti poursuivit : « Je suis venu ici à trois heures du matin pour voir quelqu'un dont on m'avait dit qu'il avait été victime d'une agression. Mes hommes n'étaient en rien mêlés à cette affaire. »

La plus âgée paraissait vouloir le croire, ce qui fit apparemment baisser un peu la tension. « Le connaissez-vous? » demanda-t-il en ne s'adressant qu'à celle-ci.

Elle hocha la tête. « J'ai travaillé en pédiatrie jusqu'à il y a deux ans, et c'était le meilleur. Parfois, je me disais même qu'il était le seul à vraiment se soucier des enfants; il était en tout cas le seul qui se comportait comme s'il était important de les écouter et de leur parler. Il passait le plus clair de son temps ici; il venait au moindre prétexte. Tous nous savions que c'était lui qu'il fallait appeler s'il se passait quelque chose pendant la nuit. Jamais il ne nous aurait reproché de l'avoir dérangé. »

Brunetti sourit à cette description et se tourna vers l'autre infirmière. « Et vous, le connaissiez-vous aussi? »

Elle secoua la tête. La plus âgée lui secoua le bras. « Allons, Gina, tu sais bien que si. » Elle lui lâcha le bras.

« Je n'ai jamais travaillé avec lui, Sandra, dit-elle, ne s'adressant tout d'abord qu'à sa collègue. Mais c'est vrai, je le connaissais. » Elle se tourna alors vers Brunetti. « Je le voyais de temps en temps, à la cafétéria ou dans les couloirs, mais je ne me souviens pas lui avoir parlé – sinon pour dire

74

bonjour ou quelque chose comme ça. » Comme Brunetti acquiesçait, elle continua. « Mais j'ai entendu parler de lui. Je suppose que tout le monde, à l'hôpital, finit par entendre parler de lui tôt ou tard. C'est quelqu'un de bien.

— Et un bon médecin », ajouta Sandra. Ni Brunetti ni Gina n'ayant l'air de vouloir continuer, celle-ci changea de sujet. « J'ai vu les électros. On ne sait pas ce qu'il a. Damasco a décidé de faire faire d'autres radios et a demandé un scanner pour la fin de la matinée. C'est la note qu'il a laissée avant de rentrer chez lui. »

Sachant qu'il pourrait toujours avoir les informations médicales plus tard, Brunetti se tourna vers Sandra. « Connaissez-vous sa femme ? »

La question surprit l'infirmière aux cheveux blancs, et elle fut aussitôt sur ses gardes. « Non. Je veux dire, je ne l'ai jamais rencontrée. Je lui ai parlé au téléphone deux ou trois fois (elle lança un coup d'œil en direction de la chambre de Pedrolli). Elle n'est pas avec lui ?

— Si, répondit Brunetti. Et j'aimerais que l'une de vous deux aille veiller sur lui pour que je puisse m'entretenir avec elle dans le couloir, si c'était possible. »

Les deux femmes échangèrent un regard et Sandra dit qu'elle allait s'en charger.

« Très bien », dit Gina, laissant Brunetti avec sa collègue.

Il entraîna Sandra jusqu'à la porte, frappa et entra. La femme de Pedrolli était là où il l'avait vue en arrivant, près du lit, regardant son mari.

Elle jeta un coup d'œil dans leur direction et, voyant la blouse blanche de l'infirmière, demanda : « Savez-vous quand un médecin passera le voir ? » Elle avait beau avoir parlé d'un ton neutre, elle donnait néanmoins l'impression de croire que l'attente pourrait durer des jours, sinon plus longtemps.

« Les visites commencent à dix heures, signora », répondit calmement l'infirmière.

La femme de Pedrolli regarda sa montre, pinça les lèvres et s'adressa à Brunetti. « Nous avons tout le temps qu'il faut pour parler, dans ce cas. » Elle effleura la main inerte de son mari et se détourna du lit.

Brunetti s'écarta pour la laisser passer devant, puis referma la porte derrière eux. Elle jeta un coup d'œil au carabinier, puis revint sur Brunetti avec une expression qui suggérait qu'elle le tenait pour responsable de la présence du militaire, mais elle ne dit rien. Le couloir se terminait sur une grande baie vitrée, donnant sur une cour où avait poussé un pin torturé selon un angle tellement incliné qu'il en était presque horizontal, et que certaines branches touchaient le sol.

Une fois près de la fenêtre, le commissaire prit la parole. « Je m'appelle Guido Brunetti, signora, répéta-t-il sans lui tendre la main.

— Bianca Marcolini », répondit-elle, à demi détournée de lui pour regarder vers l'arbre, dans la cour.

Ne laissant pas voir qu'il avait reconnu le nom de famille, Brunetti continua. « J'aimerais que nous parlions de ce qui s'est passé cette nuit, signora, si c'est possible.

— Je n'ai pas l'impression qu'il y ait grand-chose à dire. Trois hommes encagoulés ont forcé notre porte, accompagnés d'un quatrième. Ils étaient armés. Ils ont frappé si violemment mon mari qu'il a perdu connaissance et ils l'ont laissé comme ça », dit-elle avec un geste de colère en direction de la chambre. Puis elle ajouta, d'une voix rude : « Et ils ont emporté notre enfant. »

Brunetti se demanda si elle n'essayait pas de le provoquer en continuant à se comporter comme si elle le tenait pour responsable de ce qui s'était passé, mais il se contenta de poser une autre question : « Pouvez-vous me dire ce dont vous vous rappelez exactement, signora ?

— Je viens juste de vous le dire. Vous n'écoutiez pas, commissaire ?

— Si. Vous me l'avez dit. Mais j'ai besoin de davantage de précisions, signora. De savoir ce qui a été dit, si les hommes qui sont entrés chez vous se sont présentés comme étant des carabiniers et s'ils ont attaqué votre mari sans provocation. » Brunetti se demanda pourquoi les carabiniers avaient cru bon de porter des cagoules ; ils ne les mettaient, d'habitude, que s'ils risquaient d'être photographiés et donc identifiés. Pour l'arrestation nocturne d'un pédiatre, la précaution paraissait bien superflue.

« Évidemment qu'ils ne nous ont pas dit qui ils étaient, répliqua-t-elle, élevant la voix. Croyez-vous que mon mari aurait cherché à se défendre, dans ce cas-là ? »

Il comprit qu'elle revoyait la scène qui s'était déroulée dans sa chambre. « Il m'a dit d'appeler la police, pour l'amour du ciel ! »

Il ne chercha pas à corriger l'erreur qui lui faisait confondre police et carabiniers. « Aviez-vous, lui ou vous-même, des raisons de vous attendre à leur venue, signora ?

— Je ne comprends pas ce que vous voulez dire, répondit-elle avec colère, peut-être pour essayer de détourner la question par son ton.

— Permettez-moi alors d'essayer de vous poser la question de manière plus explicite. Existait-il une raison pour laquelle vous ou votre mari auraient pu penser que la police ou les carabiniers puissent s'intéresser à vous et tenter de vous contacter ? » Alors même que les mots sortaient de sa bouche, Brunetti sut qu'il avait mal choisi le terme, que celui-ci ne pouvait que la faire bondir.

Il ne s'était pas trompé. « Nous contacter ? » s'écria-t-elle, ne se contrôlant plus. Elle s'éloigna d'un pas de la fenêtre, leva la main, tendit l'index vers lui et dit, d'une voix que la rage ne contenait plus et faisait trembler : « Tenter de nous contacter ! Ce n'était pas une prise de contact, signore, mais une attaque, une agression, un assaut ! » Elle s'interrompit et Brunetti vit qu'elle avait le tour de la bouche blême dans son visage brusquement empourpré. Elle fit un pas dans sa direction, puis s'arrêta, posa une main sur le rebord de la fenêtre, coude bloqué pour ne pas tomber.

Brunetti fut aussitôt à ses côtés et la soutint tandis qu'elle s'asseyait comme elle le pouvait sur l'étroit rebord. Il continua à la tenir par le bras. Elle ferma les yeux, penchée en avant, mains sur les genoux, la tête branlante.

Au milieu du couloir, Sandra passa la tête par la porte de la chambre de Pedrolli, mais Brunetti lui adressa un geste apaisant de la main et elle referma la porte sur elle. Bianca Marcolini prit plusieurs inspirations profondes et rauques, tête toujours baissée.

Un homme en blouse blanche apparut à l'autre bout du couloir, mais toute son attention était portée sur la feuille de papier qu'il tenait à la main : il ne fit pas attention au couple près de la fenêtre, ou ne le vit même pas. Il disparut dans une des chambres où il était entré sans frapper.

Du temps passa, et finalement la signora Marcolini se redressa, mais sans ouvrir les yeux. Brunetti lâcha son bras.

« Merci », dit-elle, respirant encore fort. Gardant toujours les yeux fermés, elle ajouta : « C'était horrible. Le bruit nous a réveillés. Des hommes riaient, et quand j'ai regardé, j'en ai vu un qui frappait Gustavo avec quelque chose, puis il est tombé par terre, et puis Alfredo s'est mis à pleurer et j'ai pensé qu'ils étaient venus nous massacrer. »

Elle ouvrit les yeux et regarda Brunetti. « Je pense que ça nous a rendus plus ou moins fou. La peur.

— La peur de quoi, signora ? demanda doucement Brunetti, avec l'espoir qu'elle n'allait pas de nouveau se mettre en rage.

— Qu'ils nous arrêtent.

— À cause du bébé ? »

Elle baissa la tête, mais il entendit sa réponse. « Oui. »

8

« Voudriez-vous m'en parler, signora ? » demanda Brunetti. Il jeta un coup d'œil dans le couloir. Le carabinier paraissait toujours assoupi sur sa chaise. L'homme en blouse blanche venait de quitter la chambre dans laquelle il était entré et repartait vers la double porte vitrée, à l'autre extrémité ; il la franchit, tourna et disparut.

L'expérience avait appris à Brunetti que, dans ces circonstances, le mieux était de rester parfaitement tranquille, au point de rendre sa présence la moins intrusive possible dans l'environnement de la personne qu'il avait en face de lui. Une minute passa, puis une autre. Intensément conscient de la présence de la femme à ses côtés, il n'en continua pas moins à contempler le couloir où somnolait le carabinier de garde devant la porte de Pedrolli.

C'est d'une voix radoucie qu'elle prit la parole : « Nous ne pouvions pas avoir d'enfants. Et nous ne pouvions pas non plus en adopter. » Il y eut un nouveau silence, puis elle reprit : « Ou du moins, si nous l'avions pu, le temps que nous obtenions notre agrément, nous n'aurions plus été éligibles que pour des enfants... eh bien, des enfants plus âgés, mais nous voulions... » Brunetti se prépara à entendre la suite. « ... un bébé. » Elle avait dit cela calmement, à croire qu'elle n'avait pas conscience de ce que cet aveu avait de touchant.

Il continua de ne pas la regarder, ne s'autorisant qu'à hocher la tête, sans faire de commentaire.

« Ma sœur n'est pas mariée, mais celle de Gustavo a trois enfants, reprit-elle, et son frère en a deux. » Elle lui jeta un coup d'œil, comme pour enregistrer sa réaction à cette preuve de leur échec, et continua. « Puis quelqu'un ici, à l'hôpital – un de ses collègues, il me semble, mais peut-être un de ses patients – bref, quelqu'un lui a parlé d'une clinique privée. » Brunetti attendit, toujours en silence, qu'elle poursuive. « Nous y sommes allés et nous avons passé des examens, et il y avait... il y avait des problèmes. » Le fait d'avoir su quelle était la raison de leur visite à la clinique gêna autant Brunetti que s'il avait été surpris en train de lire le courrier personnel de quelqu'un d'autre.

Machinalement, elle fit passer la pointe de son soulier le long d'une longue éraflure laissée dans les dalles synthétiques du sol par un chariot ou un objet lourd. Les yeux toujours baissés, elle ajouta : « Nous avions tous les deux des problèmes. Si un seul de nous deux avait été concerné, on aurait pu faire quelque chose. Mais nous l'étions tous les deux... » Brunetti laissa le silence s'étirer jusqu'à ce qu'elle reprenne d'elle-même. « C'est lui qui a vu les résultats. Il n'a pas voulu m'en parler, au début, mais je l'ai obligé. »

Du fait de sa profession, Brunetti était devenu un maître dans l'art des silences et il était capable d'en discerner la qualité comme un chef d'orchestre distingue les timbres des diverses cordes. Il y avait les silences absolus, de vraies déclarations de guerre, après lesquels rien ne viendrait en réaction aux questions ou aux menaces. Il y avait les silences attentifs, après lesquels celui qui avait parlé mesurait l'impact de ses propos sur son auditeur. Et il y avait les silences épuisés, qu'il fallait respecter jusqu'à ce que celui qui parlait ait repris le contrôle de ses émotions.

Jugeant qu'il avait affaire à la troisième sorte de silence, Brunetti continua de garder le sien, assuré que la femme finirait par reprendre la parole. Un bruit vint du couloir : le gémissement ou le cri d'une personne endormie. Quand il s'arrêta, le silence parut plus dense encore.

Brunetti la regarda et hocha la tête, geste qui pouvait être interprété comme un assentiment ou un encouragement à continuer. Elle le prit apparemment pour les deux, puisqu'elle reprit la parole : « Devant de tels résultats, nous n'avions plus qu'à nous résigner. À ne pas avoir de bébé. C'est alors que Gustavo – cela devait se passer quelques mois après notre passage dans la clinique – m'a dit qu'il envisageait la possibilité d'une adoption privée. »

Brunetti avait un peu l'impression qu'elle lui présentait une déclaration préparée d'avance. « Je vois, dit-il. Quel genre de possibilités ? »

Elle secoua la tête et dit, d'une voix à peine plus forte qu'un murmure : « Il ne l'a pas dit. »

Brunetti en doutait, mais il n'en laissa rien paraître. « Vous a-t-il reparlé de la clinique ? »

Elle lui jeta un regard intrigué, et il précisa sa question : « Celle où vous avez passé vos examens. »

Elle secoua la tête. « Non, il n'en a jamais reparlé. Il a seulement dit qu'il y avait une possibilité d'avoir un bébé.

— Signora, je ne peux pas vous obliger à me parler de tout cela. » C'était vrai, en un certain sens, sauf que tôt ou tard quelqu'un serait en position de la forcer à le faire.

Sans doute dut-elle en prendre conscience, car elle continua. « Il ne m'a pas donné plus de détails, il m'a dit qu'il ne voulait pas me donner trop d'espoirs, mais que c'était quelque chose qu'il pensait pouvoir arranger. Je suppose que c'était en rapport avec son métier ou grâce à des gens qu'il connaissait. » Elle regarda par la fenêtre, puis de nouveau vers Brunetti. « Pour dire la vérité, je crois que je ne voulais pas le savoir. Il affirmait que tout serait en règle et que ce serait légal. Il faudrait qu'il prétende que l'enfant était de lui, mais il ne le serait pas : ça, il me l'a dit. »

Aurait-il interrogé une personne suspecte, Brunetti lui aurait rétorqué, d'un ton débordant de scepticisme : et vous l'avez cru ? Au lieu de cela, la voix pleine d'une amicale inquiétude, il demanda : « Il ne vous a cependant pas expliqué comment il allait procéder, signora ? » Puis laissant passer une seconde, ajouta : « Vous n'avez pas pensé à le lui demander ? »

Elle rejeta la question d'un mouvement de tête. « Non. Je crois que je ne voulais rien savoir. Je voulais simplement que ça arrive. Je voulais un bébé. »

Brunetti lui laissa le temps de se remettre de ce qu'elle venait de lui révéler avant de poser sa question suivante. « Vous a-t-il dit quoi que ce soit sur la femme ?

— Sur la femme ? demanda-t-elle, sincèrement confuse.

— Celle qui a mis le bébé au monde. »

Elle hésita, et ses lèvres se serrèrent. « Non. Rien. »

Brunetti éprouvait l'étrange sensation qu'elle avait vieilli pendant leur entretien, que des plis jusque-là invisibles s'étaient creusés autour de sa bouche et de ses yeux. « Je vois, dit-il. Et vous n'avez jamais rien appris de plus ? » Son mari avait bien dû lui dire quelque chose, tout de même ; elle avait forcément voulu en savoir un peu plus.

Il se rendit compte à cet instant que ses yeux étaient gris clair et non pas verts. « Non, répondit-elle, je n'en ai jamais parlé avec Gustavo. Je ne voulais pas. Il pensait – Gustavo pensait, je suppose – que cela me bouleverserait de savoir. Il m'a dit qu'il voulait que je pense depuis le tout début que le bébé était à nous et... » Elle s'interrompit, donnant à Brunetti l'impression qu'elle s'efforçait de ne pas ajouter quelque chose d'essentiel.

« Bien sûr », marmonna Brunetti quand il comprit qu'elle n'allait pas terminer sa phrase. Il ignorait s'il aurait pu l'amener à en dire un peu plus et il ne voulait pas continuer à la questionner en manifestant plus de curiosité que d'inquiétude, au risque de mettre en péril la confiance qu'elle semblait lui accorder depuis un moment.

À ce moment-là, Sandra ouvrit la porte de la chambre et fit signe à la signora Marcolini.

« Votre mari est très agité, signora. Ce serait peut-être bien de venir lui parler. » Son inquiétude était évidente et la femme de Pedrolli réagit sur-le-champ en allant la rejoindre, refermant la porte sur elles.

Supposant que Bianca Marcolini allait rester un certain temps avec son mari, Brunetti décida de partir à la recherche du dottor Damasco. Il était déjà dans le service et n'eut pas de mal à retrouver le couloir où les médecins avaient leurs bureaux.

Au moment où il frappait à la porte portant le nom de Damasco, un infirmier qui passait lui dit que le médecin était en train de finir sa visite matinale et qu'en général il repassait ensuite par son bureau. Apprenant qu'il y en aurait pour une dizaine de minutes, Brunetti dit qu'il allait attendre. Après le départ de l'infirmier, il alla s'asseoir sur l'une des familières chaises orange à l'inconfort tout aussi familier. Sans rien à lire, il appuya sa tête contre le mur et ferma les yeux pour réfléchir aux questions qu'il pourrait poser au dottor Damasco.

« Signore ? Signore ? » furent les premiers mots qu'il entendit ensuite. Il ouvrit les yeux et revit l'infirmier. « Vous allez bien, signore ? demanda le jeune homme.

— Oui, oui », dit Brunetti en se remettant debout. Tout lui revint d'un coup. « Le docteur est-il libre, à présent ? »

L'homme eut un sourire nerveux. « Je suis désolé, signore, mais il est parti. Il est rentré chez lui dès sa tournée terminée. Je ne le savais pas mais quelqu'un l'a mentionné devant moi et je suis aussitôt venu vous le dire. Je suis désolé », répéta-t-il, comme s'il était responsable du départ du dottor Damasco.

Brunetti consulta sa montre et constata qu'un peu plus d'une demi-heure s'était écoulé. Il aurait bien aimé pouvoir, comme le dottor Damasco, finir sa tournée et rentrer chez lui.

Il fit semblant d'être parfaitement réveillé, remercia le jeune homme et reprit le chemin de l'accueil du service. Pour cela, il dut passer devant les portes vitrées qui fermaient l'aile des chambres et eut alors la surprise d'apercevoir, vers le milieu du couloir, à quelques pas de la porte derrière laquelle reposait Pedrolli, le dos de son supérieur, le vice-questeur Giuseppe Patta. Pas d'erreur possible. De larges épaules, un manteau de cachemire, une abondante crinière de cheveux argentés – il ne pouvait s'agir que de lui. Ce qu'il ne reconnut pas était l'attitude attentive qu'il avait, penché en avant vers son vis-à-vis, un homme dont Brunetti ne distinguait pratiquement rien derrière la masse imposante du vice-questeur. Patta leva la main droite en l'air, d'un geste conciliant, puis la baissa et recula d'un pas comme pour laisser plus de place à la réaction de l'homme en face de lui.

Le chien bêta faisant acte de soumission devant le chien alpha fut l'idée qui vint sur-le-champ à l'esprit de Brunetti, sur quoi il battit en retraite derrière l'abri relatif du comptoir, au poste des infirmières. Si jamais Patta se tournait vers lui, il aurait le temps de disparaître à sa vue jusqu'à ce qu'il ait décidé s'il voulait ou non que son supérieur le découvrît ; il lui suffirait de faire quelques pas dans le couloir suivant, de tourner et de s'interroger sur l'incontestable surprise qu'il avait ressentie en voyant son supérieur ici et à cette heure.

L'autre homme, dont la masse assez considérable restait cependant pour l'essentiel cachée par la silhouette de Patta, leva les deux mains en l'air en un geste qui pouvait être de surprise mais aussi d'exaspération, puis tendit plusieurs fois un index agressif en direction de la porte fermée de Pedrolli. Patta réagit en secouant négativement la tête à plusieurs reprises, puis en la hochant trois ou quatre fois, tels ces petits chiens articulés, à la vitre arrière d'une voiture engagée sur un chemin cahoteux.

Soudain, le vis-à-vis de Patta s'éloigna dans le couloir. Tout ce qu'en vit Brunetti, avant de plonger derrière le comptoir, fut le dos de l'homme : un cou au diamètre presque égal à sa tête, des cheveux blancs coupés en brosse, un corps presque aussi large que haut. Lorsque Brunetti jeta un nouveau un coup d'œil en direction de la vitre, il vit que Patta n'avait pas fait le moindre mouvement pour suivre l'homme. Sous les yeux du commissaire, l'inconnu atteignit les portes, au bout du couloir, et ouvrit si brutalement un des battants qu'il alla heurter le mur avec un bruit de détonation qui se répercuta dans tout le couloir.

La première impulsion de Brunetti fut de s'approcher de Patta et de feindre la surprise, mais le bon sens le propulsa dans l'autre sens, le long d'un autre couloir, puis derrière un jeu de portes battantes. Il attendit là pendant cinq bonnes minutes puis revint en neurologie, où il n'y avait plus trace de son supérieur.

9

Brunetti retourna dans le couloir sur lequel donnait la chambre de Pedrolli, attendant d'en voir sortir la signora Marcolini et de pouvoir se glisser de nouveau dans son rôle d'oreille sympathisante. Il passa une main dans sa poche pour y prendre son portable et s'aperçut qu'il l'avait oublié chez lui. Il ne voulait pas manquer la signora Marcolini quand elle sortirait, mais tenait aussi à appeler Paola pour la prévenir qu'il ne rentrerait pas déjeuner et qu'il ne savait pas à quelle heure il finirait.

Le carabinier de garde avait été relevé sans être remplacé. Il prit place sur une chaise en plastique et se mit à contempler l'espace, gardant la tête droite pour s'éviter la tentation de l'appuyer contre le mur, derrière. Mais au bout d'une minute il n'y tint plus, se leva et alla au bout du couloir où il prit le temps de lire les instructions d'évacuation en cas d'incendie, puis la liste des médecins travaillant dans le service. Gina entra à ce moment-là par la porte du fond dans le local des infirmières.

« Excusez-moi, lui dit Brunetti par-dessus le comptoir, est-ce que je pourrais me servir de votre téléphone ? »

Elle lui adressa une esquisse de sourire et répondit que oui, mais qu'il devrait composer le 9 pour avoir la ligne extérieure. Il décrocha donc le téléphone, posé juste derrière le comptoir, et fit le numéro de son domicile.

« *Sì* ? fit la voix de Paola.

— Encore trop endormie pour parler? ne put-il s'empêcher de lui demander.

— Bien sûr que non... Où te trouves-tu?

— À l'hôpital.

— Des ennuis?

— On dirait bien que les carabiniers ont réagi de façon excessive lors d'une arrestation, et leur victime est ici. Il est médecin, et il est au moins assuré d'être bien soigné.

— Les carabiniers ont agressé un médecin? demanda-t-elle, incapable de cacher sa stupéfaction à cette nouvelle.

— Je n'ai pas parlé d'une agression, Paola, répondit Brunetti, même si ce que disait sa femme était bien proche de la vérité. J'ai parlé d'une réaction excessive.

— Et qu'est-ce que ça veut dire, une réaction excessive? Qu'ils ont été trop vite avec leur bateau en l'amenant à l'hôpital? Ou qu'ils ont fait trop de bruit en enfonçant sa porte à coups de botte et que les voisins se sont plaints? »

Même si Brunetti avait tendance à partager le scepticisme de Paola sur la compétence des carabiniers, de manière générale, il ne voulait pas, dans l'état d'énervement provoqué par la combinaison sucre-caféine où il était, l'entendre faire état de ses doutes. « Cela veut dire qu'il a résisté à l'arrestation et qu'il a cassé le nez de l'un des hommes envoyés pour l'arrêter. »

Elle fondit sur lui comme un faucon. « L'un des hommes? Et combien étaient-ils?

— Deux », répondit Brunetti, qui préféra mentir mais ne put que s'émerveiller de la vitesse avec laquelle il avait été manipulé pour en venir à défendre les hommes qui avaient agressé Pedrolli.

« Des hommes armés? »

Soudain fatigué d'avoir à se justifier, Brunetti dit alors : « Je te raconterai tout quand nous nous verrons, Paola, d'accord?

— D'accord. Tu le connais?

— Non. » En avoir assez entendu sur le médecin pour s'être formé une opinion favorable de lui ne permettait pas de dire qu'il le connaissait, se raconta-t-il.

« Et pourquoi voulaient-ils l'arrêter?

— Il a adopté un bébé, il y a un an et demi, et il semblerait qu'il l'ait fait illégalement.

— Qu'est-ce qui est arrivé à ce bébé?

— Ils l'ont emporté, répondit Brunetti d'un ton neutre.

— Ils l'ont emporté? répéta Paola, retrouvant sur-le-champ son ton agressif. Qu'est-ce que ça veut dire, emporté?

— On s'est occupé de lui.

— S'occuper de lui, c'est-à-dire rendu à sa vraie mère, ou placé dans un orphelinat?

— Placé dans un orphelinat, j'en ai peur », dut reconnaître Brunetti.

Il y eut un long silence avant que Paola ne reprenne la parole, comme si elle se parlait à elle-même. « Un an et demi... Seigneur, ces salopards sont vraiment sans cœur, non? »

Trahir l'État en se disant d'accord avec elle ou trahir l'humanité en protestant : Brunetti considéra le choix qui se présentait à lui et fit la seule réponse qu'il pouvait. « Oui.

— On en parlera quand tu rentreras, d'accord? dit une Paola soudain accommodante.

— Entendu. » Sur quoi Brunetti raccrocha.

Il se félicita de ne pas avoir parlé à Paola des autres personnes, celles qui avaient été placées sous surveillance pendant presque deux ans. Alvise – et Brunetti lui-même – avait été scandalisé par ce délai, cette année et demie pendant laquelle les autorités avaient laissé les nouveaux parents garder leur enfant. C'était le temps qu'il fallait à un homme pour devenir père, comme le savait Brunetti; ou du moins, se souvenait-il que c'était pendant ce laps de temps que ses enfants étaient définitivement entrés dans son cœur. Lui eussent-ils été enlevés après cette période qu'il aurait continué à vivre, certes, mais avec quelque partie essentielle de lui-même tout aussi définitivement endommagée. Avant que cette conviction ne s'impose pleinement à lui, il comprit qu'en réalité, si on lui avait pris l'un ou l'autre de ses enfants, n'importe quand après qu'il l'avait vu pour la première fois, sa douleur n'aurait pas été différente que s'il les avait eus pendant dix-huit mois ou dix-huit ans.

De retour sur sa chaise, il reprit sa contemplation du mur en face tout en s'interrogeant sur le fait étrange de la présence de Patta à l'hôpital. Au bout de vingt minutes, la signora Marcolini sortit de la chambre et vint vers lui. Elle paraissait de beaucoup plus fatiguée que lorsqu'elle y était entrée.

«Vous êtes toujours ici? demanda-t-elle. Désolée, j'ai oublié votre nom.

— Brunetti, signora, Guido», répondit-il en se levant. Il lui sourit mais sans lui tendre la main. «J'ai pu parler avec les infirmières et il semble que tout le monde ait une très haute opinion de votre mari. Je suis sûr qu'on s'occupe bien de lui.»

Il s'attendait à une réplique bien sentie, et il ne fut pas déçu. «S'il pouvait ne pas avoir les carabiniers sur le dos, ce serait un bon commencement, dit-elle.

— Bien sûr», dit-il, jugeant inutile de lui faire remarquer que celui qui était de garde à son arrivée n'avait pas été remplacé. «Je vais voir ce que je peux faire pour arranger ça.» Il n'était pas sûr de pouvoir y changer grand-chose et préféra passer à un autre sujet. «Votre mari comprend-il ce que vous lui dites, signora?

— Oui.

— Bien.» Le commissaire n'avait qu'une connaissance rudimentaire des mécanismes du cerveau, mais il supposait que si Pedrolli comprenait ce qu'on lui disait, il avait davantage de chances de retrouver la parole. N'y avait-il pas un moyen d'évaluer ses capacités actuelles? Privé du langage, à quoi était-on réduit?

«... les médias en dehors de l'affaire? disait-elle.

— Je vous prie de m'excuser, signora. Je ne vous ai pas écoutée – je pensais à votre mari.

— Serait-il possible de laisser les médias en dehors de l'affaire?» répéta-t-elle.

Elle faisait probablement allusion aux accusations d'adoption illégale qui allaient être le motif de leur inculpation, mais Brunetti repensa soudain aux méthodes brutales

90

des carabiniers : il était certainement dans l'intérêt de l'État que celles-ci ne soient pas ébruitées. Dans le cas où les arrestations deviendraient publiques – et le souvenir des infos du matin, à la télévision, lui disait que c'était déjà fait –, il était de l'intérêt des Pedrolli que le traitement qu'ils avaient subi par les carabiniers le devînt aussi.

« Si j'étais à votre place, signora, j'attendrais de voir comment ils choisiront de présenter les faits.

— Que voulez-vous dire ?

— Vous et votre mari avez commis un délit par amour, me semble-t-il », commença Brunetti, non sans se rendre compte que cela revenait à cornaquer un témoin, sinon un suspect. Mais tant qu'il se limiterait à discuter du comportement des médias, il ne voyait pas ce qui serait critiquable dans ce qu'il pourrait dire ou proposer. « Si bien qu'il est possible qu'ils vous traitent avec sympathie.

— Pas si les carabiniers leur parlent les premiers », objecta la signora Marcolini, faisant preuve d'une remarquable lucidité en la circonstance. « Ils n'auront qu'à mentionner qu'un de leurs officiers a été blessé et ils nous tomberont dessus.

— Peut-être pas, signora, une fois qu'ils auront appris comment votre mari a été traité – ainsi que vous-même, bien sûr. »

Brunetti en venait parfois à s'inquiéter du mépris de plus en plus féroce qu'il éprouvait pour les médias. Il suffisait qu'un criminel, lui semblait-il trop souvent, se présentât comme une victime et les hurlements étaient entendus jusqu'à Rome. Posez une bombe, dévalisez une banque, coupez une gorge, peu importait. Une fois que les médias avaient conclu que vous aviez subi de mauvais traitements ou une injustice, de quelque nature que ce fût et aussi loin que cela remontât, alors vous deveniez le sujet de longs articles, d'éditoriaux, voire d'interviews. Et voilà que lui-même était en train de faire cela, conseiller un suspect pour qu'il se présentât exactement sous ce jour.

Brunetti dut s'arracher à ses réflexions pour reporter son attention sur la signora Marcolini. « ... retrouver mon mari, l'entendit-il dire.

— Bien entendu. Est-ce qu'il me serait possible de vous parler de nouveau, signora ? » demanda-t-il courtoisement, alors qu'il aurait très bien pu l'obliger à la suivre à la questure pour l'y garder quelques heures, s'il avait voulu.

« Je voudrais tout d'abord consulter un avocat », répondit-elle, montant d'un cran dans l'estime de Brunetti. Connaissant le nom de la famille qui, vraisemblablement, allait l'entourer et la soutenir, Brunetti ne doutait pas que son conseiller juridique appartiendrait au gratin du barreau.

Brunetti envisagea de lui demander qui était l'homme devant qui Patta s'était fait tout petit, pendant la courte scène qui s'était déroulée devant la chambre de son mari, puis il jugea qu'il valait mieux garder cela pour lui. « Bien sûr, signora, dit-il en retirant une carte professionnelle de son portefeuille et en la lui tendant. Si je puis vous être utile d'une manière ou d'une autre, n'hésitez pas à m'appeler. »

Elle prit la carte, la glissa dans la poche de sa jupe sans la regarder et hocha la tête ; puis elle retourna dans la chambre de son mari.

Brunetti quitta le service, puis l'hôpital, et reprit le chemin de la questure, revenant en esprit sur l'entretien qu'il venait d'avoir avec la signora Marcolini. Elle semblait sincèrement s'inquiéter pour son mari, estima-t-il. Puis ses pensées se reportèrent sur Salomon et l'histoire des deux femmes prétendant être la mère d'un même enfant. Par amour pour son fils, la vraie mère est prête à renoncer à lui lorsque Salomon déclare qu'il fera couper l'enfant en deux afin que chacune puisse en avoir une partie, tandis que la fausse mère ne fait aucune objection. Histoire reprise sans fin depuis toujours, au point d'être devenue l'un des piliers de la sagesse des nations.

Dans ce cas, pourquoi la signora Marcolini n'avait-elle manifesté aucune curiosité pour le sort de son fils ?

10

De retour à la questure, Brunetti décida de s'arrêter au premier pour voir si Patta n'était pas de retour. À sa grande surprise, il trouva la signorina Elettra installée derrière son bureau. Elle donnait l'impression, au premier regard, de vouloir illustrer une scène de la forêt pluviale : son long chemisier en soie était orné de motifs exubérants de feuilles et d'oiseaux violemment colorés ; une paire de minuscules membres simiesques (mains ? pieds ?) dépassait de son col ; son foulard, rouge comme des fesses de babouin, contribuait à l'effet tropical.

« Mais c'est mardi ! » dit Brunetti en la voyant.

Elle sourit et eut un geste des mains qui exprimait la faiblesse humaine. « Je sais, je sais, mais le vice-questeur m'a appelée chez moi et m'a dit qu'il était à l'hôpital. Je lui ai proposé de venir, car il ne savait pas pour combien de temps il en avait. »

Puis, d'une voix dans laquelle Brunetti crut discerner une inquiétude bien réelle, elle ajouta : « J'espère qu'il n'a rien de grave, n'est-ce pas ? »

Brunetti sourit. « Ah, signorina, vous me posez une question à laquelle mon sens de la bienséance et du fair-play m'empêche de répondre.

— Bien sûr, dit-elle, souriant à son tour, ma langue a fourché, *I misspoke*, comme diraient les hommes politiques américains pris en flagrant délit de mensonge. » Si sa prononciation était excellente, Brunetti trouva quelque chose de répugnant à l'expression. « Je voulais simplement vous demander pourquoi il était à l'hôpital quand il m'a appelée.

— Je l'ai vu moi-même là-bas il y a environ une heure de cela. Devant la porte d'un patient, un pédiatre du nom de Pedrolli, qui a été blessé lors d'une descente des carabiniers à son domicile.

— Pourquoi diable les carabiniers voulaient-ils arrêter un pédiatre ? » s'étonna-t-elle. Il vit passer sur son visage les diverses possibilités qui lui venaient à l'esprit.

« Il semblerait que lui et sa femme aient adopté illégalement un petit garçon, il y a dix-huit mois, expliqua Brunetti. Les carabiniers ont effectué simultanément plusieurs descentes semblables dans un certain nombre de villes, la nuit dernière, dont une à son domicile. Ils devaient avoir été mis au courant pour le bébé. » En disant cela, Brunetti se rendit compte qu'il s'agissait d'une déduction faite à partir de ce que lui avait dit Marvilli, qui s'était montré singulièrement évasif sur la question, plutôt que d'une information que lui aurait donnée le capitaine.

« Qu'est-ce qui est arrivé au petit ?

— Ils l'ont emporté, j'en ai peur.

— Quoi ? Qui l'a emporté ?

— Les carabiniers. C'est du moins ce que m'a dit celui à qui j'ai parlé.

— Mais pourquoi ont-ils fait une chose pareille ? » s'exclama la signorina Elettra, son ton montant d'un cran, exigeant une réaction de Brunetti – à croire qu'il aurait été responsable du destin de l'enfant. Comme le commissaire ne répondait pas, elle insista : « Et ils en ont fait quoi ?

— Ils l'ont confié à un orphelinat, fit la seule réponse que put donner Brunetti. Je suppose que c'est là qu'on place les enfants tant qu'on n'a pas trouvé les vrais parents ou qu'un tribunal n'a pas décidé de ce qu'il fallait faire.

— Non, ce n'est pas ce que je voulais savoir. Comment est-il possible de reprendre un enfant après plus d'une année – c'est bien ce que vous avez dit, non ? »

Une fois de plus, Brunetti se trouva tenté de justifier ce qu'il trouvait injustifiable. « Le médecin et sa femme ont adopté cet enfant illégalement, semble-t-il. Elle l'a pratiquement reconnu lorsque je lui ai parlé. Les carabiniers cherchent à mettre la main sur la personne qui a organisé ce trafic – la vente, si vous voulez. Le capitaine des carabiniers à qui j'ai parlé m'a dit qu'ils recherchaient un intermédiaire paraissant impliqué dans plusieurs affaires. » Il ne lui dit cependant pas que Marvilli n'avait pas mentionné, en réalité, que cet intermédiaire avait joué un rôle dans l'affaire Pedrolli.

La signorina Elettra mit les coudes sur son bureau et se prit la tête dans les mains, se cachant de fait le visage. « J'ai entendu les gens raconter des blagues sur les carabiniers toute ma vie, mais je n'aurais jamais pensé qu'ils puissent être aussi stupides.

— Ils ne sont pas stupides », protesta Brunetti vivement, mais sans grande conviction.

Elle ouvrit les mains et le regarda. « Dans ce cas ils sont sans cœur, et c'est encore pire. » Sur quoi elle prit une profonde inspiration et Brunetti pensa qu'elle tâchait de reprendre une attitude plus professionnelle. « Alors, qu'est-ce que nous faisons ?

— Pedrolli et sa femme ont apparemment consulté dans une clinique – privée, j'imagine – de Vérone. Spécialisée dans les problèmes de fertilité. J'aimerais que vous retrouviez cette clinique. Deux des autres couples arrêtés pour adoption illégale y étaient aussi passés comme patients. »

Ce fut d'un ton plus calme, à présent qu'elle avait une tâche précise à effectuer, qu'elle répondit : « Je suppose que cela ne devrait pas être bien difficile à trouver. Après tout, combien peut-on compter de cliniques spécialisées dans les problèmes de fertilité à Vérone ? »

Brunetti la laissa et monta d'un étage. Un peu plus d'une heure plus tard, la secrétaire venait frapper à son bureau. Il vit alors qu'elle portait une jupe verte qui lui descendait à mi-mollet. Les bottes qu'elle avait en dessous ridiculisaient celles de Marvilli.

« Oui, signorina ? dit-il quand il eut fini d'examiner les bottes.

— Qui aurait cru cela ? demanda-t-elle, ayant apparemment pardonné à Brunetti d'avoir essayé de défendre les carabiniers.

— Cru quoi ?

— Qu'il existe trois cliniques spécialisées dans les problèmes de fertilité, ou ayant un service spécialisé, à Vérone ou dans les environs ?

— Et à l'hôpital public ?

— J'ai vérifié. C'est le service d'obstétrique qui s'en occupe.

— Ce qui fait quatre, observa Brunetti. Rien qu'à Vérone.

— Extraordinaire, non ? »

Il acquiesça. Lecteur impénitent, Brunetti était au courant, depuis des années, du déclin massif du taux de spermatozoïdes chez l'homme européen et c'était avec consternation qu'il avait suivi la campagne menée contre un référendum destiné à aider les recherches sur la fertilité. Les positions prises par nombre de politiciens – d'anciens fascistes se prononçant en faveur de l'insémination artificielle, d'anciens communistes suivant les mots d'ordre de l'Église – avaient laissé Brunetti écœuré, psychologiquement et spirituellement.

« Si vous êtes certain qu'ils ont été dans l'une de ces cliniques, il me suffit de me procurer leur numéro de sécurité sociale : ils les ont forcément donnés, même à une clinique privée. »

La signorina Elettra aurait-elle fait ce genre de déclarations dans les premiers temps de son entrée à la questure, elle aurait eu droit, de la part de Brunetti, à une mercuriale bien sentie sur le respect de la vie privée des citoyens, en l'occurrence le droit sacré à la confidentialité qui doit régner dans la relation entre un patient et son médecin, suivie de quelques mots sur l'inviolabilité du dossier médical de ces mêmes citoyens. « Oui », dit-il simplement.

Il vit qu'elle avait envie d'ajouter quelque chose et il l'encouragea d'un mouvement du menton.

« Ce serait probablement plus facile de vérifier leurs relevés de téléphone, les numéros qu'ils ont appelés à Vérone », suggéra-t-elle. Brunetti ne cherchait même plus à savoir comment elle se procurait ce genre d'informations.

Il la vit écrire le nom de Pedrolli, puis elle leva les yeux vers lui et demanda : « Sa femme porte-t-elle le même nom que lui ?

— Non. Elle a gardé son nom de jeune fille. Marcolini. Bianca Marcolini. »

L'expression de la jeune femme changea et elle émit un petit bruit, d'affirmation ou de surprise. « Marcolini, répéta-t-elle doucement, avant d'ajouter après un bref silence : je vais voir ce que je peux faire. »

Une fois la signorina Elettra partie, Brunetti se demanda qui pourrait bien lui procurer les noms des autres personnes arrêtées par les carabiniers. Le plus simple, se dit-il, serait peut-être d'utiliser les canaux officiels et de poser la question directement aux carabiniers.

Il commença par appeler la caserne centrale de la Riva degli Schiavoni et demanda à parler à Marvilli, mais il apprit que le capitaine était en mission et non joignable par téléphone. Quarante minutes plus tard, Brunetti avait pu s'entretenir avec le supérieur de Marvilli ainsi qu'avec ceux de Vérone et de Brescia, mais tous lui dirent qu'ils n'avaient pas la liberté de divulguer le nom des personnes arrêtées. Même lorsque Brunetti prétendit appeler au nom de son supérieur, le questeur de Venise, aucun ne se montra coopératif. On lui confirma simplement, en réponse à sa question, qu'on avait officiellement supprimé, en effet, la garde devant la chambre de Pedrolli.

Adoptant une autre tactique, Brunetti composa le numéro d'Elio Pelusso à son bureau du *Gazzettino*, où il était journaliste. En quelques minutes, il eut les noms, adresses et professions de toutes les victimes de la rafle, ainsi que le nom de la clinique de Vérone où une bonne partie de celles-ci avaient été traitées.

Il apporta lui-même ces informations à la signorina Elettra, et lui répéta ce que lui avait dit la signora Marcolini sur leurs tentatives pour avoir un enfant. Elle hochait la tête tout en écrivant. « Il y a un livre sur le sujet, dit-elle alors.

— Pardon ?

— Un roman, d'un écrivain anglais. J'ai oublié son nom. Sur le fait qu'on fait de moins en moins de bébés et sur ce que les gens sont prêts à faire pour en avoir.

— Une idée plutôt anti-malthusienne, non ?

— Oui. C'est presque à croire que nous vivons dans deux mondes différents, observa-t-elle. Celui des gens qui ont trop d'enfants, mais des enfants qui tombent malades, souffrent de malnutrition et meurent, et le nôtre, où les gens veulent en avoir et ne peuvent pas.

— Et sont capables de faire n'importe quoi pour en avoir, c'est ça ? »

Elle tapota du doigt les papiers posés devant elle. « On dirait bien. »

De retour dans son bureau, Brunetti appela à son domicile. Lorsque Paola répondit par le « *sì* » laconique trahissant qu'il devait l'avoir arrachée à un passage particulièrement passionnant du livre qu'elle était en train de lire, Brunetti lui demanda s'il pouvait l'engager pour faire une recherche sur Internet.

« Ça dépend du sujet, répondit-elle prudemment.

— Les traitements de l'infertilité. »

Il y eut un long silence. « C'est à cause de cette affaire ?

— Oui.

— Pourquoi moi ?

— Parce que tu sais comment t'y prendre pour faire une recherche. »

Paola poussa un soupir bruyant, exagéré. « Je pourrais t'apprendre, tu sais.

— Cela fait des années que tu me le dis.

— Comme te l'ont répété la signorina Elettra, Vianello et tes propres enfants.

— En effet.

— Et ça ne t'a pas convaincu?

— Non, pas vraiment. »

Il y eut un nouveau long silence, après quoi Paola reprit la parole. « C'est bon. Tu as droit à deux heures de mon temps et j'imprimerai ce que j'aurai trouvé ou tout ce qui me semblera intéressant.

— Merci, Paola.

— Et moi, qu'est-ce que j'aurai en échange?

— Mon éternelle dévotion.

— Je croyais l'avoir déjà.

— Mon éternelle dévotion, plus le café au lit le matin pendant une semaine.

— On t'a fait sortir du lit à deux heures, ce matin, lui rappela-t-elle.

— J'essaierai de trouver quelque chose, dit-il, conscient de la nullité de sa réponse.

— T'as intérêt, répliqua-t-elle. D'accord, deux heures, mais je ne peux pas commencer avant demain.

— Pourquoi?

— Je dois finir mon livre.

— Quel livre?

— *Les Ambassadeurs.*

— Tu ne l'as pas déjà lu?

— Si. Quatre fois. »

Un homme moins au fait des manies des érudits, des idiosyncrasies des unions et des voies de la sagesse aurait pu élever une objection, à ce moment-là. Brunetti, lui, se résigna. « Très bien », dit-il en raccrochant.

En reposant le téléphone, Brunetti se dit qu'il aurait pu tout aussi bien demander ce service à Vianello, ou à Pucetti ou encore, si ça se trouvait, à n'importe lequel des inspecteurs de la questure. Il avait fait son éducation scolaire et universitaire en lisant des pages imprimées et il avait toujours autant foi dans les pages imprimées. Les rares fois où il avait accepté que quelqu'un lui montre comment naviguer sur Internet, il s'était retrouvé submergé de publicités pour toutes sortes de cochonneries et était même tombé sur un site pornographique. Depuis, lors des rares et hésitantes tentatives qu'il avait faites sur la toile, il avait à chaque fois battu en retraite, désorienté, vaincu. Il se sentait incapable de comprendre les liens qui unissaient les choses.

Cette idée eut un soudain retentissement dans son esprit. Les liens. Et en particulier, quel était celui qui pouvait exister entre la questure de Venise et le commandement des carabiniers de Vérone : comment la permission de faire une descente chez le dottor Pedrolli avait-elle été obtenue ?

Si l'un ou l'autre des commissaires avait autorisé une telle opération, il en aurait certainement entendu parler. Mais il n'avait pas entendu mentionner celle-ci, pas plus avant qu'après qu'elle avait eu lieu. Brunetti envisagea l'hypothèse de carabiniers montant l'opération sans en informer la police de Venise, d'un magistrat l'autorisant dans ces conditions-là. Ce fut pour la rejeter sur-le-champ : il y avait eu trop de fusillades entre différents services de police dues au fait que les uns ignoraient les plans des autres, et ces bavures avaient eu trop de publicité pour qu'un juge accepte de prendre le risque d'un incident semblable.

Dans ces conditions, une dernière hypothèse s'imposait : l'incompétence. Et comme elle avait pu se manifester facilement ! Un courriel envoyé à la mauvaise adresse ; un fax lu, mais perdu ou mal classé ; un message téléphonique non pris en note et oublié. L'explication la plus simple, dans ce genre de situations, est la plupart du temps la bonne. S'il avait été le dernier à nier la part que prenaient la tromperie et le double jeu dans les affaires courantes de la questure, il savait néanmoins que la simple incompétence était un phénomène bien plus courant. Il s'émerveilla, du coup, de trouver cette explication si réconfortante.

11

Il était presque quatorze heures lorsque Brunetti décida de ne pas attendre plus longtemps que la signorina Elettra lui apporte ce qu'elle avait pu découvrir sur les personnes arrêtées la nuit dernière. Mais lorsqu'il arriva dans le domaine du vice-questeur, s'il entendit bien celui-ci parler à travers sa porte (les silences laissant penser qu'il était au téléphone), il n'y avait pas trace de la jeune secrétaire. Brunetti supposa qu'elle récupérait les heures faites indûment ce matin et qu'elle reviendrait au bureau quand bon lui semblerait.

Il était à ce moment-là trop tard pour rentrer déjeuner chez lui et le service serait terminé dans la plupart des restaurants du secteur, si bien qu'il décida de passer par la salle commune et de voir si Vianello ne voudrait pas l'accompagner au bar, près du pont, où il commanderait un *panino*. Mais ni l'inspecteur ni Pucetti n'étaient présents, seulement Alvise, qui lui adressa son sourire affable habituel.

« As-tu vu Vianello, Alvise ? » lui demanda Brunetti.

Brunetti eut tout loisir de voir le policier analyser la question ; chez cet homme, les mécanismes de la pensée étaient matériellement visibles. Il étudiait tout d'abord celle-ci, puis la personne qui l'avait posée, puis les conséquences de la réponse qu'il pourrait y donner. Il lança quelques coups d'œil dans la salle, comme pour vérifier qu'elle était toujours aussi vide qu'à l'entrée du commissaire, à moins que ce ne soit pour voir si, par hasard, Vianello ne s'y trouverait pas

101

caché sous un bureau. Et comme personne n'était là pour l'aider à formuler sa réponse, il se contenta d'un « Non, monsieur. » Cette nervosité suffit à Brunetti : Vianello avait quitté la questure pour un motif personnel et avait dit à Alvise où il allait.

La tentation fut trop forte pour Brunetti. « Je vais au bar du coin pour manger un *panino*. Veux-tu m'accompagner? »

Alvise empoigna une pile de documents, sur son bureau, et les exhiba sous le nez de Brunetti. « Non, monsieur. J'ai tout ça à lire. Mais merci. C'est comme si j'avais accepté. » Sur quoi il se mit à étudier la première page et Brunetti quitta la salle, amusé, mais se sentant en même temps vaguement honteux de l'avoir ainsi taquiné.

Vianello était dans le bar, à l'arrivée de Brunetti, et lisait le journal, installé au comptoir. Un verre de vin blanc à moitié plein était posé devant lui.

Se sustenter d'abord, parler ensuite. Brunetti montra quelques *tramezzini* à Sergio et lui demanda un verre de pinot gris, puis il alla retrouver Vianello. « Il y a quelque chose? » demanda-t-il avec un geste vers le journal.

Sans quitter des yeux les grands titres, lesquels claironnaient les derniers avatars de la guerre intestine que se livraient les politiciens des différents partis, dans leur besoin frénétique de se chasser mutuellement de l'auge dans laquelle ils avaient le groin, Vianello répondit : « Tu sais, j'avais toujours pensé jusqu'ici qu'acheter des journaux était acceptable, dans la mesure où on ne les lisait pas. Comme si les acheter n'était qu'un péché véniel et les lire un péché mortel. » Il regarda Brunetti, puis revint sur les grands titres. « Mais j'en suis venu à me dire que c'est le contraire, et que c'est un péché mortel de les acheter, car cela les encourage à en continuer la publication. Et que les lire n'est qu'un péché véniel, car leur lecture ne te fait pas la moindre impression. » Vianello leva son verre et le vida d'un trait.

« Il faudra que tu en parles à Sergio », dit Brunetti en remerciant d'un signe de tête le barman qui approchait avec l'assiette de *tramezzini* et un verre de vin. Le commissaire était plus soucieux, pour le moment, de calmer sa faim que d'écouter la dernière mercuriale de son inspecteur.

« Me parler de quoi? demanda Sergio.

— De la qualité de ton vin, dit Vianello. Il est même tellement bon que tu vas m'en servir un autre verre. »

Il posa le journal sur le comptoir. Brunetti prit l'un des *tramezzini* et mordit dedans. «Trop de mayonnaise», marmonna-t-il, ce qui ne l'empêcha pas de finir le sandwich en l'accompagnant de la moitié du verre de pinot gris.

« La femme t'a fait des confidences? demanda Vianello lorsque Sergio lui eut apporté son vin.

— Les trucs habituels. Elle a laissé son mari s'occuper de tout, pour l'adoption. Elle ne voulait pas savoir que c'était illégal. » Brunetti avait parlé d'un ton neutre, certes, mais sceptique. « Les autres personnes arrêtées sont toutes des couples. J'ai donc l'impression qu'ils n'ont pas coincé leur fameux intermédiaire.

— Une chance que les carabiniers nous disent ce qui est sorti des interrogatoires?

— Ils n'ont même pas voulu me donner les noms des gens qu'ils ont arrêtés, répondit Brunetti. J'ai dû me rabattre sur Pelusso pour les avoir.

— Ils sont plus coopératifs, d'habitude. »

Brunetti n'en n'était pas aussi convaincu que l'inspecteur. Il avait souvent rencontré des carabiniers qui l'étaient, à titre individuel, mais l'organisation elle-même ne l'avait jamais frappé par la bonne volonté qu'elle mettait à partager ses informations et ses réussites avec les autres forces de l'ordre.

— Et Zorro, qu'est-ce que tu en fais?

— Zorro? demanda Brunetti, l'air absent, faisant davantage attention à son deuxième *tramezzino*.

— Le type avec les bottes de cow-boy.

— Ah », dit Brunetti, avant de finir son vin. Il fit signe à Sergio de lui en porter un second verre et, tandis qu'il attendait, essaya de déterminer ce qu'il pensait de l'officier. « Il est trop jeune pour être capitaine depuis bien longtemps et il est donc probable qu'il n'a guère d'expérience dans la conduite de ce genre d'opérations. Il a perdu le contrôle de ses hommes, et ça va donc faire des histoires, ce qui signifie qu'il est inquiet pour sa carrière. La victime était un médecin, après tout.

— Oui. Et la femme de la victime est une Marcolini, ajouta Vianello.

— Oui, c'est une Marcolini. » En Vénétie, cela pouvait compter beaucoup plus que la profession de son mari.

« Mais le capitaine?

— Il est jeune, comme je te le disais, et il peut encore aller dans un sens ou un autre.

— C'est-à-dire?

— Qu'il pourrait devenir un bon officier : il s'est montré un peu trop autoritaire avec ses hommes, mais il était à l'hôpital avec celui qui avait reçu le coup de poing et il s'est assuré qu'il ait son congé maladie, répondit Brunetti. Et il finira peut-être par renoncer à ses bottes.

— Ou bien?

— Ou bien il pourrait devenir le parfait salopard et provoquer des ennuis à tout le monde. » Sergio vint poser un second verre devant lui; Brunetti le remercia et attaqua son troisième sandwich, au thon et à l'œuf. « Et toi, qu'est-ce que tu en penses?

— J'en pense qu'il n'est peut-être pas si mal.

— Qu'est-ce qui te fait dire ça?

— Il a aidé Sergio à remonter la grille, ce matin, et il a été poli avec le Noir. »

Brunetti réfléchit à cette remarque tout en sirotant son vin. « C'est exact, dit-il, estimant que, en matière de tests de personnalité, ceux-ci en valaient bien d'autres. Espérons que tu aies raison. »

Il était quinze heures largement passées lorsqu'ils retournèrent à la questure et le reste de la journée n'apporta rien de neuf. La signorina Elettra ne fit pas de réapparition ni n'appela pour expliquer son absence, en tout cas Brunetti n'en sut rien; et aucun des commandants des carabiniers qu'il avait contactés ne le rappela pour lui donner des informations. Il essaya le poste de la Riva degli Schiavoni et demanda Marvilli, mais celui-ci n'était toujours pas là. Brunetti ne laissa même pas son nom.

Il composa le numéro du service de neurologie, un peu avant cinq heures, et demanda à parler à la signora Sandra. Celle-ci se rappelait son nom et lui dit que le dottor Pedrolli, à sa connaissance, n'avait toujours pas retrouvé la parole, bien que paraissant conscient de ce qui se passait autour de lui. Oui, sa femme était toujours auprès de lui. Elle lui dit qu'elle avait suivi son intuition et empêché les carabiniers de parler au dottor Pedrolli, mais qu'il y en avait de nouveau un assis dans le couloir, avec pour mission, apparemment, d'interdire l'accès de la chambre à tout le monde, sauf aux médecins et aux infirmières.

Brunetti la remercia et reposa le téléphone. « Parlez-moi de la coopération entre les forces de l'ordre », maugréat-il. Concours d'à qui pisse le plus loin, guerre des prés carrés, escalade – on pouvait appeler cela comme on voulait, Brunetti savait ce qui allait venir. Il préférait cependant ne pas y penser avant le lendemain.

Brunetti n'aimait pas trop, en règle générale, manger le soir la même chose qu'à midi, mais les steaks de thon préparés par Paola, qui avaient mijoté dans une sauce de câpres, d'olives et de tomates, paraissaient provenir d'une autre planète que les miettes indigestes de son sandwich de quatorze heures. Le tact et le bon sens le retinrent de seulement faire allusion à son déjeuner, car la comparaison avec un concurrent aussi déplorable risquait d'être jugée offensante. Lui et Raffi partagèrent le dernier morceau de thon et Brunetti couvrit largement de sauce sa deuxième assiette de riz.

« Un dessert? » demanda Chiara à sa mère. Brunetti se rendit compte qu'il s'était débrouillé pour garder un peu de place pour quelque chose de sucré.

« Oui, une crème glacée à la figue, répondit Paola pour le plus grand bonheur de Guido.

« — À la figue? s'étonna Raffi.

— Elle vient de la boutique qui est du côté de San Giacomo dell'Oro, expliqua Paola.

— C'est celle qui propose tous ces parfums bizarres, hein? demanda Guido.

— Oui. Mais celle aux figues est sensationnelle. Il dit que ce sont les dernières de la saison. »

Sensationnelles, en effet, et une fois qu'à eux quatre ils eurent réussi à descendre un kilo de crème glacée, Guido et Paola se retirèrent dans le séjour, chacun avec un petit verre de grappa à la main, exactement la recette conseillée par Ludovico, l'oncle de Brunetti, pour contrer les effets d'un repas trop copieux.

Lorsqu'ils furent assis l'un à côté de l'autre, regardant par la fenêtre ce qui, croyaient-ils, restait de lumière du jour disparaître à l'ouest, Paola prit la parole. « Quand on retardera les horloges, il fera noir même avant qu'on mange. Je crois que c'est ce que je déteste le plus en hiver, cette nuit qui tombe de bonne heure et qui n'en finit pas.

— Encore une chance que nous n'habitions pas à Helsinki », dit-il en prenant une gorgée de grappa.

Paola se tortilla jusqu'à ce qu'elle ait trouvé une position plus confortable. « J'ai l'impression que tu pourrais citer n'importe quelle ville au monde, je serais d'accord pour dire que je suis ravie de ne pas y habiter.

— Rome? » proposa-t-il. Elle fit non de la tête. « Paris? » Sa dénégation fut encore plus marquée. « Los Angeles, alors? risqua-t-il.

— Tu as perdu la tête, ou quoi?

— Et pourquoi cette soudaine dévotion à la patrie?

— Non, pas à la patrie, pas à tout le pays, seulement à Venise.

— D'accord, mais pourquoi si soudainement? »

Elle finit sa grappa et se tourna pour poser le verre sur la table d'angle. « Parce que je suis allée me promener du côté de San Basilio, ce matin. Sans raison particulière; je n'avais rien à y faire de spécial. Comme une touriste, je suppose.

Il était encore tôt, avant neuf heures, et il y avait peu de monde. Je me suis arrêtée dans une pâtisserie où je n'avais jamais mis les pieds avant, et j'ai mangé une brioche d'une légèreté aérienne et but un cappuccino qui avait le goût du paradis. Le barman parlait de la pluie et du beau temps avec tous les gens qui entraient et tout le monde parlait en vénitien, et c'était comme quand j'étais petite, on se serait cru dans une petite ville de province endormie.

— C'est toujours le cas, observa Guido.

— Je sais, je sais, mais c'était comme avant que des millions de personnes ne se mettent à débarquer ici.

— Tous à la recherche de cette brioche à la légèreté aérienne et de ce cappuccino au goût de paradis ?

— Exactement. Et de la petite trattoria bon marché où ne mangent en principe que les gens du coin. »

Brunetti termina à son tour sa grappa, posa la tête contre le dossier du canapé et garda son verre à la main. « Est-ce que tu connais Bianca Marcolini ? Elle est mariée au pédiatre, Gustavo Pedrolli. »

Elle lui jeta un coup d'œil avant de répondre. « C'est un nom que j'ai déjà entendu. Elle travaille dans une banque. Elle a des activités sociales, je crois, dans le genre Lions Club et Sauvons Venise, des trucs comme ça. » Elle s'interrompit, et ce fut comme si Guido l'entendait tourner les pages d'un carnet mental. « Si c'est bien d'elle qu'il s'agit – si c'est la famille Marcolini à laquelle je pense –, alors mon père connaît ces gens.

— À titre personnel ou professionnel ? »

Paola sourit. « Seulement professionnel. Marcolini n'est pas le genre d'hommes que fréquenteraient mes parents. » Elle vit l'expression avec laquelle Guido accueillit cette remarque et ajouta : « Je sais ce que tu penses de la politique de mon père, mais même lui trouve répugnante celle de Marcolini.

— Pour quelle raison précise ? » demanda Brunetti, bien que n'étant pas surpris. Le comte Falier était tout aussi capable de mépris pour les politiciens de droite que de gauche. Un parti du centre aurait-il existé en Italie qu'il aurait aussi sûrement trouvé le moyen de le mépriser.

« On a pu entendre mon père déclarer qu'il avait des idées fascistes.

— En public ? » s'étonna Brunetti.

Cela fit de nouveau sourire Paola. « As-tu jamais entendu mon père faire des remarques politiques en public ?

— Correction acceptée », dit Guido, bien qu'ayant des difficultés à imaginer ce qu'était une position politique fasciste pour le comte. « As-tu fini *Les Ambassadeurs* ? demanda-t-il, jugeant plus courtois de demander cela que si elle avait eu le temps de faire ses recherches sur l'infertilité.

— Non.

— Bien. Dans ce cas, inutile de te fatiguer à faire ces recherches que je t'ai demandées.

— Sur l'infertilité ?

— Oui. » Son soulagement fut évident. « Mais je voudrais que tes oreilles à la délicatesse de coquillages restent ouvertes à tout ce que tu pourrais entendre dire de Bianca Marcolini et de sa famille.

— Y compris de son horrible père et de ses plus encore horribles positions politiques ?

— Oui, s'il te plaît.

— Est-ce que la police va me payer pour ce travail, ou s'agit-il seulement de faire mon devoir de simple citoyenne ? »

Brunetti se leva. « La police va te chercher une deuxième grappa. »

12

Brunetti dormit presque jusqu'à neuf heures, après quoi il traîna dans la cuisine, lisant les journaux que Paola était allée chercher avant de partir pour l'université. Dans tous, les articles donnaient les noms des personnes arrêtées au cours de l'opération des carabiniers, mais seul *Il Corriere* mentionnait que les carabiniers étaient toujours à la recherche de l'homme soupçonné d'avoir organisé le trafic de bébés. Aucun des papiers n'évoquait le sort des enfants, *La Repubblica* se contentant de préciser qu'ils avaient entre un et trois ans.

Brunetti resta un moment songeur après avoir lu cela : si le seul fait d'entendre dire qu'on avait pris un bébé à ses parents alors qu'il avait dix-huit mois était susceptible de mettre en rage un personnage aussi peu imaginatif qu'Alvise, quel devait être le cauchemar vécu par les parents d'un gosse de trois ans ? Brunetti ne parvenait pas à considérer les gens qui avaient adopté ces enfants comme étant autre chose que leurs parents : non pas des parents illégaux, des parents adoptifs, mais des parents, point final.

Une fois à la questure, il se rendit directement dans son antre du deuxième étage et trouva des documents sur son bureau, mais seulement la routine : rotations de service, promotions, nouveau règlement sur l'enregistrement des armes à feu. Il y avait aussi – bien plus intéressant – une note de Vianello. L'inspecteur disait avoir été voir quelqu'un pour lui parler de « ses médecins ». Non pas avec, mais de, ce qui suffisait pour que Brunetti comprenne que l'inspecteur poursuivait son enquête quasi privée sur les rapports qui existaient, supposément, entre trois spécialistes de l'hôpital et au moins un pharmacien de Venise, ou peut-être plus.

L'intérêt de Vianello avait été éveillé quelques semaines auparavant, lorsque l'un de ses informateurs – un homme dont il refusait de donner l'identité – avait laissé entendre que la police pourrait être intéressée par la fréquence avec laquelle les pharmaciens, autorisés à prendre pour leurs clients des rendez-vous avec des spécialistes, renvoyaient ceux-ci toujours à ces mêmes trois spécialistes. Vianello en avait parlé avec la signorina Elettra, qui avait trouvé la chose aussi suspecte que lui. Ensemble, ils en étaient venus à monter l'équivalent d'une recherche scolaire, en compétition l'un avec l'autre pour vérifier comment ces trois médecins avaient pu attirer l'attention de la source de Vianello.

Tout s'était éclairé grâce à la sœur de la signorina Elettra, Barbara, elle-même médecin, qui leur avait expliqué la dernière trouvaille de la bureaucratie médicale : on avait donné aux pharmaciens accès à l'ordinateur central du service de santé de la ville, de façon à leur permettre de prendre des rendez-vous pour leurs clients, quand ces consultations étaient recommandées par leur médecin traitant. Les patients, ainsi, n'avaient pas besoin de perdre leur temps à faire la queue à l'hôpital pour prendre eux-mêmes ce rendez-vous, et les pharmaciens étaient rémunérés pour leurs services.

La signorina Elettra, aussi bien que Vianello, avait tout de suite vu quels effets pervers pouvaient s'ensuivre : tout ce dont avait besoin un pharmacien entreprenant était un spécialiste ou, mieux encore, plusieurs, susceptibles d'accepter des consultations pour ce qui était en réalité des patients fantômes. Et quoi de plus facile, pour le pharmacien, que de créer de toutes pièces la nécessité de ces consultations en ajoutant une ligne au bas d'une ordonnance ordinaire ? L'ULSS, la sécurité sociale italienne, n'était pas particulièrement réputée pour la rigueur de son administration, et il était donc peu probable que l'écriture de ces ordonnances soient examinées à la loupe : seuls l'intéressait le nom du patient et son numéro de sécurité sociale. Quant aux patients, ils ne voyaient jamais leur dossier informatique, en pratique, et il y avait donc très peu de chances pour qu'ils apprennent que ces consultations bidon avaient été programmées à leur nom : le système de santé n'avait donc aucune raison de remettre en question les honoraires demandés par le médecin pour avoir vu le patient, pas plus que la prestation du pharmacien ayant pris le rendez-vous. Et quel qu'ait été l'arrangement passé entre pharmacien et médecin, celui-ci restait forcément privé mais devait tourner autour de 25/75 pour cent pour être équitable. Avec une consultation de spécialiste coûtant entre cent cinquante et deux cents euros, heureux le pharmacien qui en organisait quatre ou cinq par semaine et tout aussi heureux les médecins qui augmentaient ainsi leurs revenus sans augmenter leur charge de travail.

Brunetti pouvait donc supposer que son adjoint se trouvait quelque part dans Venise, pour un entretien avec l'une ou l'autre des personnes pouvant lui fournir des informations éventuellement utiles pour la police. Que donnait Vianello en échange de ces tuyaux ? Brunetti n'en avait aucune idée et préférait ne pas s'en enquérir, tout comme il espérait que personne ne lui demanderait jamais comment il payait ses propres sources pour leurs informations.

Sachant qu'il en apprendrait davantage au retour de Vianello, Brunetti composa le numéro du service de neurologie et demanda à parler de nouveau à la signora Sandra.

« C'est le commissaire Brunetti, signora, dit-il quand il l'eut en ligne.

— Il va très bien, dit-elle aussitôt, évitant les plaisanteries d'usage pour leur faire gagner du temps.

— Est-ce qu'il parle ?

— Pas à moi ni à personne de l'équipe, du moins que je sache, répondit-elle.

— Et à sa femme ?

— Je ne sais pas, commissaire. Elle est rentrée chez elle il y a une demi-heure, environ, mais elle a dit qu'elle reviendrait à l'heure du déjeuner. Le dottor Damasco est arrivé il y a une heure. Il est avec lui.

— Si je viens à l'hôpital, vous croyez que je pourrais lui parler ?

— À qui ? Au dottor Damasco ou au dottor Pedrolli ?

— Aux deux, si possible.

— Le carabinier monte toujours la garde devant sa porte, dit-elle alors, parlant plus doucement. Il ne laisse entrer personne en dehors de sa femme et du personnel médical.

— Dans ce cas, je voudrais parler au moins au dottor Damasco, se résigna Brunetti.

Après un silence prolongé, l'infirmière murmura : « Venez tout de suite et vous pourrez peut-être parler avec les deux.

— Pardon ?

— Venez au poste des infirmières. Si je ne suis pas là, attendez-moi. Il y aura un stéthoscope dans le tiroir de droite. » Elle raccrocha.

Brunetti partit sans dire à personne où il allait et se rendit à l'hôpital à pied, gagnant aussitôt le service de neurologie. Personne n'était derrière le bureau du poste des infirmières. Brunetti se sentit un peu nerveux et jeta un coup d'œil dans le couloir pour être sûr qu'il était vide, puis passa derrière le bureau et ouvrit le tiroir du haut à droite. Il glissa le stéthoscope autour de son cou et retourna de l'autre côté du bureau. Il s'empara alors de deux feuilles déposées dans la corbeille à papier, les clippa à une planchette, puis se pencha sur les documents comme s'il les lisait.

Quelques instants plus tard, la signora Sandra, aujourd'hui en jeans et tennis noires, le rejoignit. Une autre infirmière que Brunetti n'avait jamais vue arriva derrière elle et Sandra dit, s'adressant à Brunetti : « Ah, dottore, je suis contente que vous ayez pu venir. Le dottor Damasco vous attend. » Puis elle se tourna vers la nouvelle venue. « Maria Grazia ? Tu veux bien conduire le dottor Constantini au 307, s'il te plaît ? Le dottor Damasco l'attend. »

Brunetti se demanda un instant si Sandra voulait éviter de prendre elle-même part au subterfuge, si jamais il y avait des ennuis plus tard, puis il comprit que l'attitude protectrice de l'infirmière vis-à-vis du dottor Pedrolli avait peut-être déjà rendu le garde soupçonneux.

Un œil sur les documents (des copies de résultats de laboratoire qui étaient du chinois pour lui), Brunetti suivit Maria Grazia jusqu'à la chambre. Un carabinier en uniforme était en effet assis devant. Il regarda l'infirmière, puis Brunetti, tandis que ceux-ci s'approchaient.

« Le dottor Constantini, expliqua l'infirmière avec un geste vers Brunetti. Il est venu pour consulter avec le dottor Damasco. »

Le carabinier acquiesça et retourna à la revue étalée sur ses genoux. L'infirmière ouvrit la porte, annonça l'arrivée du dottor Constantini et fit entrer Brunetti dans la pièce sans se joindre à lui. Puis elle referma.

Damasco se tourna vers lui et hocha la tête. « Ah, oui, Sandra m'a dit que vous vouliez nous voir. » Puis il revint à Pedrolli, qui ne quittait pas Brunetti des yeux, et ajouta : « Gustavo ? C'est l'homme dont je t'ai déjà parlé. »

Pedrolli continua de regarder Brunetti.

« Il est de la police, Gustavo. Je te l'ai dit. »

Le patient leva une main et l'agita au-dessus de lui, à l'emplacement du stéthoscope sur la poitrine de Brunetti. « Les carabiniers ont mis un garde devant ta chambre. Se déguiser en médecin était le seul moyen pour venir te voir et te parler », expliqua Damasco.

L'expression de Pedrolli s'adoucit ; sa barbe masquait le creux de ses joues, mais Brunetti avait l'impression qu'elles étaient encore plus concaves que la veille. Il était complètement allongé sur le lit, une couverture remontée jusqu'à la taille, et portait une veste de pyjama blanc et bleu. Autrefois châtain clair, presque blonds, ses cheveux étaient à présent mêlés de gris à proportion égale. Il avait le teint et les yeux clairs qui vont souvent avec cette couleur de cheveux. Une ecchymose noirâtre courait de derrière son oreille gauche et allait se perdre dans sa barbe.

Brunetti garda le silence, attendant de voir si Pedrolli voudrait ou pourrait dire quelque chose. Lorsqu'il posa sa planchette sur la tablette disposée à côté du lit, son bras toucha le stéthoscope et il se sentit un peu ridicule de jouer ce personnage.

Une minute passa sans qu'aucun des trois hommes ne parle. C'est finalement Damasco qui se décida. « Très bien, Gustavo. Puisque tu insistes, nous continuerons à jouer aux devinettes. » Il se tourna vers Brunetti. « S'il lève un doigt, la réponse est oui ; deux, c'est non. »

Comme Brunetti ne disait rien, Damasco l'encouragea. « Allez-y, commissaire. Ça prend un temps fou et c'est probablement inutile, mais c'est la façon qu'il a trouvée de se protéger, et nous devons donc jouer son jeu. » Damasco serra affectueusement l'un des pieds de Pedrolli, à travers les couvertures, comme pour contredire l'exaspération que trahissaient ses paroles.

Brunetti ne parlant toujours pas, Damasco ajouta : « Je ne lui ai rien demandé sur ce qui s'était passé. Sauf s'il se souvenait d'avoir été frappé, mais il dit que non. En tant que médecin, c'est la seule chose qui m'importe.

— Et en tant qu'ami ? demanda Brunetti.

— En tant qu'ami… en tant qu'ami, j'ai accepté l'idée débile de Sandra de vous faire venir pour que vous puissiez lui parler. »

Pedrolli parut avoir suivi leur conversation ; ou du moins, ses yeux étaient allés de l'un à l'autre pendant cet échange. Lorsque Damasco eut fini, le regard de Pedrolli se porta de nouveau sur Brunetti, attendant sa réaction.

« Comme vous l'a expliqué votre ami, dit alors Brunetti, s'adressant au patient, je suis officier de police. Un de mes hommes m'a appelé hier matin pour me dire qu'un médecin avait été victime d'une agression et se trouvait à l'hôpital, et je suis venu tout de suite voir ce qui s'était passé. Ce qui m'importait à moi, et qui m'importe encore aujourd'hui, c'est cette agression à main armée contre un citoyen de cette ville, non pas sa raison ni la manière dont vous avez réagi. D'après ce que j'ai appris jusqu'ici, vous vous êtes comporté comme n'importe quel citoyen attaqué dans son domicile; vous avez tenté de vous défendre, vous et votre famille. »

Il se tut et regarda Pedrolli. Le médecin leva un doigt.

« Je n'ai aucune idée de la manière dont les carabiniers vont instruire cette affaire, ni de la manière dont ils vont la présenter; j'ignore également le nombre de chefs d'inculpation qu'ils peuvent vous imputer, dottore », continua Brunetti, préférant rester au plus près possible de la vérité. « Je sais en revanche que la liste en est longue. »

Là, Pedrolli leva la main droite et fit un geste interrogatif avec.

« L'officier à qui j'ai parlé a mentionné la corruption de fonctionnaire, la falsification de documents officiels, la résistance à l'arrestation et l'agression d'un représentant de l'ordre pendant l'exercice de ses fonctions. Ça, c'est le carabinier à qui vous avez donné un coup de poing. »

Pedrolli eut de nouveau son geste interrogatif de la main.

« Non, il n'a pas été blessé. Il n'a même pas eu le nez cassé. Il a beaucoup saigné, mais il n'y a pas vraiment de dégâts. »

Pedrolli ferma les yeux, attitude qui pouvait s'interpréter comme du soulagement. Puis il regarda de nouveau Brunetti et, prenant son alliance de sa main droite, la fit glisser à plusieurs reprises sur l'annulaire de sa main gauche.

« Votre femme va très bien, dottore », répondit Brunetti, s'étonnant de l'inquiétude manifestée par Pedrolli : sa femme venait de quitter la chambre peu de temps avant.

Pedrolli secoua la tête et répéta son geste avec l'alliance, puis, pour être plus clair, pressa ses poignets l'un contre l'autre, comme s'ils étaient attachés. Ou menottés.

Brunetti leva les deux mains comme pour réfuter cette idée. « Aucun chef d'inculpation ne lui a été notifié, dottore.

Et le capitaine à qui j'ai parlé m'a dit qu'il n'y en aurait probablement pas. »

Pedrolli pointa alors l'index contre son cœur. « Oui, seulement contre vous, dottore. »

Pedrolli inclina la tête d'un côté et haussa l'épaule opposée, comme s'il se résignait à son sort.

À tout hasard Brunetti ajouta, plutôt avare de vérité, qu'il n'était aucunement impliqué dans l'enquête. « Elle est menée par les carabiniers, pas par nous, dottore... c'est une question de juridiction. Étant donné que ce sont eux qui ont procédé à l'arrestation, l'affaire leur appartient. » Il attendit quelque signe indiquant que Pedrolli avait compris ou croyait cela. « Ce qui m'importe est que vous êtes blessé, que vous avez été victime d'une agression, sinon d'un crime. » Brunetti sourit et se tourna vers le dottor Damasco. « Je ne voudrais pas fatiguer votre ami, dottore, dit-il avant d'ajouter, non sans choisir soigneusement ses mots : Si les choses changent, me préviendrez-vous ? »

Avant que Damasco ait pu répondre, Pedrolli tendit la main et saisit Brunetti par le poignet. Il le tira à lui avec une certaine force pour le faire approcher du lit. Ses lèvres bougèrent, mais aucun son ne sortit de sa bouche. Voyant l'évidente confusion de Brunetti, Pedrolli fit le geste de bercer un bébé contre sa poitrine.

« Alfredo ? » demanda Brunetti.

Pedrolli acquiesça.

Le policier tapota la main droite de Pedrolli. « Il va bien, dottore. Ne vous inquiétez pas pour lui, je vous en prie. Il va très bien. »

Les yeux de Pedrolli s'agrandirent et Brunetti vit y monter les larmes. Il détourna son regard, comme si Damasco venait de lui dire quelque chose ; quand il revint sur Pedrolli, celui-ci avait fermé les yeux.

Damasco s'avança d'un pas. « Je vous appellerai s'il arrive quoi que ce soit, commissaire. »

Brunetti le remercia d'un signe de tête, récupéra sa planchette et quitta la chambre. Le carabinier était toujours assis à côté de la porte, mais c'est à peine s'il jeta un coup d'œil au commissaire. Au poste des infirmières, il n'y avait personne, pas plus que dans le couloir. Il détacha les feuilles et les remit dans la corbeille à papier, puis posa la planchette sur le bureau. Il retira ensuite le stéthoscope, le rangea dans le tiroir où il l'avait pris et quitta le service.

13

Brunetti prit son temps pour retourner à la questure, préoccupé par les questions qu'il n'avait pas trouvé le moyen de poser et tout ce qu'il continuait à ignorer sur les Pedrolli... Il ne savait même pas comment désigner l'événement : l'affaire ? la situation ? le dilemme ? le gâchis ?

Ne disposant d'aucune information sur les autres adoptions et devant le silence persistant de Pedrolli, le commissaire n'en savait pas davantage sur la manière dont le médecin avait fait l'acquisition de son bébé qu'il n'en savait sur les autres cas. Il ignorait par exemple si la mère était italienne ou non, où elle avait donné naissance au bébé, comment les Pedrolli avaient récupéré le bébé, ce qu'ils avaient pu payer. Ce dernier point lui fit un sale effet. Et il y avait les questions administratives : de quels papiers avait-on besoin pour donner une preuve de paternité ? Dans une boîte métallique orange qui avait jadis contenu des biscuits, Paola et lui conservaient les certificats de naissance de leurs enfants, leurs carnets de vaccination et de santé, leurs certificats de baptême et de première communion, des bulletins scolaires. Cette boîte se trouvait, si sa mémoire était bonne, sur l'étagère du haut de la garde-robe, dans leur chambre, alors que leurs passeports étaient rangés dans un tiroir du bureau de Paola. Il ne se rappelait absolument plus comment ils avaient obtenu les passeports des enfants ; il avait certainement fallu fournir des certificats de naissance – il avait fallu aussi en produire pour les inscrire à l'école.

Toutes les informations officielles concernant naissances et décès, ainsi que les changements de résidence, à Venise, dépendent de l'Ufficio Anagrafe. En quittant l'hôpital, Brunetti décida de passer par là : pas de meilleur moment que le moment présent pour se renseigner sur les processus bureaucratiques qui conduisent à la constitution d'une identité légale.

Il suivit une procession de touristes qui serpentait lentement sur le Ponte del Lovo, passa devant le théâtre et tourna au coin, mais lorsqu'il arrive à l'Ufficio Anagrafe, coincé au milieu des bâtiments administratifs de la Calle Loredan, il dut renoncer à son projet pour la plus banale des raisons : les employés de la ville étaient en grève pour protester contre le retard pris par la signature de leur convention collective, laquelle était expirée depuis dix-sept mois. Brunetti ne se souvenait plus si la police de Venise – employée de la ville, après tout – était autorisée ou non à se mettre en grève et, décidant que c'était le cas, entra au Rosa Salva prendre un café, avant d'aller dans la librairie Tarantola voir les nouveautés. Rien ne l'accrocha : les biographies de Mao, Lénine ou Staline ne pourraient que le conduire au désespoir. Il avait lu une critique sévère d'une nouvelle traduction de Pausanias et renonça donc à se la procurer. Ayant comme règle de ne jamais quitter une librairie sans y avoir fait un achat, il se rabattit sur une traduction italienne, épuisée depuis des lustres, du récit de voyage du marquis de Custine en Russie, en 1839, imprimée à Turin en 1977 : *Lettere dalla Russia* – Lettres de Russie. La période était plus proche des temps présents que ce qui l'intéressait d'ordinaire, mais c'était le seul livre qui exerçait quelque attrait sur lui, sans compter qu'il était pressé, grève ou non.

Brunetti était conscient de se sentir particulièrement vertueux en retournant travailler à la questure, alors qu'il était au courant de la grève – laquelle lui offrait la possibilité de rentrer chez lui pour se mettre à lire. Cependant, toujours porté par l'orgueil du devoir accompli, il posa le livre sur son bureau et prit les papiers qui s'y étaient accumulés. Il eut beau essayer de se concentrer sur les listes et les recommandations, son esprit était irrésistiblement attiré par les questions sans réponses que soulevait l'affaire Pedrolli. Pourquoi Marvilli avait-il refusé de divulguer la moindre information? Qui avait autorisé la descente au domicile d'un habitant de Venise? Qui avait eu l'autorité de convoquer le vice-questeur à l'hôpital le jour même où Pedrolli y avait été admis? Et comment se faisait-il, pour couronner le tout, que les carabiniers eussent entendu parler du bébé des Pedrolli?

Ses réflexions furent interrompues par la sonnerie de son téléphone.

« Brunetti.

— Descendez tout de suite. » Et Patta raccrocha.

Tandis que Brunetti se levait, son regard fut arrêté par une ligne dans la quatrième de couverture du livre qu'il venait d'acheter : « ... l'imposition arbitraire d'un pouvoir qui caractérisait... »

« Ah, monsieur le marquis, dit-il à voix haute, si vous en saviez seulement la moitié! »

La signorina Elettra n'était pas dans l'antichambre du bureau de Patta. Il frappa chez le vice-questeur et entra sans attendre. Patta était à son bureau, les papiers d'un fonctionnaire surchargé de travail étalés devant lui; même son bronzage estival commençait à disparaître, contribuant à l'effet voulu d'un infatigable dévouement aux multiples aspects de la chose publique.

Avant même que Brunetti se fût avancé vers son bureau, Patta lui demanda sur quoi il travaillait en ce moment.

« Sur l'affaire des bagagistes à l'aéroport, monsieur, et sur le casino », répondit-il, du ton dont il aurait informé un dermatologue du pied d'athlète qu'il ne cessait de contracter au travail.

« Tout cela peut attendre », dit Patta – point de vue que Brunetti partageait de tout cœur. Puis, alors que Brunetti se tenait maintenant debout devant lui, il demanda : « Je suppose que vous êtes au courant de l'embrouillamini que les carabiniers ont sur les bras, j'imagine ?

— Un embrouillamini, vous dites ? Oui, monsieur.

— Parfait. Asseyez-vous, Brunetti. Vous me rendez nerveux à rester debout ainsi. »

Brunetti s'exécuta.

« Les carabiniers ont surréagi et ils auront de la chance si l'homme qu'ils ont envoyé à l'hôpital ne leur fait pas un procès. » La remarque de Patta fit monter un peu plus l'estime qu'il ressentait pour l'homme qui s'était entretenu avec le vice-questeur devant la chambre de Pedrolli. Au bout d'un moment, cependant, Patta tempéra son opinion. « Mais je doute qu'il le fasse. Personne n'a envie de se lancer dans ce genre de bagarres légales. » Effectivement. Brunetti fut tenté de lui demander si l'homme aux cheveux blancs de l'hôpital n'aurait pas, le cas échéant, été impliqué dans la bagarre légale en question, mais le bon sens lui suggéra de garder pour lui qu'il était au courant de cette rencontre de couloir et demanda donc : « Que voudriez-vous que je fasse, monsieur ?

— Il semble y avoir des incertitudes sur la nature de la communication qui a eu lieu entre les carabiniers et nous », commença Patta. Il regarda Brunetti comme pour s'assurer si celui-ci avait bien décodé le message et saurait ce qu'il fallait en faire.

« Je vois, monsieur », répondit Brunetti.

Donc, les carabiniers étaient en mesure de prouver qu'ils avaient bien informé la police de l'opération prévue, mais la police ne pouvait donner de preuves que cette information lui était parvenue. Brunetti évoqua alors les règles de la logique qu'il avait étudiées avec le plus grand intérêt, des dizaines d'années auparavant, à l'université. Il y avait été notamment question de la difficulté, sinon de l'impossibilité, de prouver une formule négative. Cela signifiait que Patta se débattait entre deux maux pour savoir lequel était le moins risqué : rejeter sur les carabiniers la faute d'avoir fait un usage excessif de la force, ou trouver quelqu'un, dans la questure, sur qui faire retomber la faute de ne pas avoir transmis le message.

« À la lumière de ce qui est arrivé à ce médecin, j'aimerais que vous gardiez un œil sur lui et veilliez à ce qu'il soit traité correctement. Afin qu'il ne se passe rien d'autre. »

Brunetti se retint de terminer la phrase du vice-questeur en ajoutant : « ... qui me vaudrait des ennuis. »

« Bien entendu, vice-questeur. Pensez-vous souhaitable que je lui parle, et peut-être aussi à son épouse ?

— Oui. Faites ce que vous jugez bon. Veillez simplement à ce que cette affaire ne déborde pas et ne provoque pas des histoires.

— Bien entendu, vice-questeur. »

Patta, maintenant que la patate chaude était passée entre d'autres mains, reporta son attention sur les papiers disséminés sur son bureau.

« Je vous tiendrai informé, monsieur », dit Brunetti en se levant.

Manifestement trop occupé par les devoirs de sa charge pour répondre, Patta agita la main sans lever les yeux et Brunetti sortit.

Paola ayant accepté de l'aider en posant des questions autour d'elle au sujet de Bianca Marcolini, Brunetti prit sur lui et alla s'installer devant l'ordinateur, dans la salle des officiers de police ; là, il réussit même à surprendre ses collègues par l'aisance avec laquelle il se connecta à Internet et tapa le mot *infertilità* – ne devant revenir en arrière que deux fois pour corriger des fautes de frappe.

Au cours de l'heure suivante, Brunetti se trouva au centre de ce qui devint un effort d'équipe de la part des policiers en tenue pour l'aider dans sa recherche. Si aucun de ses jeunes collègues ne se permit de le chasser de sa place, une main se glissait de temps en temps devant lui pour taper un mot ou frapper une touche de contrôle ; mais Brunetti n'abandonna cependant jamais tout à fait la maîtrise du clavier et de la souris. Le fait de tenir à imprimer tout ce qui pouvait l'intéresser lui donnait l'impression (fausse) qu'il se livrait au même genre de recherches que dans la bibliothèque de l'université, quand il était étudiant.

Quand il eut terminé et alla récupérer la pile de feuilles recrachées par l'imprimante, deux idées le frappèrent : la rapidité, presque l'instantanéité du processus, d'un côté, l'ignorance de ce qui était vrai ou faux dans tout cela, de l'autre. Qu'est-ce qui faisait qu'un site de la Toile était plus sûr qu'un autre et que pouvait bien être, au nom du ciel, Il Centro per le Ricerche sull'Uomo ? Ou encore l'Istituto della Demografia ? Pour ce qu'il en savait, l'Église catholique ou la Hemlock Society* pouvait se trouver derrière toutes les sources qu'il avait consultées.

Cela faisait longtemps qu'il avait accepté l'idée que ce qu'il lisait dans les livres, les revues et les journaux était au mieux une approximation de la vérité, toujours orientée à droite ou à gauche. Mais au moins était-il averti des préjugés de la plupart des journalistes et avait-il donc appris, au cours des années, à lire avec défiance ; si bien qu'il pouvait toujours trouver quelque pépite, un fait – pas la vérité, il ne se payait pas d'illusion – dans ce qu'il lisait. Mais avec Internet, il se sentait tellement ignorant du contexte que toutes les sources lui paraissaient se valoir. Il se sentait en perdition au milieu d'un océan de mensonges et de déformations en ligne, dépourvu des boussoles qu'il avait appris à manier dans la mer plus familière des mensonges journalistiques.

Lorsqu'il retourna finalement dans son bureau et commença à lire ce qu'il avait imprimé, il fut surpris par la cohérence qui régnait entre les différents sites. Chiffres et pourcentages variaient de façon peu significative et il ne faisait aucun doute que le taux de natalité connaissait un déclin marqué dans la plupart des pays occidentaux, au moins parmi les populations autochtones. Les immigrants avaient davantage d'enfants. Il savait quelle était l'expression politiquement correcte avec laquelle on décrivait cette vérité statistique

---

* Société américaine pour le droit au suicide, très controversée. *(N.d.T.)*

fondamentale : variation culturelle, ou attentes culturelles différentes. Mais que l'on formulât la chose d'une manière ou d'une autre, il n'en restait pas moins que les pauvres avaient plus d'enfants que les riches. Par le passé, la plupart mouraient chez les premiers, du fait de la maladie et de tous les maux liés à leur condition. Mais aujourd'hui, installés en Occident, la plupart survivaient.

En même temps qu'augmentait le nombre d'enfants naissant dans des familles d'immigrants partout en Europe, ceux qui les accueillaient avaient eux-mêmes de plus en plus de difficultés à se reproduire. Les Européennes de souche avaient leur premier enfant plus tard qu'à la génération précédente. Beaucoup moins de gens prenaient la peine de se marier. Le coût du logement avait augmenté de façon spectaculaire, limitant la possibilité, pour un couple de jeunes travailleurs, d'avoir un chez-soi. Et qui, aujourd'hui, pouvait élever un enfant avec un seul salaire?

Tout cela, comme le savait Brunetti, ne faisait que créer des contraintes que l'on pouvait ou non accepter, mais non des obstacles physiques impossibles à surmonter. Le déclin régulier du nombre de spermatozoïdes viables, en revanche, n'était pas une simple contrainte ni une question de choix. Pollution? Changement génétique? Une maladie impossible à détecter? De manière insistante, les sites mentionnaient un groupe de substances appelées phtalates, présents dans toutes sortes de produits courants, y compris les déodorants et les emballages alimentaires : il semblait qu'existait une proportion inverse entre leur présence dans le sang d'un homme et son taux de spermatozoïdes. Bien que ces substances fussent clairement impliquées dans le déclin du taux en question, aucun des articles n'osait les mettre directement en cause. Brunetti avait toujours pensé que les questions économiques devaient avoir eu une influence aussi forte sur le taux des naissances que le déclin du taux de spermatozoïdes. Après tout, s'il y avait eu des dizaines de millions de spermatozoïdes dans le liquide séminal, autrefois, la moitié aurai dû suffire.

Un rapport établissait que le taux de fécondité des immigrants de sexe masculin se mettait à décliner après qu'ils avaient vécu un certain nombre d'années en Europe, ce qui ne pouvait que donner un peu plus de crédit à la théorie voulant que la pollution ou des questions d'environnement en fussent la cause. Ne disait-on pas que l'emploi de tuyaux et de vaisselle en plomb avait contribué au déclin de la santé et de la fertilité de la population dans la Rome impériale? Si cela n'y changeait rien pour nous, au moins les Romains n'avaient-ils pas la moindre idée du rapport éventuel : ce n'est que dans des temps très éloignés que ce rapport avait été établi, quand il n'était plus possible de rien y faire.

Ces réflexions historiques furent soudainement interrompues par l'arrivée de Vianello. Il arborait un sourire triomphant et brandissait quelques feuilles de papier. «Jusqu'ici, j'avais toujours détesté la criminalité en col blanc. Mais plus je me plonge dedans, plus ça me plaît.» Il posa les documents sur le bureau de Brunetti et s'assit.

Le commissaire se demanda si son lieutenant n'envisageait pas une évolution de carrière; pas un instant il ne douta de l'implication de la signorina Elettra dans les changements de son point de vue.

«Plus ça te plaît?» demanda Brunetti avec un geste vers les papiers, comme s'ils avaient été la cause de la conversion de l'inspecteur.

«Eh bien, répondit Vianello, tempérant son enthousiasme devant l'amusement de Brunetti, au moins dans le sens où l'on n'a pas à leur courir après ou à poireauter pendant des heures sous la pluie, devant leur porte, à attendre qu'ils veuillent bien sortir pour qu'on puisse les filer.»

Le commissaire ne réagissant pas, il poursuivit : «Vois-tu, avant je croyais que c'était barbant de rester tout le temps assis, à éplucher des déclarations fiscales ou des relevés bancaires...»

Brunetti s'abstint de lui faire remarquer que la plupart de ces activités étant illégales, sauf si elles avaient été ordon-

126

nées par un juge, il valait sans doute mieux qu'un policier les trouvât au moins ennuyeuses.

« Et aujourd'hui ? » demanda Brunetti d'un ton amical.

Vianello haussa les épaules et sourit. « Et aujourd'hui, on dirait que j'y prends de plus en plus goût. » Il n'eut pas besoin des encouragements de son supérieur pour continuer. « Je suppose que c'est l'excitation de la chasse. On détecte quelque chose comme le parfum d'une piste : des chiffres qui ne concordent pas, ou qui sont trop importants, ou trop faibles, on épluche alors d'autres archives ou bien on trouve des noms dans un endroit où on ne s'y attendait pas, où ils n'auraient pas dû figurer. Sur quoi les chiffres continuent à arriver et deviennent de plus en plus bizarres ; c'est à ce moment-là qu'on comprend ce qu'ils fabriquent et qu'il devient possible de les surveiller ou de remonter la piste jusqu'à eux. »

Sans s'en rendre compte, il avait parlé de plus en plus fort, avec de plus en plus de passion. « Et toi tu es là, assis à ton bureau, et bientôt tu sais tout ce qu'ils font parce que tu sais comment les pister, et ils ne peuvent plus lever le petit doigt sans que tu le saches. » L'inspecteur se tut, toujours souriant. « Je suppose que c'est ce que doit ressentir une araignée. Les mouches ignorent qu'il y a une toile, elles ne peuvent pas la voir ou la sentir, si bien qu'elles se promènent autour, qu'elles vont à leurs affaires de mouches, tandis que tu es là, attendant qu'elles se fassent prendre.

— Et toi, tu leur fonds dessus ? demanda Brunetti.

— On pourrait le dire comme ça, j'imagine, répondit Vianello, manifestement content de lui et fier d'avoir filé (c'est le cas de dire) cette longue métaphore.

— Pour être plus précis ? voulut savoir Brunetti, regardant dans la direction générale des papiers. Tes médecins et tes pharmaciens accommodants ? »

Vianello hocha la tête. « J'ai été jeter un coup d'œil dans les relevés bancaires des médecins dont, euh, mon contact m'avait parlé. En remontant sur six ans. » Même devant l'illégalité patente de ce « j'ai été jeter un coup d'œil » non-chalant, Brunetti resta comme un sphinx.

« Ils ont tous un certain train de vie, bien sûr : ce sont des spécialistes. » Ils devaient gagner une bonne partie de leurs revenus en liquide : trouvait-on un spécialiste vous facturant une visite privée ? « L'un d'eux a ouvert un compte au Liechtenstein il y a quatre ans.

— Au moment où ont commencé les consultations fantômes ?

— Je n'en suis pas certain, mais d'après mon contact, la combine dure depuis un certain nombre d'années.

— Et les pharmaciens ?

— C'est ça qui est bizarre, répondit Vianello. Il n'y a que cinq pharmaciens dans tout Venise qui sont autorisés à prendre ces rendez-vous ; je crois que c'est en fonction des capacités de leur ordinateur. J'ai commencé à regarder dans leurs registres. » Une fois de plus, Brunetti s'abstint de relever.

« Dans aucun de ceux que j'ai vérifiés, je n'ai constaté un gonflement du compte en banque ou des comptes d'épargne, ou de variations dans leurs dépenses en cartes de crédit, pendant cette période », dit un Vianello déçu, ajoutant néanmoins, comme pour s'encourager : Ce qui ne les exclut pas nécessairement.

— Combien en as-tu vérifiés ?

— Deux.

— Ah. Et combien de temps te faudra-t-il pour vérifier les autres ?

— Deux jours.

— Tu n'as aucun doute sur l'existence de ces fausses consultations ?

— Aucun, répondit Vianello. Simplement, je ne sais pas encore quels sont les pharmaciens impliqués. »

Brunetti réfléchit rapidement aux diverses possibilités. « Le sexe, la drogue, le jeu. Voilà pour quelles raisons, en général, les gens sont prêts à faire n'importe quoi d'illégal pour de l'argent.

— Si c'étaient les seules raisons, observa l'inspecteur, l'air peu convaincu, les deux que j'ai déjà vérifiés seraient exclus automatiquement.

— Pourquoi?

— Parce que le premier à soixante-seize ans et que le second habite chez sa mère. »

Brunetti, qui considérait que cela ne les empêchait pas forcément de s'intéresser au sexe, à la drogue ou au jeu, voulut savoir de qui il s'agissait.

« Le plus vieux, c'est Gabetti. Atteint d'une maladie cardiaque, ne va à la pharmacie que deux fois par semaine, pas d'enfant, rien qu'un neveu à Turin à qui il va tout léguer.

— Et ça te suffit pour l'exclure?

— Certainement pas; moi, en tout cas, je ne trouve pas, répondit Vianello avec, soudain, une certaine chaleur. C'est la caricature du vieux grigou, ce type. Il a hérité la pharmacie de son père il y a environ quarante ans. N'a jamais rien fait depuis : on m'a rapporté que dans son arrière-boutique on avait l'impression de se retrouver en Albanie ou dans un pays de ce genre. Paraît qu'il vaut mieux pas entrer dans les toilettes. Jamais marié, jamais vécu avec quelqu'un : il n'a qu'une préoccupation, faire de l'argent, le placer et le regarder grossir. C'est sa seule joie dans la vie : l'argent.

— Et tu le crois capable de se lancer dans une combine comme celle-là? demanda Brunetti sans chercher à cacher son scepticisme.

— La plupart des rendez-vous pris par une pharmacie pour ces trois médecins proviennent de la sienne.

— Je vois, dit Brunetti, laissant l'information le pénétrer. Et l'autre? »

L'expression de Vianello changea et il hocha machinalement la tête, comme s'il acquiesçait à la théorie de Brunetti. « Il est très croyant, celui-ci. Il vit encore avec sa mère, comme je te l'ai dit, à qui il semble tout dévoué. Très peu de racontars traînent sur lui, en tout cas aucun ne rapporte qu'il serait particulièrement intéressé par l'argent. Je n'ai rien pu trouver dans ses relevés bancaires.

— Il devrait y avoir quelque chose, tout de même, en particulier si l'on a affaire à un croyant » dit Brunetti. Si Vianello pouvait nourrir des soupçons vis-à-vis d'un avare, il se réservait le droit d'avoir des doutes sur un bigot : « S'il n'a de penchant ni pour la drogue ni pour le sexe, à quoi s'intéresse-t-il, alors ?

— À l'Église, je te l'ai dit, répondit Brunetti, amusé par l'étonnement de son supérieur. Il est membre d'un groupe de catéchumènes, avec réunion de prière deux fois par semaine, pas d'alcool, même pas de vin pendant les repas, ni... ni rien du tout, semble-t-il.

— Comment as-tu appris tout ça ?

— J'ai posé des questions à un certain nombre de personnes qui le connaissaient plus ou moins, répondit évasivement Vianello. Mais crois-moi, il n'y a rien à trouver sur ce gars. Il vit pour sa mère et pour l'Église... et pour pouvoir se targuer, d'après ce que j'ai compris, de mener une vie vertueuse tout en se lamentant sur le fait que les autres n'en fassent pas autant. Étant entendu qu'il s'agit de la vertu telle qu'il la définit.

— Pourquoi dis-tu ça ?

— Parce qu'il refuse de vendre des préservatifs dans sa pharmacie.

— Quoi ?

— Il ne peut pas refuser de vendre des médicaments sur ordonnance, comme les divers contraceptifs ou la pilule du lendemain, mais il a le droit de refuser de vendre des condoms, et il l'exerce.

— Au troisième millénaire ? demanda Brunetti, se tenant un instant le visage dans les mains.

— Comme je disais, c'est lui qui se charge de définir la vertu. »

Brunetti reposa les mains sur son bureau. « Et les autres, ceux que tu n'as pas encore, euh, examinés ?

— J'en connais un, Andrea, à San Bortolo, mais jamais il ne ferait une chose pareille.

— Tu vas tout de même tous les vérifier ?

— Bien entendu », répondit Vianello, l'air presque blessé par la question.

Brunetti décida de changer de sujet : « Comment es-tu arrivé à la conclusion que les rendez-vous ont été pris dans ces pharmacies-là ? »

Vianello ne chercha pas à dissimuler la fierté qu'il avait à s'expliquer là-dessus. « On peut classer les dossiers de l'hôpital de manière à avoir la liste des rendez-vous soit par dates, soit par patients, soit par médecins. Nous avons simplement classé tous les rendez-vous de l'an dernier par médecins spécialistes. (Bien entendu, Vianello se garda bien de dire qui recouvrait ce « nous », ni comment il avait récupéré ces archives.) Nous avons fait une liste de ceux qui les avaient pris, puis une autre de ceux pris par ces pharmacies. Ensuite, nous nous sommes intéressés aux consultations de ces deux dernières semaines et nous avons appelé tous les patients, en disant que nous étions de l'ULSS et faisions une enquête sur l'indice de satisfaction des assurés. » Il attendit de voir le degré d'étonnement qu'allait manifester Brunetti devant le peu de vraisemblance d'une telle chose ; comme son supérieur ne disait rien, il continua : « La plupart avaient bien été examinés par le médecin avec lequel ils avaient eu rendez-vous, mais neuf d'entre eux nous ont dit n'avoir jamais eu connaissance d'une telle consultation. À quoi nous répondions aussitôt que c'était sans doute une erreur informatique – on faisait même semblant de vérifier et on prenait l'air gêné en devant admettre que c'était une erreur – et on s'excusait de les avoir dérangés pour rien. » Il sourit et ajouta : « Tous ces rendez-vous avaient été pris par Gabetti.

— N'y a-t-il pas un risque que l'un d'eux en parle à la pharmacie ? » demanda Brunetti.

D'un geste de la main, Vianello rejeta cette idée. « C'est ce qu'il y a de génial, dit-il, non sans satisfaction. Aucune de ces personnes ne pouvait avoir la moindre idée de la combine dans laquelle elles étaient impliquées en toute innocence, et je suis certain que toutes nous ont crus quand nous avons dit que c'était une erreur de l'informatique. »

Brunetti eut un instant envie de répondre que l'informatique avait bon dos, puis y renonça. « Mais si jamais l'un des assurés tombait réellement malade et devait avoir une telle consultation, mais que l'ordinateur montrait qu'il l'avait déjà eue ?

— Alors j'imagine qu'il ferait ce que n'importe qui ferait : ils diraient sans en démordre que l'examen n'avait jamais eu lieu, qu'il devait s'agir d'une erreur informatique. Et étant donné qu'ils auraient à faire à un rond-de-cuir de l'ULSS, il serait probablement cru.

— Et donc le rendez-vous de la consultation serait confirmé, c'est ça ?

— Sans doute, dit Vianello. Juste une erreur de plus d'un fonctionnaire. »

Les deux hommes gardèrent quelques instants le silence, puis Brunetti reprit la parole. « Sauf que tu n'as toujours pas trouvé de pharmacien avec un magot.

— L'argent est forcément quelque part, insista Vianello. On peut commencer à y regarder de plus près dès demain.

— On dirait que rien ne peut te détourner d'y croire, remarqua Brunetti avec un peu de sécheresse.

— C'est possible, dit vivement Vianello, presque sur la défensive. Mais tu dois admettre que c'est une trop bonne idée pour que quelqu'un n'ait pas été tenté. Sans compter que l'ULSS est une cible facile.

— Et si tu te trompais ? demanda Brunetti avec une certaine force.

— Eh bien, je me serais trompé, voilà tout. Mais j'aurais au moins appris de nouvelles méthodes pour trouver des renseignements avec l'ordinateur », répondit Vianello, sur quoi la bonne humeur fut rétablie entre eux.

14

Brunetti descendit d'un étage avec Vianello, mais laissa celui-ci continuer et se rendit dans le bureau de la signorina Elettra, où il la trouva au téléphone. Elle lui fit signe d'entrer et de rester, et continua de répondre par une série de mono-syllabes à un flot de paroles en provenance de l'autre bout de la ligne. « Oui... non... bien sûr... Oui... Oui... » De longues pauses séparaient à chaque fois cette ponctuation, pendant lesquelles elle prenait des notes. « Je comprends, dit-elle. Le signor Brunini a très envie de consulter, et bien entendu, lui et sa compagne viendraient en tant que patients privés. » S'ensuivit un silence qui parut d'autant plus long à Brunetti qu'il avait entendu ce nom curieux et se demandait à quoi elle jouait.

« Oui, il le comprend, bien entendu. Oui. J'attends. » Elle écarta le combiné et se frotta l'oreille, puis le rapprocha de nouveau comme en montait une voix féminine. « Oh, vrai-ment ? Si vite ? Ah, signora, vous êtes merveilleuse. Le signor Brunini sera très content. Oui, je l'ai. Quinze heures trente, vendredi. Je l'appelle tout de suite. Et encore merci. »

La jeune femme reposa le téléphone, jeta un coup d'œil à Brunetti puis écrivit quelques mots sur un papier.

« Puis-je savoir ? demanda le commissaire.

— La clinique Villa Colonna, à Vérone, répondit-elle. Celle où ils sont allés. »

En dépit de cette communication quelque peu elliptique, Brunetti n'eut pas de difficulté à suivre.

« Et cela vous a conduite à... (il se rendit compte à ce moment qu'il lui manquait le verbe adéquat)... spéculer? demanda-t-il, faute de mieux.

— Oui, on pourrait le présenter comme ça, répondit-elle, manifestement ravie du terme qu'il avait choisi. Sur toutes sortes de choses. Mais avant tout sur la coïncidence voulant qu'un certain nombre de personnes ayant consulté dans cette clinique aient été mises en contact avec la ou les personnes qui avaient un bébé à vendre. »

Brunetti admira la manière sans détour dont elle s'était exprimée. « Vous miseriez sur la clinique? »

Le sourcil de la signorina Elettra ne s'arqua que de un millimètre, tout au plus, mais ce mouvement minimaliste était riche de possibilités sans fin.

Brunetti décida de s'aventurer en terrain encore plus incertain. « Le signor Brunini?

— Ah, oui, le signor Brunini. » Brunetti attendit prudemment la suite. « J'ai pensé qu'il serait intéressant que se présente à la clinique, une fois de plus, un couple désespérant d'avoir un enfant et assez riche pour le payer au prix fort.

— Le signor Brunini? répéta-t-il, se rappelant que dans les polars on conseillait toujours aux imposteurs de choisir un nom assez proche du leur pour leur permettre d'y réagir automatiquement.

— Par exemple.

— Et la signora Brunini? demanda-t-il. Avez-vous quelqu'un à l'esprit pour ce rôle?

— J'ai pensé qu'il valait mieux que vous soyez accompagné d'une femme connaissant l'enquête; nous aurions ainsi deux personnes capables de se former une opinion sur l'établissement.

— Que je sois accompagné? demanda Brunetti en soulignant bien inutilement le mot.

— Vendredi prochain, quinze heures trente, dit-elle. L'Eurocity pour Munich part à treize heures vingt-neuf. Il arrive donc à Vérone à quinze heures.

— Et cette personne qui m'accompagnera sera donc la signora Brunini ? »

Elle eut un instant d'hésitation devant la question, même si Brunetti la connaissait assez bien pour se douter qu'elle en connaissait déjà la réponse. « J'ai pensé que le désir d'enfant paraîtrait d'autant plus fort chez le signor Brunini s'il était partagé par sa compagne. Une compagne plus jeune et très désireuse de devenir mère. »

Brunetti s'accrocha au premier fétu de paille à sa portée. « Et les dossiers médicaux ? Est-ce que le médecin de la clinique ne va pas vouloir les examiner avant de... de les recevoir ?

— Oh, ça ? dit-elle comme si ces petits détails l'ennuyaient déjà. Le dottor Rizzardi a demandé à un ami de l'hôpital de les préparer.

— Pour le signor Brunini et, euh, sa compagne ?

— Exactement. Ils devraient être prêts et l'ami du dottor Rizzardi n'a plus qu'à les faxer à Vérone. »

Avait-il le choix ? la question était absurde. Peu de chose se passa au cours de la journée et demie pendant laquelle Brunetti dut se glisser dans la peau du signor Brunini. Les couples arrêtés à Vérone et à Brescia furent renvoyés chez eux, et la demande de la police qu'ils soient assignés à résidence fut rejetée par les magistrats dans les deux villes. Les enfants, d'après les journaux, avaient été confiés aux bons soins des services sociaux. Le juge vénitien chargé de l'affaire du dottor Pedrolli lui dit aussi qu'il pouvait rentrer chez lui et reprendre son travail, mais, se soumettant à l'avis du dottor Damasco, celui-ci préféra rester à l'hôpital. Les carabiniers avaient finalement décidé de ne l'inculper que pour tout ce qui avait trait à la fausse adoption : il n'était plus question de résistance à l'arrestation ou d'agression contre un fonctionnaire de police dans l'exercice de ses fonctions. Sa femme ne fit aucune tentative pour contacter Brunetti, lequel prit bien soin de demander un rapport aux carabiniers, bien qu'il n'y eût pratiquement rien à rapporter.

C'est ainsi que, poussé par le désir qui le taraudait de faire bouger les choses d'une manière ou d'une autre, Brunetti arriva à temps à la gare, le vendredi, pour prendre l'Eurocity de Munich de treize heures vingt-neuf, prévu pour s'arrêter à Vérone à quatorze heures cinquante-quatre.

«Vous savez, signorina, on peut encore y renoncer», dit Brunetti tandis que le train entrait en gare de Vérone.

La signorina Elettra leva les yeux (elle avait *Il Manifesto* ouvert sur les genoux) et sourit. « Mais dans ce cas-là il faudrait que je retourne au bureau, n'est-ce pas, commissaire? » fut sa réaction, accompagnée d'un sourire chaleureux qui ne dura pas, cependant, tandis qu'elle refermait le journal et se levait. Elle laissa le journal sur le siège, prit son manteau et le replia sur son bras.

Elle passa dans le couloir; Brunetti ramassa le journal. «Vous l'avez oublié, lui lança-t-il.

— Non, je préfère le laisser. Je doute que les patients de cette clinique lisent autre chose que *Il Giornale*. Je ne veux pas risquer de déclencher l'alarme en me promenant avec un journal communiste sous le bras.

— Oh, les gens ont tendance à oublier qu'ils mangent les petits enfants, de nos jours, répondit Brunetti du ton le plus normal du monde tandis qu'ils gagnaient l'extrémité de la voiture.

— Qui ça? Les communistes? demanda-t-elle, tournée vers lui en haut des marches.

— C'est en tout cas ce que croyait ma tante Anna, expliqua Brunetti, avant d'ajouter : ce qu'elle croit sans doute encore. » Il la suivit sur le quai de la gare puis jusqu'à l'escalier qui conduisait au niveau inférieur et à la sortie.

Quelques taxis attendaient; Brunetti ouvrit la portière arrière du premier, attendit que la signorina Elettra soit montée, referma la portière et fit le tour du véhicule. Il donna au chauffeur, apparemment un Indien ou un Pakistanais, le nom et l'adresse de la Villa Colonna. L'homme hocha la tête comme si tout cela lui était familier.

Ni Brunetti ni la signorina Elettra ne parlèrent tandis que le taxi se glissait dans la circulation, tournait à gauche devant la gare et se dirigeait dans une direction, calcula le policier, qui devait être l'ouest de la ville. Il était stupéfait, comme cela lui arrivait si souvent, par le nombre des véhicules qui encombraient les rues et par le bruit, même à travers les vitres fermées du taxi. Les voitures paraissaient débouler de toutes les directions; certaines donnaient des coups de Klaxon, bruit qu'il avait toujours trouvé particulièrement agressif. Le chauffeur marmonnait dans sa barbe dans une langue qui n'était pas l'italien, freinait et accélérait en fonction des espaces qui se fermaient et s'ouvraient devant lui. En dépit de tous ses efforts, Brunetti ne parvenait pas à voir la relation de cause à effet entre ce que voyait le conducteur et ce qu'il faisait : peut-être n'y en avait-il pas.

Il s'enfonça dans le siège et étudia les interminables rangées de bâtiments neufs défilant sur sa droite, tous bas, tous laids et qui tous, apparemment, vendaient quelque chose.

À voix basse, la signorina Elettra souffla : « Nous allons vraiment le faire ?

— J'en ai bien l'impression », répondit Brunetti, même si c'était elle qui avait monté cette petite comédie et assigné les rôles – et elle seule, pas lui. « Je vais avoir l'air d'autant plus désespéré, ce qui ne fera que laisser entendre que je suis prêt à faire n'importe quoi pour que vous soyez heureuse. Au fait, je vais devoir vous tutoyer. »

Ce que, se rendait-il compte, il n'avait jamais pu se résoudre à faire, en dépit de leur différence d'âge et de leur position hiérarchique différente.

« Voilà qui va me donner un rôle intéressant à jouer », dit Elettra, qui, elle aussi, allait devoir tutoyer Brunetti – alias Brunini.

Il n'eut pas le temps de répondre. Le taxi venait de s'arrêter sèchement, les projetant en avant, et ils durent s'appuyer des mains sur le siège avant pour ne pas s'écraser dessus. Le conducteur jura et donna du poing contre son tableau de bord puis continua à marmonner pour lui-même. Devant eux, était immobilisé l'arrière carré d'un camion dont les feux rouges de freinage brillaient. Ils virent alors une fumée noirâtre monter de dessous le véhicule. En quelques secondes, le taxi se trouva noyé dans un nuage épais et l'odeur âcre de l'essence brûlée commença à envahir l'habitacle.

« Est-ce que le camion va exploser ? demanda Brunetti au chauffeur, sans penser à se demander comment l'homme l'aurait su.

— Non, monsieur. »

Curieusement rassuré, Brunetti s'enfonça de nouveau dans son siège et jeta un coup d'œil à Elettra qui, de la main, se cachait le nez et la bouche.

Brunetti tirait un mouchoir de sa poche pour le lui tendre lorsque le taxi bondit soudain en avant, réussissant à contourner le camion. Puis il accéléra tellement qu'ils furent collés à leur siège. Brunetti tourna la tête, mais le camion n'était même plus visible.

« Mon Dieu, dit la signorina Elettra, comment les gens peuvent-ils vivre ainsi ?

— Aucune idée », répondit Brunetti.

Ils retombèrent dans le silence et, peu après, le taxi ralentit et s'engagea dans une allée en arc de cercle qui desservait un bâtiment de trois étages tout en métal et verre, agressivement éclatant.

« Douze euros cinquante », leur dit le chauffeur. dès qu'ils furent arrêtés.

Brunetti lui donna un billet de dix et un de cinq et lui dit de garder la monnaie. « Vous n'avez pas besoin d'un reçu, monsieur ? Je peux vous le faire du montant que vous voulez... »

Brunetti le remercia et lui répondit que non, descendit et contourna la voiture pour aller ouvrir la portière de la signorina Elettra. Elle fit passer ses deux jambes dehors, se leva, prit le bras du policier et se pencha sur lui. « Le cinéma commence, Guido », lui dit-elle avec un grand sourire qui se termina par un clin d'œil.

Les portes automatiques s'ouvrirent et ils entrèrent dans une aire de réception qui n'aurait pas déparé une agence de publicité, voire même un studio de télévision. L'endroit respirait l'argent. Pas de manière voyante ou criarde, ni avec rien de vulgaire pour attirer l'attention. Mais il était là, évident dans le parquet de bois, dans les miniatures persanes sur les murs, dans les fauteuils et le canapé en cuir clair qui entouraient une table basse carrée, en marbre, sur laquelle était posé un bouquet de fleurs plus splendide que tout ce que la signorina Elettra avait jamais commandé jusqu'ici pour la questure.

Une jeune femme, tout aussi ravissante que les fleurs (mais arborant des couleurs plus sobres) était assise devant une table à plateau de verre. On n'y voyait pas le moindre papier ni de quoi écrire, seulement un ordinateur à écran plat et un clavier. À travers le verre, Brunetti vit qu'elle se tenait genoux serrés, ses pieds joints dépassant, dans des chaussures à lanières marron, des pantalons apparemment en soie noire.

Elle sourit à leur approche, des fossettes se creusant de part et d'autre de sa bouche parfaite. La blondeur de ses cheveux paraissait naturelle, même si Brunetti avait depuis longtemps renoncé à l'idée qu'il pouvait le deviner, et elle avait des yeux verts, dont l'un paraissait très légèrement plus grand que l'autre. « En quoi puis-je vous aider ? demanda-t-elle d'un ton pouvant laisser croire que les aider était le but ultime de sa vie.

— Je m'appelle Brunini, dit-il. Nous avons rendez-vous à quinze heures trente avec le dottor Calamandri. »

De nouveau, elle sourit. « Un instant, s'il vous plaît, je vérifie. » Elle se tourna de côté et effleura quelques touches sur son clavier, tapant avec soin du bout de ses doigts aux ongles courts. Elle attendit une seconde, se tourna de nouveau vers eux. « Si vous voulez bien patienter un moment, reprit-elle avec un geste vers les sièges, le docteur va vous recevoir dans cinq minutes. »

Brunetti acquiesça et commença à faire demi-tour. La jeune femme se leva pour les accompagner jusqu'aux fauteuils, à croire qu'elle doutait qu'ils pussent parcourir seuls la distance de deux ou trois mètres.

«Voudriez-vous boire quelque chose en attendant ?» demanda-t-elle, le sourire toujours scotché à son joli minois.

139

La signorina Elettra secoua la tête sans prendre la peine de la remercier. Après tout, n'était-elle pas la compagne archi-gâtée d'un homme riche? De telles femmes ne sourient pas à leurs inférieures. Pas plus qu'elles ne sourient à des femmes plus jeunes qu'elles, en particulier quand elles sont en compagnie d'un homme.

Ils s'assirent et la secrétaire retourna derrière sa table en verre, où elle s'affaira à son ordinateur dont l'écran n'était pas visible par Brunetti. Il jeta un coup d'œil sur les magazines étalés sous les fleurs : *AD, Vogue, Focus*. Rien d'aussi vulgaire que *Gente* ou *Oggi*, ou encore *Chi*, le genre de revues que l'on s'attend à trouver dans une salle d'attente de médecin.

Il prit *Architectural Design* mais le reposa aussitôt, se souvenant qu'il était ici avant tout pour satisfaire les désirs de sa compagne. Il se pencha vers elle et lui demanda : « Tu te sens bien, ma chérie ?

— Je me sentirai mieux quand tout cela sera terminé », répondit-elle en levant les yeux sur lui et en essayant de sourire.

Ils gardèrent ensuite le silence et l'attention de Brunetti se porta de nouveau sur les revues. Il entendit une porte s'ouvrir, leva les yeux et vit une femme, plus âgée et moins séduisante que la réceptionniste, qui se dirigeait vers eux. Ses cheveux bruns étaient partagés par une raie et retombaient jusqu'en dessous de ses oreilles, de part et d'autre de son visage. Elle portait, sous sa blouse blanche, une robe en lainage grise. Elle avait de jolies jambes, les jambes musclées et élancées d'une femme qui joue au tennis ou fait du jogging, pas moins belles pour autant.

Brunetti se leva. La femme lui tendit la main. « Bonjour, signor Brunini », lui dit-elle. Brunetti répondit en exprimant le plaisir qu'il avait à la rencontrer. Il comprit alors la raison de sa coiffure retombante : une épaisse couche de fond de teint s'efforçait, sans y parvenir, de dissimuler sa peau grêlée de trous par l'acné ou quelque autre maladie dermatologique. Les cicatrices, confinées aux côtés de ses joues, étaient presque complètement cachées par ses

140

cheveux. « Je suis le dottor Fontana, l'assistante du dottor Calamandri. Je vais vous conduire à son bureau. »

La signorina Elettra, rassurée d'être en présence d'une concurrence beaucoup moins dangereuse que celle de la jeune femme de la réception, s'autorisa un sourire aimable. Elle prit le bras de Brunetti, comme si elle risquait d'avoir besoin de son aide pour parcourir les quelques mètres qui la séparaient du bureau du dottor Calamandri.

Le dottor Fontana les précéda dans un couloir où l'élégance de la réception laissait place aux exigences pratiques d'une institution médicale : le sol était recouvert de dalles carrées grises et les gravures en noir et blanc, sur les murs, représentaient des vues de ville. Les jambes du dottor Fontana étaient aussi agréables à voir de dos que de devant.

Celle-ci s'arrêta devant une porte à droite, frappa et ouvrit. Elle laissa passer Brunetti et la signorina Elettra devant elle, entra à leur suite et referma.

Un homme quelque peu plus âgé que Brunetti se tenait derrière un bureau dont le plateau était un bel échantillon de chaos intégral. Des piles de papiers s'entassaient jusqu'à en déborder, mêlés à des brochures, des revues médicales laissées en plan comme si le lecteur avait été dérangé, à des boîtes de médicament, à des crayons et des stylos – et il y avait même un couteau suisse.

L'aspect du médecin donnait une impression semblable de désordre ; son nœud de cravate desserré apparaissait au col de sa blouse blanche en partie déboutonnée ; des stylos et ce qui semblait être un thermomètre dépassaient de la pochette sur laquelle figurait son nom. Il avait un air légèrement distrait, comme s'il se demandait comment tout ce désordre avait pu s'accumuler. Rasé de frais, il avait le visage rond. Il leva les yeux et sourit, rappelant à Brunetti les médecins de son enfance, des hommes qui acceptaient d'être tirés de leur lit en pleine nuit pour aller rendre visite à un malade à son domicile, des hommes pour qui la santé de leurs patients valait tous les efforts, quelle que soit l'heure.

Brunetti donna un rapide coup d'œil à la pièce et ne vit que des choses attendues : des diplômes médicaux encadrés sur les murs, des cabinets vitrés remplis de médicaments, l'extrémité d'une table d'examen recouverte de papier dépassant d'un paravent.

Calamandri se leva et tendit la main par-dessus son bureau, tout d'abord à Elettra, puis à Brunetti. Il leur souhaita le bonjour et leur indiqua les trois sièges situés devant son bureau. Ils s'assirent, et le dottor Fontana prit le troisième siège, sur la droite.

« J'ai consulté votre dossier, commença Calamandri d'un ton professionnel. D'une pile de classeurs il tira, sans hésiter, une grande pochette en papier kraft. Il repoussa les feuilles posées devant lui pour faire de la place, ouvrit le document, en sortit des papiers et posa la main dessus, doigts écartés, les contemplant. « J'ai vu les résultats de tous les examens que vous avez passés, et je ne crois pas pouvoir faire autrement que vous dire la vérité. » La signorina Elettra porta la main en direction de sa bouche. Calamandri continua. « Je suis bien conscient que vous espériez une autre réponse en venant ici, mais c'est l'information la plus honnête que je puisse vous donner. »

La signorina Elettra laissa échapper un petit soupir et sa main retomba sur ses genoux ou elle rejoignit l'autre, qui étreignait déjà la poignée de son sac. Brunetti lui jeta un coup d'œil et posa une main réconfortante sur le bras de la jeune femme.

Calamandri attendit un commentaire, mais, comme ni l'un ni l'autre ne réagissaient, il continua. « Certes, je pourrais vous proposer de refaire les examens. »

La signorina Elettra le coupa d'un brusque mouvement négatif de la tête. « Non. J'en ai assez des examens », dit-elle d'un ton dur. Elle se tourna vers Brunetti. « Pas question que je recommence tout ça, Guido. »

Calamandri leva une main rassurante et s'adressa à Brunetti. « Je crains bien de devoir être d'accord avec votre... » ne sachant trop quels étaient les liens exacts du couple qu'il avait devant lui, Calamandri se tourna alors vers la signorina Elettra et répéta : « Je crains bien de devoir être d'accord avec vous, signora. » Elle réagit d'un petit sourire peiné.

Regardant à présent tour à tour ses deux interlocuteurs pour bien leur faire comprendre que c'était aux deux qu'ils s'adressaient, Calamandri poursuivit : « Les examens que vous avez passés tous les deux ont une valeur définitive. Vous les avez passés deux fois et, honnêtement, il ne servirait à rien que vous les passiez une troisième. » Il jeta un coup d'œil aux papiers posés devant lui puis leva les yeux sur Brunetti. « Et dans le deuxième examen, le taux est même encore plus bas. »

Brunetti faillit baisser la tête de honte devant cet affront fait à sa virilité, mais refusa la tentation et continua de regarder le médecin, mais nerveusement.

Calamandri se tourna alors vers la signorina Elettra. « J'ignore ce que vous ont dit mes collègues, signora, mais d'après ce que je lis ici, il y a très peu de chances, semble-t-il, pour que vous puissiez concevoir. » Il tourna une page et jeta un coup d'œil aux éléments concoctés par Rizzardi et son compère du labo, puis revint à elle. « Quel âge aviez-vous quand c'est arrivé ?

— Dix-huit ans, répondit-elle, le regardant dans les yeux.

— Si je puis me permettre, pourquoi avoir attendu aussi longtemps pour traiter l'infection ? » Il avait réussi à ne mettre aucun reproche dans le ton de sa voix.

« J'étais bien jeune, à cette époque », répondit-elle avec un petit haussement d'épaules, comme pour se mettre à distance de la personne qu'elle était alors.

Calamandri ne dit rien, et son silence la poussa à se justifier. « Je pensais que c'était quelque chose d'autre. Une infection rénale, peut-être. Ou une mycose. » Elle se tourna vers Brunetti et lui prit la main. « Mais le temps que j'aille consulter, l'infection s'était incrustée. »

Brunetti prit bien soin de continuer à la regarder dans les yeux, comme si elle récitait un sonnet ou chantait une berceuse pour l'enfant qu'il ne pourrait jamais avoir, alors que c'était d'une maladie vénérienne qu'il s'agissait. Il espérait que Calamandri avait assez d'expérience pour reconnaître un homme rendu stupide par l'amour. Ou le désir. Brunetti avait lui-même assez vu des deux pour savoir que les symptômes étaient identiques.

« Vous a-t-on dit alors ce que risquaient d'être les conséquences d'une telle infection, signora ? demanda Calamandri. Que vous ne pourriez probablement jamais avoir d'enfant ?

— Je vous l'ai dit, répondit-elle sans chercher à cacher la colère sous-jacente à sa gêne, j'étais beaucoup plus jeune. » Elle secoua plusieurs fois la tête et lâcha la main de Brunetti pour s'essuyer les yeux. Puis elle regarda Brunetti et lui dit, avec une intensité qui aurait pu laisser croire qu'ils étaient seuls dans la pièce : « C'était avant que je te rencontre, *caro*, avant que je veuille avoir un bébé. Un bébé avec toi.

— Je vois », dit le médecin en rangeant le dossier. Il croisa les mains et les posa dessus, la mine grave, puis se tourna vers sa collègue et lui demanda si elle avait quelque chose à ajouter.

Le dottor Fontana se pencha en avant pour s'adresser à Brunetti – Elettra se trouvait entre elle et lui. « Avant d'avoir étudié le dossier, j'avais cru qu'une assistance à la conception serait possible, mais après avoir vu les radios et lu les rapports des médecins de l'hôpital, je ne le pense plus.

— Ne rejetez pas la faute sur moi ! » explosa la signorina Elettra.

Comme si elle n'avait pas été interrompue, le dottor Fontana poursuivit, tournée cette fois vers son collègue : « Comme vous l'avez mentionné, dottore, le taux de spermatozoïdes est bas, si bien qu'une conception normale aurait eu peu de chances d'avoir lieu, de toute façon, indépendamment de la condition de la signora. » Elle se tourna vers la signorina Elettra. « Nous sommes médecins, signora. Nous ne critiquons personne ; nous essayons simplement de soigner nos patients.

— Qu'est-ce que tout cela veut dire, dans ce cas ? demanda Brunetti avant que la signorina Elettra ait une chance de parler.

144

— Cela veut dire, répondit Calamandri, les lèvres un peu serrées, que nous ne pouvons pas vous aider.

— Mais ce n'était pas ce qu'on nous avait dit, lâcha Brunetti.

— Qui vous a dit quoi, signore ? s'enquit Calamandri.

— Mes médecins, à Venise. Ils m'ont dit que vous faisiez des miracles. »

Calamandri sourit et secoua la tête. « J'ai bien peur que seul *Il Signore* ne soit capable de faire des miracles, signor Brunini. Et même lui les faisait à partir de quelque chose : le pain et les poissons, ou l'eau pour faire du vin aux noces de Cana. » Il les regarda tour à tour et vit que la référence, accueillie d'un hochement de tête par Brunetti, était passée au-dessus de celle de sa compagne.

« Mais j'ai de quoi payer, dit Brunetti. Il y a bien quelque chose que vous puissiez faire, non ?

— Je crains fort que la seule chose que je puisse faire, signore, répondit Calamandri avec un coup d'œil dépourvu de discrétion vers sa montre, ne soit de vous suggérer d'envisager, vous et votre épouse, la possibilité d'une adoption. La procédure est longue et loin d'être simple, mais dans votre cas, c'est la seule issue qui vous soit offerte, à mon avis. »

Comment a-t-elle réussi à rougir ? se demanda Brunetti. Par quel miracle la signorina Elettra parvenait-elle à s'empourprer jusqu'aux oreilles et à rester plusieurs secondes dans cet état, les yeux baissés, ses doigts ouvrant et refermant machinalement son sac à main ?

« Nous ne sommes pas mariés », intervint Brunetti pour rompre le silence, ce que personne d'autre, dans la pièce, n'avait apparemment envie de faire. « Je suis séparé de mon épouse. Mais pas légalement, à vrai dire. Et Elettra et moi sommes ensemble depuis plus d'un an. » Sa femme, la lumière de sa vie, était à Venise et lui à Vérone, et il était donc en effet séparé d'elle. Il n'existait aucune séparation entre eux, légale ou non, et plût au ciel que cette éventualité restât toujours aussi absurde qu'elle l'était à ce moment-ci. Quant à la signorina Elettra, elle travaillait à la questure depuis une dizaine d'années, si bien qu'ils avaient été ensemble, indiscutablement, depuis plus d'un an. Si profonde qu'eût été la tromperie, sa déclaration était littéralement exacte.

Il jeta un coup d'œil de côté à la signorina Elettra et vit qu'elle contemplait toujours ses genoux mais qu'elle avait arrêté de jouer avec le fermoir de son sac et que son visage était à présent d'un blanc de craie. «Vous comprenez donc, reprit Brunetti en revenant à Calamandri, que nous ne pouvons pas adopter. C'est pourquoi nous espérions avoir un bébé. Ensemble.»

Au bout d'un long moment, Calamandri répondit, laconique : «Je vois.» Il repoussa le dossier de Brunetti sur sa droite. Jeta un coup d'œil au dottor Fontana, mais celle-ci n'avait rien à dire. Calamandri se leva. Fontana en fit autant, puis Brunetti. Comme la signorina Elettra ne bougeait pas, Brunetti se pencha vers elle et posa une main sur son épaule. «Allez, viens, *cara*. Il n'y a rien que nous pouvons faire de plus ici.»

Elle tourna vers lui un visage baigné de larmes et dit, d'une voix suppliante : «Mais tu avais promis que nous aurions un enfant. Tu avais promis de faire n'importe quoi.»

S'agenouillant à côté d'elle, il attira son visage en pleurs contre son épaule, puis dit doucement, mais pas si doucement que les deux médecins ne pussent entendre : «Oui, je te l'ai promis. Je te le promets sur la tête de ma mère. Je ferais n'importe quoi.» Il leva les yeux vers Calamandri et Fontana, mais ceux-ci quittaient déjà la pièce.

Lorsque la porte se fut refermée sur eux, Brunetti aida la signorina Elettra à se remettre sur ses pieds et passa un bras autour de ses épaules. «Allez, viens maintenant, Elettra. Rentrons à la maison. Nous n'avons plus rien à faire ici.

— Mais tu me promets, tu me promets que tu feras quelque chose?

— N'importe quoi», répéta Brunetti en entraînant la jeune femme vers la porte.

15

Ils restèrent dans la peau de leurs personnages jusqu'au moment où ils furent installés dans le train pour Venise, assis face à face, dans une voiture de première classe presque vide de l'Eurocity en provenance de Milan. Ils n'avaient pas échangé un mot, à la clinique, en attendant le taxi qu'avait appelé la réceptionniste, ni pendant le trajet jusqu'à la gare. Mais une fois dans le train, où il n'y avait plus aucune chance qu'ils fussent vus ou entendus, la signorina Elettra s'était enfoncée dans son siège en poussant un profond soupir. Brunetti se dit qu'il voyait revenir le véritable personnage qu'elle était, à ce détail près que, n'étant pas très bien sûr de ce qu'était le personnage en question, il ne l'était pas non plus qu'il eût effectivement repris sa place.

« Eh bien? demanda Brunetti.

— Non, pas encore, s'il vous plaît, répondit-elle, reprenant spontanément le vouvoiement. Toutes ces larmes m'ont épuisée.

— Comment arrivez-vous à faire ça?

— Quoi donc? Pleurer?

— Oui. » Depuis plus de dix ans qu'il la connaissait, il ne l'avait vue pleurer qu'une fois, et cela n'avait pas été des larmes feintes. Nombre des histoires qu'avait à connaître la questure et dans lesquelles s'étalaient la misère et la méchanceté humaines auraient arraché des larmes à une pierre, mais elle avait toujours conservé une distance professionnelle, même lorsque bien des autres, y compris un être aussi insondablement dépourvu d'imagination qu'Alvise, étaient émus.

« J'ai pensé aux *masegni* », dit-elle avec un petit sourire.

Elle était coutumière de ce genre de remarques cryptiques, mais l'idée qu'elle puisse être émue aux larmes en pensant à des pavés de pierre volcanique, voilà à quoi Brunetti n'était pas préparé. « Je vous demande pardon (il en oubliait, du coup, complètement le dottor Calamandri), mais comment l'évocation de pavés peut-elle vous faire pleurer ?

— Parce que je suis vénitienne », répondit-elle, ce qui n'apportait pas la moindre lumière.

Le contrôleur passa à ce moment-là et Brunetti attendit qu'il ait vérifié les billets et se fût éloigné pour demander : « Pouvez-vous m'expliquer ?

— Ils ont disparu, vous savez bien. Comment, vous n'avez pas remarqué ? »

C'était vrai, ça. Où donc étaient passés les pavés ? se demanda Brunetti. Et comment avaient-ils disparu ? La tension de cette dernière heure, peut-être...

« Lorsqu'on a refait les rues, poursuivit-elle, l'empêchant d'aller jusqu'au bout de sa pensée, et quand on a remonté les trottoirs en prévision de *l'acqua alta*, ajouta-t-elle (soulevant les sourcils pour commenter silencieusement la folie d'une telle entreprise), ils ont retiré tous les *masegni*, des pavés qui étaient là depuis des siècles. » En l'écoutant, il se souvint que pendant des mois il avait vu des ouvriers éventrer places et rues, remplacer ou installer tuyaux et lignes téléphoniques, puis tout remettre en place.

« Et avec quoi les a-t-on remplacés ? » demanda-t-elle. Brunetti s'efforçait en règle générale de ne pas encourager les questions rhétoriques en leur accordant la dignité d'une réponse, et il garda donc le silence.

« On les a remplacés par des pierres coupées à la machine, parfaitement rectangulaires, chacune étant l'exemple vivant, si je puis dire, de la perfection que peuvent atteindre quatre angles droits.

Et effectivement, songea Brunetti, les nouvelles pierres s'ajustaient à la perfection, contrairement aux anciennes, avec leurs angles approximatifs et leur surface irrégulière.

« Et qu'a-t-on fait des anciens pavés, vous demandez-vous ? » continua-t-elle en brandissant un index dans un geste rituel d'interrogation. Comme Brunetti ne répondait toujours pas, elle enchaîna : « Des amis les ont vus, rangés en piles impeccables dans un champ, près de Marghera. » Elle sourit. « Soigneusement reliés avec du fil de fer, comme s'ils étaient prêts à être expédiés ailleurs. Ils les ont même photographiés. Il paraîtrait qu'ils doivent aller sur une place, quelque part au Japon. »

Brunetti ne chercha pas à cacher sa stupéfaction. « Au Japon ?

— Ce sont juste des racontars, monsieur. Étant donné que je ne les ai pas vus moi-même, seulement les photos, il pourrait ne s'agir de rien de plus que du dernier mythe urbain à la mode. Et il n'y a aucune preuve, enfin, aucune preuve en dehors de leur présence là-bas, par milliers, des pierres vieilles d'un millier d'années, quand les travaux ont commencé, et du fait qu'elles n'y sont plus, pour l'essentiel. À moins de supposer qu'elles se soient transformées en lemmings dans la nuit et aient sauté dans la lagune sans que personne ne les voie, il y a bien quelqu'un qui les a prises et ne les a pas ramenées. »

Brunetti s'était lancé dans le calcul du volume de pierre que cela représentait. Il y en avait pour des chargements de bateaux, pour des convois de camions et pour des hectares, en superficie. Un ensemble trop considérable pour le dissimuler, extrêmement coûteux à transporter – comment pouvait-on organiser un truc pareil ? Et dans quel but ?

Il aurait aussi bien pu penser à voix haute.

« Tout ça pour les revendre, commissaire. On les a démontés et transportés ailleurs aux frais de la ville – des pavés taillés à la main dans de la pierre volcanique, vieux de plusieurs siècles – et on les a vendus. Voilà pourquoi. » Il crut qu'elle en avait terminé, mais non. « Même les

149

Français et les Autrichiens, quand ils nous ont envahis, n'ont pas emporté les pavés – et Dieu sait pourtant s'ils se sont servis. Le seul fait d'y penser me donne envie de pleurer. »

Comme il devait donner envie de pleurer, se rendit compte Brunetti, à tout bon Vénitien. Il se prit à tenter d'imaginer qui avait pu organiser un tel trafic, et quelles complicités il avait fallu obtenir pour cela ; aucune des possibilités qu'il envisagea ne lui plut. Sortant de nulle part, lui vint à l'esprit une expression que sa mère utilisait souvent : les Napolitains sont capables de te voler tes chaussures pendant que tu marches. Comme les Vénitiens étaient plus malins, puisque certains d'entre eux avaient réussi à voler jusqu'aux pavés sur lesquels on marchait !

« Quant au dottor Calamandri, reprit la signorina Elettra, réveillant l'attention de Brunetti, il m'a fait l'effet d'un médecin très occupé qui tient à être honnête avec ses patients. Lui, au moins, ne veut pas leur faire miroiter d'illusions sur les possibilités qui leur sont offertes. Il tient même à les décourager de s'en faire. » Elle lui laissa le temps d'assimiler son analyse. « Et vous ?

— Je pense la même chose. Il aurait pu facilement recommander de nous faire repasser tous les examens – dans sa clinique, dans son laboratoire.

— Mais il ne l'a pas fait, ce qui montre bien qu'il est honnête.

— Ou qu'il cherche à paraître honnête, ajouta Brunetti.

— Vous m'avez enlevé les mots de la bouche, commissaire », dit-elle avec un sourire. Le train commença à ralentir. Ils approchaient de la gare de Mestre. Sur leur gauche, les gens se bousculaient pour entrer dans la gare ou en sortir, pour entrer dans le McDo ou en sortir. Sur leur droite, d'autres personnes attendaient sur le quai et dans un train à l'arrêt. Puis les portières se refermèrent et ils repartirent.

Ils parlèrent ensuite à bâtons rompus, évoquant les manières glaciales du dottor Fontana, tombant d'accord pour dire qu'il n'y avait plus qu'une chose à faire, attendre que Brunetti reçoive un coup de téléphone de quelqu'un disant travailler avec cette clinique. Sinon, il fallait espérer que Pedrolli ou sa femme se montreraient un peu plus bavards, ou que la signorina Elettra finirait par trouver le moyen de casser les codes lui permettant d'accéder à l'enquête en cours des carabiniers.

Quelques minutes plus tard apparurent les cheminées d'usine de Marghera, sur leur droite, et Brunetti se demanda les commentaires que pourrait bien en faire la signorina Elettra, aujourd'hui. Mais elle avait sans doute épuisé sa ration quotidienne d'indignation avec les *masegni*, car elle garda le silence et le train entra bientôt dans Santa Lucia.

Marchant vers la sortie, Brunetti jeta un coup d'œil à l'horloge et vit qu'il était dix-huit heures treize. Il pouvait facilement attraper le vaporetto de la ligne 1 à dix-huit heures seize : tel le bébé pingouin qui a l'empreinte de l'image de sa mère en mémoire, il savait depuis toujours qu'il y avait un départ toutes les dix minutes de la gare sur cette ligne.

« Je crois que je vais continuer à pied », dit-elle tandis qu'ils descendaient les marches et se faufilaient au milieu des gens qui se pressaient pour ne pas rater leur train. Ni l'un ni l'autre ne parlèrent de la possibilité ou encore moins de la nécessité morale de retourner à la questure.

Unc fois en bas, ils s'arrêtèrent, elle s'apprêtant à partir vers la gauche et lui vers l'embarcadère, sur la droite. « Merci, signorina, dit Brunetti avec un sourire.

— Oh, tout le plaisir a été pour moi, commissaire. C'était beaucoup plus agréable que de passer l'après-midi à préparer les emplois du temps du mois prochain. » Elle le salua de la main et s'éloigna au milieu des flots de personnes qui s'écoulaient de la gare. Il la suivit un instant des yeux, puis il entendit le vaporetto qui inversait ses moteurs pour accoster, et il se pressa pour embarquer – et retourner chez lui.

« Tu rentres tôt, ce soir », lui lança Paola depuis le séjour, dès qu'il eut franchi sa porte. Elle avait dit cela sur un ton pouvant laisser croire que son arrivée inattendue était la

151

chose la plus agréable qui lui fût arrivée depuis un bon bout de temps.

« J'ai dû quitter Venise pour aller m'entretenir avec quelqu'un et, à mon retour, ça ne valait plus la peine de retourner au bureau », lança-t-il à son tour depuis l'entrée, tout en accrochant son veston. Il préféra rester des plus vagues sur cette sortie hors des limites de la ville ; si jamais elle lui demandait de la lui raconter, il le ferait, mais il ne voyait pas de raisons de l'accabler avec les détails de sa vie professionnelle. Il desserra sa cravate, se demandant pourquoi, au nom du ciel, il continuait à en porter ? Et pire encore, pourquoi il ne se sentait pas correctement habillé sans une cravate ?

Il alla dans le séjour où il trouva Paola comme il s'attendait à la voir, allongée sur le canapé, un livre posé, ouvert à l'envers, sur sa poitrine. Il s'avança jusqu'à elle et lui serra un pied.

« Il y a vingt ans, tu aurais pris la peine de te pencher pour m'embrasser, dit-elle.

— Il y a vingt ans, mon dos n'aurait pas protesté si je l'avais fait », répondit-il, se penchant néanmoins sur elle pour lui donner un baiser. Quand il se redressa, il se tint mélodramatiquement les reins et se dirigea d'un pas cassé vers la cuisine. « Seul le vin peut me sauver », dit-il, la voix tout aussi cassée.

Dans la cuisine, il fut accueilli par un mélange d'arômes de pâtisserie, d'un côté, et quelque chose d'à la fois doux et fort, de l'autre. Sans effort et sans protestations lombaires, il se pencha pour regarder dans le four et vit le plat profond en verre que Paola utilisait toujours pour les *crespelle*, accommodées cette fois-ci avec des *zucchini* et ce qui paraissait être des *peperoni gialli*, ce qui expliquait la complexité des parfums.

Il ouvrit le réfrigérateur et étudia son contenu. Non, le temps s'était rafraîchi et Guido eut soudain envie de vin rouge. Dans le placard, il prit une bouteille portant le nom de Masetto Nero et étudia l'étiquette, incertain de sa provenance.

152

Il retourna jusqu'à la porte du séjour. « Dis-moi, c'est quoi, le Masetto Nero ? Et d'où vient-il ?

— D'un vignoble qui s'appelle Endrizzi, c'est quelque chose que mon père nous a fait parvenir », répondit-elle sans lever les yeux de son livre.

Cette explication laissa Brunetti d'autant plus perplexe qu'il ne pouvait déterminer les proportions de ce que faire parvenir voulait dire, quand le comte Orazio Falier était l'expéditeur. S'agissait-il de douze caisses, arrivées sur sa vedette personnelle ? Ou d'une seule bouteille, apportée par l'un de ses employés pour qu'ils la goûtent ? Ou alors avait-il acheté ce vignoble et « fait parvenir » quelques bouteilles pour qu'ils lui disent ce qu'ils en pensaient ?

Il retourna dans la cuisine et ouvrit la bouteille. Il renifla le bouchon (à tout hasard : il n'avait jamais su ce qu'il aurait dû y détecter. Le bouchon sentait le bouchon qu'on retire d'une bouteille de vin, comme à peu près toujours.) Il prépara deux verres et les rapporta dans le séjour.

Il posa un verre près de Paola puis s'assit dans l'espace qu'elle lui ménagea en retirant ses pieds. Il prit une gorgée de vin. Et se mit à espérer que le comte avait acheté le vignoble. « Qu'est-ce que tu lis ? » demanda-t-il alors, voyant qu'elle était retournée à son livre – ce qui ne l'empêchait pas de tenir son verre de l'autre main et de paraître ravie de ce qu'elle avait goûté.

« Luc. »

Depuis qu'il la connaissait, elle ne s'était jamais permis d'appeler même son cher Henry James par son prénom, et jamais Jane Austen n'avait été soumise à un procédé aussi familier. « Luc qui ?

— Luc l'Évangéliste.

— Saint Luc ? Du Nouveau Testament ? demanda-t-il, bien qu'incapable d'imaginer que Luc aurait écrit autre chose.

— Lui-même.

— Et à propos de quoi ?

« — À propos de ce qu'il dit sur le fait qu'il ne faut pas faire aux autres ce que tu ne voudrais pas qu'ils te fassent.

— Ce qui signifie que c'est toi qui vas te lever pour aller chercher la deuxième bouteille ? » demanda-t-il.

Elle laissa retomber le livre sur sa poitrine, d'un geste quelque peu mélodramatique. Prit une gorgée de vin et souleva les sourcils de plaisir. « Il est sensationnel, mais je crois qu'une bouteille devrait nous suffire pour le dîner, Guido. » Elle prit une nouvelle gorgée.

« Oui, il est vraiment excellent, n'est-ce pas ? »

Elle répondit d'un hochement de tête et en prenant encore une gorgée.

Au bout d'un moment, curieux de savoir pourquoi quelqu'un comme Paola se plongeait dans la Bible, il demanda : « Et quelles réflexions particulières t'inspire ce texte ?

— J'adore quand tu cherches à me tirer les vers du nez avec des sarcasmes », répliqua-t-elle en reposant son verre sur la table basse. Elle referma le livre et le mit à côté du verre. « J'ai parlé à Marina Canziani aujourd'hui. Je suis tombé sur elle au Marciana.

— Et alors ?

— Et alors elle m'a parlé de sa tante, celle qui l'a élevée.

— Et ?

— Sa tante – je crois qu'elle a quatre-vingt-dix ans – est devenue soudain toute vieille, toute vieille et faible. C'est arrivé comme cela arrive souvent aux gens âgés : un jour ils vont bien, et trois semaines plus tard ils s'effondrent et tombent en ruine. »

La tante de Marina (il lui semblait se souvenir qu'elle se prénommait Italia, ou quelque chose d'aussi éléphantesque) avait toujours fait partie de la vie de leur amie depuis que les parents de celle-ci s'étaient tués dans un accident de voiture, c'est-à-dire des dizaines d'années avant, alors que Marina était enfant ; elle l'avait élevée avec une rectitude et une rigueur absolues, sur un mode inflexible, veillant à ce qu'elle allât à l'université et y réussît, mais sans jamais lui avoir manifesté d'une manière quelconque, même une seule fois, de la tendresse ou de l'approbation au cours de toutes les années où elle avait eu la tutelle de Marina. Elle avait géré le patrimoine de sa pupille avec la même rigueur et en avait fait une femme très riche, mais elle s'était fermement opposée à son mariage qui avait pourtant fait de Marina une femme très heureuse.

Comme Paola ne lui livrait aucune autre information, Brunetti chercha un instant à se remémorer la vieille dame, but quelques gorgées de son vin et se résigna à reprendre lui-même la parole : « Je ne suis pas bien certain de saisir le rapport avec saint Luc. »

Paola sourit en exhibant, jugea-t-il, un peu trop de dents. « Elle a supplié Marina de la prendre chez elle ; elle voulait maintenant habiter avec eux. Elle lui a proposé de payer un loyer et de prendre une garde de jour et une autre de nuit à ses frais.

— Et Marina ?

— Marina lui a répondu qu'elle était prête à prendre les dispositions pour qu'elle ait une aide à domicile, mais chez elle, ou pour qu'elle aille dans une maison de retraite privée du Lido. »

Brunetti ne voyait toujours pas le rapport avec l'évangéliste. « Et alors ?

— Et alors il m'est apparu que le Christ donnait peut-être un très intelligent conseil d'investissement. Autrement dit, que nous ne devrions pas considérer le fait de toujours faire le bien autour de nous comme une sorte d'impératif moral, mais plus en fonction de ce qui se passerait si nous ne le faisions pas. Si nous voulons que les gens nous paient de retour en même monnaie, la charité est alors un investissement intelligent.

— Et la tante de Marina a fait un mauvais investissement ?

— Exactement. »

Il finit son verre et se pencha pour le poser sur la table. « L'interprétation par l'investissement, commenta-t-il. C'est de ce genre de choses dont toi et tes collègues parlez entre vous, à la fac ? »

Paola reprit son verre et finit de le vider à son tour. « Oui, quand nous ne sommes pas occupés à démontrer notre flagrante supériorité à nos étudiants.

— On pourrait penser qu'ils n'ont même pas besoin d'une telle démonstration, dit Brunetti. Et après les *crespelle*, qu'est-ce qu'il y a ?

— *Coniglio in umido* », répondit-elle avant de poser sa propre question : « Comment se fait-il que tu partes toujours du principe que je n'ai rien de mieux à faire, pour employer mon temps, que de te préparer à manger ? Je suis prof d'université, figure-toi. J'ai un travail. Une vie professionnelle.

— Et, continua-t-il, prenant la balle au bond, je ne devrais pas être reléguée à la situation d'esclave enchaînée à ses fourneaux par un mari qui, de façon typiquement masculine, prend pour acquis que mon boulot est de faire la cuisine tandis que le sien est de ramener le gibier dans la caverne. » Sur quoi il alla dans la cuisine chercher la bouteille.

Il remplit au tiers le verre de Paola, puis le sien et s'assit de nouveau aux pieds de sa femme. Il fit le geste de trinquer avec elle et prit une nouvelle gorgée. « Vraiment somptueux. Et combien nous en a-t-il fait parvenir ?

— Trois caisses. Tu n'as pas répondu à ma question.

— Non, pas encore. J'essaie simplement d'estimer à quel point tu attends de moi que je la prenne au sérieux. Étant donné le fait que tu as quatre heures d'enseignement par semaine à assumer et que tu passes encore moins de temps que ça en entretiens avec tes étudiants, ma conscience est claire en ce qui concerne le temps inégal que nous passons toi et moi en cuisine. » Elle ouvrit la bouche pour parler mais il ne lui en laissa pas le temps. « Et si tu t'apprêtais à me dire que tu es obligée de passer beaucoup de temps en lectures, je te ferais remarquer que tu deviendrais folle si tu devais passer tout ton temps libre à lire. » Après une longue rasade de vin, il prit l'un des pieds de Paola et le secoua gentiment.

Elle sourit. « Fichue, ma protestation légitime. »

Il ferma les yeux et appuya sa tête contre le canapé.

« Ma protestation, en tout cas », admit-elle, au bout de quelques secondes.

Guido laissa passer encore un peu de temps et reprit la parole. « Je suis allé à cette clinique de Vérone, aujourd'hui.

— Celle qui traite l'infertilité ?

— Oui. »

Comme elle restait sans rien dire et que son silence se prolongeait, il ouvrit les yeux et lui jeta un coup d'œil. « Qu'est-ce qu'il y a ? demanda-t-il, sentant qu'elle avait quelque chose à dire.

— C'est à croire qu'il est impossible d'ouvrir la moindre revue sans tomber sur un article parlant de la surpopulation dans le monde, dit Paola. Six milliards, sept, huit... et les avertissements les plus funestes sur cette bombe démographique et le manque de ressources naturelles suffisantes pour tous nous entretenir. Et en même temps, les gens vont dans des cliniques se faire traiter contre l'infertilité...

— Dans le but d'accroître la population ?

— Non, bien sûr, répondit-elle aussitôt. Afin de satisfaire une pulsion humaine.

— Pas un besoin ?

— Guido, commença-t-elle, prenant un ton fatigué factice, nous avons déjà parlé de la définition du terme besoin, il me semble. Et tu sais ce que j'en pense : pour moi, un besoin non satisfait – se nourrir, boire – entraîne la mort.

— Et moi, je continue à penser qu'il y a plus que cela, que la notion de besoin comprend des choses qui nous rendent différents des autres animaux. »

Il vit qu'elle acquiesçait, mais elle répondit : « Je n'ai pas envie de revenir là-dessus pour le moment. D'autant plus que je sais parfaitement que même si tu me bombardes de ta logique et de ton bon sens, même si tu pars de l'exemple de nos propres enfants, tu n'arriveras pas à me persuader qu'avoir des enfants est un besoin. Alors gagnons du temps et n'en parlons pas, d'accord ? »

Il se pencha pour prendre la bouteille, puis jugea plus sage d'en rester là et la reposa sur la table. « Je suis allé à Vérone avec la signorina Elettra, dit-il, surpris lui-même de faire cette révélation. Nous étions un couple désespérant d'avoir un enfant. Je voulais vérifier si la clinique n'était pas impliquée dans ces affaires d'adoption.

— Et est-ce qu'ils t'ont cru? À la clinique? » demanda-t-elle, même si Brunetti considérait que la question importante était de savoir si la clinique était partie prenante ou non dans les adoptions illégales.

« Je crois que oui », dit-il, estimant plus prudent de ne pas essayer d'expliquer pourquoi.

Paola reposa les pieds par terre et s'assit. Elle posa son verre sur la table, puis se tourna vers Brunetti et retira un long cheveu noir du devant de sa chemise. Elle le laissa tomber sur le tapis et se leva. Sans rien dire, elle alla dans la cuisine préparer le reste du repas.

16

Comme les jours passaient, l'affaire Pedrolli et, à un moindre degré, toutes celles concernant les adoptions illégales dans les autres villes, finirent par disparaître des journaux. Brunetti continua pour sa part de s'y intéresser de manière plus ou moins officielle. Vianello réussit à retrouver la transcription de la conversation que Brunetti avait eue avec la femme qui habitait près du Rialto. L'inspecteur alla lui parler, mais elle ne se souvenait de rien de plus, sinon que la femme qu'elle avait vue téléphoner portait des lunettes. L'appartement en face, celui où la jeune femme enceinte avait passé quelques jours, était la propriété d'un Turinois et était loué à la semaine ou au mois. Interrogé, le gérant de l'agence immobilière qui s'en occupait finit par trouver que l'appartement avait été loué pendant la période en question par un certain Giulio d'Alessio, qui n'avait donné aucune adresse et avait préféré payer en liquide. Non, l'agent n'avait aucun souvenir clair de son locataire. La piste, si piste il y avait eu, s'arrêtait là.

Marvilli ne rappela jamais après les différents messages que Brunetti avait laissés à son bureau, et les autres contacts que ce dernier avait parmi les carabiniers n'avaient rien d'autre à lui révéler que tout ce qui avait déjà paru dans la presse : les enfants avaient été confiés aux services sociaux et l'enquête suivait son cours. Il apprit, cependant, qu'un fax aurait été envoyé par les carabiniers la veille de la descente pour en informer la police de Venise, fax sur lequel figuraient le nom et l'adresse de Pedrolli. L'absence de réaction de la part de la police avait été considérée comme valant approbation par les carabiniers. À la requête de Brunetti, les carabiniers lui firent parvenir une copie de ce fax, assortie d'une confirmation de transmission au bon numéro de la questure.

Le rapport qu'avait fait Brunetti au vice-questeur comprenait cette information, ainsi qu'une note sur l'échec de ses tentatives pour retrouver le fax manquant. Patta lui fit savoir qu'il n'avait qu'à retourner aux autres affaires en cours et laisser les carabiniers se débrouiller avec le dottor Pedrolli.

Brunetti ne comprenait pas le manque apparent d'intérêt des médias et supposa que le voile du huis clos officiel ou bureaucratique concernant les enfants avait été mis pour protéger ceux-ci et préserver leur anonymat; mais les parents et les acrobaties auxquelles ils s'étaient livrés pour se procurer un enfant auraient certainement dû soutenir l'intérêt des lecteurs et des téléspectateurs. Dans un pays où la présence d'un enfant, comme victime d'un meurtre ou y ayant échappé – ou mieux encore, comme en étant l'auteur – était la garantie que les journaux (papier ou télévisés) en parleraient pendant des jours, voire pendant des semaines, il trouvait curieux que ces personnes aient disparu aussi rapidement dans l'anonymat.

Des années après son arrestation pour le meurtre de son enfant, une interview avec la Madre di Cogne – sinon un simple article sur elle – était la garantie d'une argumentation des tirages ou du nombre des téléspectateurs. Même l'histoire d'une Ukrainienne ayant jeté son bébé nouveau-né dans une benne à ordures était sûre de faire les manchettes pendant trois jours. La presse locale, cependant, avait laissé tomber l'affaire Pedrolli au bout de deux, mis à part *La Repubblica* qui y revint pendant encore trois jours, jusqu'à ce que le fait-divers soit chassé par la mort d'un jeune carabinier, tué par un assassin emprisonné ayant bénéficié d'une permission du week-end. C'est la vitesse avec laquelle l'affaire Pedrolli disparut de *Il Gazzettino* et de *La Nuova*, toutefois, qui piqua la curiosité de Brunetti ; si bien que, le surlendemain du jour où l'histoire avait disparu des journaux, il appela son ami Pelusso à son bureau. Le journaliste lui expliqua qu'apparemment, d'après les bruits de couloir du *Gazzettino*, quelqu'un n'avait pas trop aimé la publicité faite autour de l'affaire, et que le journal avait donc laissé tomber.

Brunetti, lecteur assidu de ce journal, savait qui en était les plus gros annonceurs et la signorina Elettra avait découvert que la signora Marcolini appartenait à la branche plomberie de la famille. Raison pour laquelle Brunetti dit à Pelusso : « Parler toilettes, c'est parler Marcolini.

— Exactement », répondit Pelusso, non sans ajouter rapidement, comme s'il était poussé par ce qui lui restait de respect pour l'exactitude après l'usure de dizaines d'années comme journaliste : « C'est du moins le suspect le plus vraisemblable, à cause de sa fille, mais personne n'a prononcé son nom.

— Crois-tu qu'il était nécessaire de le faire ? demanda Brunetti. Après tout, elle est sa fille, comme tu l'as toi-même remarqué, et ce genre de publicité ne peut que nuire à quelqu'un.

— N'en sois pas si certain, Guido. Les carabiniers ont forcé sa porte et, si ça se trouve, le mari est encore à l'hôpital. Et ils ont emporté l'enfant. Cela devrait suffire à valoir beaucoup de sympathie au couple, quelle qu'ait été la manière dont ils se sont procuré le bébé. »

Voilà qui présentait une intéressante possibilité, aux yeux de Brunetti. « Les carabiniers, alors ?

— Pourquoi voudraient-ils étouffer une affaire comme celle-ci ?

— Eh bien, en premier lieu, pour se débarrasser d'une histoire qui les présente sous un mauvais jour, mais peut-être aussi pour faire croire aux personnes qui sont derrière toutes ces affaires qu'ils peuvent sortir impunément du bois », proposa Brunetti. Pelusso ne réagissant pas, Brunetti continua, les idées lui venant au fur et à mesure qu'il parlait. « S'il s'agit d'une bande organisée, celui qui la gère connaît un certain nombre de personnes désirant un enfant et prêtes à payer pour ça ; ce qui signifie aussi qu'il dispose aussi d'un carnet d'adresses de femmes ayant accepté de se séparer de leur bébé dès la naissance.

— Bien entendu.

— Sauf que c'est quelque chose d'impossible à remettre à plus tard, pas vrai ? Si une femme doit avoir un bébé, le bébé naîtra quand il sera à terme, pas lorsqu'un intermédiaire quelconque dira qu'il en a besoin.

— Et s'il y a autant d'argent en jeu dans ces affaires que ce que j'ai entendu dire, enchaîna Pelusso, poursuivant le raisonnement de Brunetti, ils vont vouloir entrer en contact avec leurs acheteurs. »

Soudain en alerte, le policier demanda à son ami ce qu'il avait entendu dire sur cette question.

« Je crois qu'il y a beaucoup de mythes urbains dans ce qu'on raconte. Ça rappelle un peu le conte du Chinois qui ne meurt pas parce qu'il n'a jamais eu de funérailles. Mais il court beaucoup d'histoires où il est question de vente et d'achat de bébés.

— A-t-on jamais mentionné un prix devant toi ? » demanda Brunetti, espérant que Pelusso n'allait pas lui demander comment il se faisait que la police ne disposât pas déjà de cette information.

Il s'ensuivit un silence qui se prolongea un certain temps, à croire que l'idée était effectivement venue au journaliste, mais il se contenta de répondre à la question de Brunetti. « Non, rien, dont je pourrais être certain. Ce n'étaient que des rumeurs, mais comme je te l'ai dit, Guido, les gens en parlent comme ils parlent de tout – c'est l'histoire de l'homme qui connaît l'homme qui connaît l'homme qui a vu l'ours. Il n'y a aucun moyen de savoir si ce qu'on nous raconte est vrai ou non. »

Brunetti se retint de remarquer que cette incertitude était un phénomène des plus courants, et nullement limité à l'expérience qu'en avait Pelusso en tant que membre de la presse. Il n'avait de plus aucun moyen de savoir si les

Italiens étaient plus crédules que d'autres peuples, ou s'ils étaient simplement moins bien informés. Des rumeurs lui étaient parvenues sur des pays où existerait une presse indépendante rapportant des informations justes et où la télévision n'était pas contrôlée par un seul homme; sa propre femme avait même exprimé sa croyance en l'existence d'une telle merveille.

La voix de Pelusso le ramena du chemin où il s'était égaré. « Est-ce qu'il y a autre chose?

— Oui. Si jamais une information crédible parvient à tes oreilles sur la personne qui a tenu à ce qu'on laisse tomber l'histoire, j'apprécierais que tu me rappelles.

— Je n'y manquerai pas », promit Pelusso.

Brunetti reposa le téléphone, tandis que son esprit, empruntant des voies mystérieuses, évoquait soudain des poèmes que Paola lui avait lus, des années auparavant. Œuvres d'un poète élisabéthain, ils parlaient de la mort de ses deux enfants, un garçon et une fille. Brunetti se souvenait de son indignation lorsqu'il avait constaté que le poète était plus touché par la mort de son fils que par celle de sa fille, mais Brunetti se souvenait surtout du désir qu'il exprimait de ne plus même savoir ce que c'était que d'être père. Quelles souffrances fallait-il endurer pour en venir à souhaiter ne jamais avoir été père? Deux de leurs amis avaient vu mourir leurs enfants et aucun n'avait jamais surmonté cette souffrance. S'arrachant à ces réflexions, il s'obligea à chercher qui, parmi les personnes qu'il connaissait, pourrait lui procurer des informations sur ces histoires de trafic d'enfants, et il se rappela alors sa visite infructueuse à l'Ufficio Anagrafe.

Il décida de leur téléphoner et, en quelques minutes, eut l'information. Il suffisait qu'un homme et une femme – mère d'un nouveau-né – viennent dans leurs bureaux signer une déclaration selon laquelle l'homme était le père de l'enfant pour qu'en pratique tout soit réglé. On exigeait bien entendu la présentation de pièces d'identité et une preuve de la naissance; cela pouvait même se faire à l'hôpital, s'ils préféraient, l'Uffizio y étant représenté.

Brunetti venait à peine de marmonner les mots « permis de voler » lorsque Vianello se présenta dans son bureau.

« On vient juste de recevoir un appel, en bas, dit l'inspecteur sans autre préambule. Cambriolage avec effraction dans une pharmacie de Campo Sant'Angelo.

— L'une de celles de ta liste ? » demanda Brunetti, ne cachant pas sa curiosité.

Vianello hocha affirmativement la tête et dit, avant que Brunetti ait le temps d'ajouter autre chose : « On travaille encore sur les relevés de comptes bancaires.

— Et qu'est-ce qui s'est passé, exactement ? voulut savoir Brunetti, se demandant s'il ne pouvait pas s'agir d'une tentative pour détruire des preuves ou brouiller les pistes de quiconque s'intéresserait de trop près à cette pharmacie.

— La femme qui nous a appelés dit que, lorsqu'elle a ouvert la porte, elle n'a pas voulu entrer quand elle a vu ce qui s'était passé. Elle nous a tout de suite appelés.

— Elle n'a rien dit sur ce qui était arrivé ? demanda Brunetti en ayant du mal à cacher son exaspération.

— Non. J'ai demandé à Foa de nous y amener. La vedette nous attend. » Comme Brunetti ne bougeait toujours pas de son bureau, Vianello ajouta : « Je crois que nous devrions y aller. Avant que quelqu'un d'autre n'entre là-dedans.

— Coïncidence intéressante, non ?

— Je ne sais pas ce qui se passe, mais j'ai bien peur que ni toi ni moi n'y voyons qu'une coïncidence. »

Brunetti jeta un coup d'œil à sa montre et constata qu'il était presque dix heures. « Comment se fait-il qu'elle ait ouvert aussi tard ? Ce n'est pas neuf heures, normalement ? »

— Elle ne l'a pas dit, en tout cas Riverre ne m'a rien rapporté là-dessus. Tout ce qu'il m'a dit était qu'il y avait eu effraction. » En réaction à l'impatience croissante dans le ton de Vianello, Brunetti se leva et le rejoignit à la porte. « Très bien. Allons voir ça. »

Le plus rapide, pour Foa, était de tourner dans le Rio San Maurizio pour les conduire au Campo Sant'Angelo. Ils traversèrent la place à pied jusqu'à la pharmacie. La lumière venant de l'extérieur éclairait les affiches publicitaires disposées dans les deux vitrines, mais l'éclairage ne paraissait pas avoir été branché à l'intérieur. Les yeux de Brunetti furent attirés par deux jambes féminines élancées, bronzées, étalées en devanture – preuve de la facilité avec laquelle on pouvait se débarrasser de sa cellulite en une semaine. À côté, on voyait un couple à cheveux blancs sur fond de plage immaculée, main dans la main et les yeux amoureusement dans les yeux; au loin scintillait une mer tropicale et ils avaient à leurs pieds, sur le sable, une boîte de médicament contre l'arthrite.

« C'est la seule entrée? demanda Brunetti en montrant la porte de verre intacte entre les deux vitrines.

— Non, le personnel passe par l'entrée de service, dans la ruelle, sur le côté du bâtiment », répondit Vianello, faisant preuve d'une inquiétante connaissance des lieux et du fonctionnement de la pharmacie. Suivant ses propres indications, l'inspecteur entraîna Brunetti sur la gauche, dans une *calle* qui se poursuivait en direction de La Fenice.

Au moment où ils approchaient de la première porte sur la droite, une femme qui devait avoir à peu près l'âge de Brunetti s'avança sur le seuil. «Vous êtes de la police? demanda-t-elle.

— *Sì*, signora », répondit Brunetti, qui se présenta et présenta Vianello. Elle aurait pu être n'importe quelle Vénitienne de sa génération; elle portait les cheveux coupés court et teints en rouge acajou; ses kilos en trop semblaient concerner surtout son buste, qu'elle avait le bon goût de dissimuler sous une veste ample marron portée sur un tee-shirt de couleur assortie. De solides mollets dépassaient d'une jupe marron qui s'arrêtait à hauteur des genoux et ses chaussures, également marron, étaient à talons plats. Elle avait encore un reste de bronzage estival et s'était mis du rouge à lèvres et un peu de bleu sur les paupières.

« Eleonora Invernizzi, dit-elle. Je suis l'employée du dottor Franchi. Je ne suis qu'une vendeuse », ajouta-t-elle pour qu'on ne puisse pas la prendre pour une pharmacienne. Elle ne leur tendit pas la main, tandis que son regard allait de l'un à l'autre.

« Pouvez-vous nous dire ce qui s'est passé, signora ? » demanda Brunetti. Elle se tenait devant la porte en bois fermée qui, pouvait-on supposer, conduisait à l'intérieur de la pharmacie, mais Brunetti ne fit pas mine de vouloir entrer.

Elle remonta la bandoulière de son sac à main sur son épaule et montra la serrure. Les dégâts étaient parfaitement visibles : la porte avait été fracturée au pied-de-biche avec tant de force que le bois avait éclaté en échardes aiguës qui pointaient de part et d'autre de la serrure, suggérant plusieurs tentatives avant que le montant ne cède.

« Si je ne lui ai pas dit cent fois, au dottor, je ne le lui ai pas dit une fois, dit la signora Invernizzi : cette serrure était une vraie invitation au cambriolage. Et à chaque fois il me répondait oui-oui, je vais la changer, faire poser une porte blindée, mais il ne faisait rien, je lui redisais, mais toujours rien. » Elle leur montra une petite grille métallique qui protégeait un fenestron ouvert dans le battant. « J'ai appuyé là pour ouvrir. Sinon, je n'ai rien touché. Je ne suis même pas entrée à l'intérieur. J'ai juste regardé et je vous ai appelés.

— Voilà qui était très judicieux de votre part, signora », dit Vianello.

Brunetti s'avança jusqu'à la porte et posa la main au même endroit que celui désigné par la femme. Il donna une légère poussée et le battant pivota sans difficulté vers l'intérieur et alla heurter le mur.

Devant eux s'ouvrait un couloir étroit, donnant sur une porte ouverte au-dessus de laquelle brillait une faible lumière rouge de sécurité. C'est lorsqu'il baissa les yeux que Brunetti comprit pourquoi la signora Invernizzi avait appelé la police. Le sol, juste devant la porte du fond, était jonché sur un bon mètre d'une tapisserie de boîtes, de fioles, de bouteilles – mais tout avait été piétiné, brisé, aplati. Brunetti s'avança jusqu'aux limites du désastre. Du bout du pied droit, il commença à dégager un chemin, s'avança et répéta l'opération jusqu'à ce qu'il ait atteint la porte ouverte ; là, le couloir tournait à angle droit vers la devanture de la pharmacie.

166

Brunetti continua de s'avancer de la même façon dans le couloir et passa dans ce qui paraissait être le laboratoire du pharmacien, où les dégâts atteignaient des proportions catastrophiques. Des éclats de verre brun à l'aspect menaçant jonchaient le sol, au milieu de fragments de ce qui avait été autrefois des pots d'apothicaire anciens en majolique. Sur un de ces fragments, on voyait encore une guirlande de boutons de rose entourant trois lettres : IUM. Liquides et poudres s'étaient mélangés en une soupe épaisse qui dégageait une vague odeur d'œuf pourri assortie de quelque chose d'astringent qui pouvait provenir d'alcool médical. Un liquide acide avait creusé un sillon de corrosion sur son passage, sur le devant d'une armoire à médicaments. Un cercle cancéreux, dans les dalles en lino, au pied de l'armoire, exposait des parties du sol en béton. Deux pots anciens étaient encore intacts, sur les étagères, mais tous les autres avaient été jetés au sol, un seul ne s'étant pas cassé. Brunetti redressa automatiquement la tête pour s'éloigner de l'odeur féroce et se retrouva face à un Christ en croix, le Christ lui-même détournant la tête devant la puanteur.

Dans son dos, Vianello l'appela. Guidé par la voix de l'inspecteur, il gagna l'espace principal de la pharmacie. Peut-être que l'intrus, pour éviter d'être vu de l'extérieur, n'avait été actif que dans la zone derrière les comptoirs, et donc la plus éloignée des vitrines. Les comptoirs, en revanche, avaient été saccagés. Tous les tiroirs avaient été retirés des étagères et jetés au sol; paquets divers et bouteilles avaient été éparpillés et apparemment piétinés. On avait jeté la caisse enregistreuse et l'écran de l'ordinateur sur les monceaux de débris. Telle une langue pendant de la gueule d'un chien, le tiroir–caisse était à moitié ouvert et penchait d'un côté, vomissant des pièces et des billets en petites coupures.

« *Mamma mia*, s'exclama Vianello. Je ne me rappelle pas avoir jamais rien vu de pareil. Même ce type qui avait saccagé la nouvelle maison de son ex n'avait pas fait autant de dégâts.

— Le second mari l'avait arrêté, n'oublie pas, lui rappela Brunetti.

— Ah, je ne m'en souvenais plus. Toujours est-il que ce n'était pas comme ça », dit-il avec un geste vers le chaos de boîtes et de bouteilles accumulé sur trente ou quarante centimètres de hauteur derrière les comptoirs.

Il y eut un bruit derrière eux et ils se tournèrent pour voir la signora Invernizzi debout dans l'encadrement de la porte, serrant son sac à main contre sa poitrine. « *Maria Vergine*, murmura-t-elle. Vous croyez que c'est encore un coup des drogués ? »

Devant l'étendue des dégâts, Brunetti avait déjà exclu cette possibilité. Les drogués savent ce qu'ils cherchent, savent aussi où ça se trouve. En général, ils prennent les médicaments et vérifient la caisse pour prendre ce qui peut s'y trouver encore, puis ils s'esquivent en douceur. On n'avait pas affaire, ici, à ce genre de cambriolages : en particulier, on n'avait même pas touché à l'argent. Ce qu'ils avaient sous les yeux parlait de rage, non d'avidité.

« Non, je ne pense pas, signora », répondit Brunetti. Il consulta sa montre et demanda : « Comment se fait-il que personne ne soit encore venu ce matin, signora ? Je veux dire, en dehors de vous ?

— Nous étions de garde, la semaine dernière. Vingt-quatre heures sur vingt-quatre. Nous n'étions pas obligés d'ouvrir avant dix heures trente, aujourd'hui ; j'étais simplement arrivée en avance pour compléter les étagères. Ce n'est pas grand-chose, mais le dottor Franchi dit que c'est déjà ça et qu'il est normal que les médecins aient droit à une demi-journée après leurs gardes. » Elle devint soudain songeuse à l'évocation de son employeur. « J'espère qu'il ne va pas tarder.

— Vous l'avez appelé ? demanda Vianello.

— Oui, tout de suite après vous. Il habite à Mestre.

— Et que lui avez-vous dit, signora ? »

La question parut l'intriguer. « La même chose qu'à vous, qu'il y avait eu effraction à la pharmacie.

— Lui avez-vous aussi parlé de tout cela ? voulut savoir Brunetti avec un grand geste circulaire englobant les destructions qui les entouraient.

— Non, monsieur, je n'avais pas encore vu tout ça », lui rappela-t-elle. Elle abaissa son sac et chercha un endroit où le poser. Ne trouvant aucune surface dégagée, elle le suspendit à son bras. « J'imagine que je n'avais pas envie d'être celle qui lui apprendrait la nouvelle. » Sur quoi, comme si elle venait soudain de se souvenir de quelque chose, elle posa son sac sur les débris d'un comptoir et quitta la pièce sans explication.

Brunetti fit signe à Vianello de rester et suivit la signora Invernizzi. Elle remonta le couloir et s'arrêta à hauteur d'une porte devant laquelle Brunetti et Vianello étaient passés sans l'ouvrir. Ce qu'elle fit, se mettant à tâtonner à la recherche de l'interrupteur. Ce qu'elle vit alors lui fit porter les mains à son visage et secouer lentement la tête. Brunetti crut l'entendre marmonner quelque chose, et il redouta sur-le-champ que la débauche de violence n'eût trouvé une cible humaine.

S'avançant à côté d'elle, il la prit par le bras et la repoussa avec douceur du pas de la porte et de ce qui venait de tant la choquer. Cela fait, tandis qu'elle retournait dans la pharmacie, il franchit à son tour la porte. La pièce était petite – trois mètres sur trois, tout au plus – et devait avoir servi autrefois de local de rangement. Des étagères à livres occupaient deux murs, mais tous les livres avaient été jetés à terre. Le solide bureau en bois et l'ordinateur qui avait sans doute été posé dessus gisaient renversés sur le sol. Du fait de sa robustesse, vraisemblablement, le bureau n'avait guère souffert, mis à part deux éraflures parallèles sur son plateau, mais l'ordinateur n'avait pas échappé au massacre. Les débris de l'écran craquaient sous les pieds de Brunetti et des fils sortaient de son boîtier éviscéré. Le clavier avait été apparemment cassé en deux, même si le plastique n'était pas complètement rompu. Le caisson métallique rectangulaire du disque dur avait été frappé à plusieurs reprises, sans doute avec le pied-de-biche utilisé pour forcer la porte d'entrée. Le métal avait été profondément enfoncé en plusieurs endroits, des blessures tranchantes béaient à plusieurs autres. Un des angles était enfoncé, comme si on avait tenté d'ouvrir le caisson de force. Mais l'agresseur n'avait réussi qu'à détacher une partie du panneau arrière ; Brunetti distingua, à l'intérieur, une plaque métallique sur laquelle étaient soudés de minuscules points colorés. S'il s'agissait de vandalisme pour le reste, on avait ici affaire à une tentative de meurtre.

Brunetti entendit des pas derrière lui et supposa que c'était Vianello. Il remarqua à cet instant une tache rouge sur une pièce métallique, à l'arrière déchiqueté du disque dur, et s'accroupit pour l'examiner de plus près. Oui, du sang, essuyé à la va-vite, laissant une trace plus petite et un amas plus sombre là où il s'était infiltré entre la plaque et le cadre. À côté, sur la couverture blanche d'un livre, il vit une seule goutte rouge, entourée de minuscules gouttelettes.

« Qui êtes-vous ? Que faites-vous ici ? » lança une voix coléreuse derrière lui.

Brunetti se releva rapidement et se tourna pour faire face au nouvel arrivant. Plus petit que lui, il était aussi plus massif, notamment au niveau du buste et des bras, comme s'il s'adonnait à un travail physique intense ou avait beaucoup nagé. Ses cheveux couleur abricot se raréfiaient sur le devant et lui faisaient un front démesuré. Il avait des yeux clairs, peut-être vert pâle, un nez fin et une bouche aux lèvres pincées par l'irritation devant le silence persistant de Brunetti.

« Je suis le commissaire Guido Brunetti », finit par dire celui-ci.

L'homme ne put rien pour cacher son étonnement. Non sans effort, il effaça l'expression de colère de son visage et la remplaça par quelque chose de plus avenant.

« Vous êtes le propriétaire ? demanda Brunetti d'un ton calme.

— Oui, répondit l'homme qui tendit alors la main, ses manières se faisant plus chaleureuses. Mauro Franchi. »

Brunetti la lui serra brièvement – c'était voulu. « La signora Invernizzi a appelé la questure pour signaler l'effraction, et comme mon collègue et moi étions déjà dans le

170

secteur, c'est nous qu'on a contactés », dit Brunetti d'un ton de léger agacement, comme si un commissaire avait mieux à faire que se précipiter sur les lieux d'une chose aussi banale qu'un cambriolage. Brunetti ne savait trop ce qui le poussait à minimiser la présence d'un personnage du rang de commissaire sur la scène, mais il préférait éviter que le dottor Franchi ne spéculât.

« Depuis combien de temps êtes-vous ici ? » demanda Franchi. De nouveau, il sembla à Brunetti que la question n'était pas tout à fait celle que l'homme aurait dû poser.

« Quelques minutes seulement. Mais assez longtemps pour se faire une idée des dommages.

— C'est la troisième fois, répondit Franchi, à la surprise du policier. Ça devient impossible de tenir un commerce dans cette ville.

— La troisième fois que quoi ? » demanda Brunetti, ignorant le commentaire ajouté par le pharmacien. Avant que celui-ci puisse répondre, ils entendirent des bruits de pas en provenance de la partie commerciale de la pharmacie.

Franchi fit demi-tour, et lorsque Vianello s'encadra dans la porte, la signora Invernizzi à un pas derrière lui, Brunetti le présenta : « Voici mon collègue, l'inspecteur Vianello. » Franchi lui adressa un signe de tête mais ne lui tendit pas la main. Il passa aussitôt dans le couloir pour rejoindre la signora Invernizzi. Sur un geste de Brunetti, Vianello se joignit à lui dans la petite pièce. Le commissaire lui montra la tache de sang sur la pièce métallique, celle sur le livre.

Vianello mit un genou en terre et se mit à inspecter le fouillis, sa tête tournant lentement. Soudain, il tendit une main. « Il y en a une autre. » Effectivement, comme le vit Brunetti, une troisième tache de sang constellait le dallage sombre. « Eh bien, si jamais nous attrapons le responsable de ce beau travail, on pourra le confondre avec son ADN, j'imagine », dit Vianello, manifestement sceptique à l'idée qu'on puisse utiliser ce test pour une affaire d'aussi peu d'importance. Ou peut-être à celle que le coupable puisse être jamais arrêté.

Un instant plus tard, ils entendirent le pharmacien et son employée qui repartaient vers le magasin, parlant à voix basse, mais Brunetti crut distinguer un membre de phrase : « Ma mère ne voudra... »

« Invernizzi t'a dit quelque chose ? demanda Brunetti.

— Seulement que tout nettoyer et remettre en place allait être un sacré boulot, répondit Vianello. Puis elle a parlé de l'assurance et de l'impossibilité de se faire payer quoi que ce soit par ces gens-là. Elle a commencé à me parler de la fille d'une de ses amies qui s'est fait renverser en bicyclette, il y a dix ans, et dont l'affaire n'est toujours pas réglée.

— C'est pour cette raison que tu es revenu ici ? » demanda Brunetti avec un sourire.

Vianello haussa les épaules. « Elle n'arrêtait pas de me demander si elle ne devait pas appeler les autres employés de la pharmacie pour qu'ils viennent l'aider à tout nettoyer.

— Combien sont-ils ?

— Deux pharmaciens et une femme de ménage. Sans compter le propriétaire, bien sûr.

— Allons voir ce qu'il a décidé », dit Brunetti en se dirigeant vers le couloir. Il s'arrêta à la porte. « Appelle Bocchese et dis-lui de nous envoyer son équipe de technicien, d'accord ?

— L'ordinateur ? demanda Vianello.

— Si c'est par ce biais que les rendez-vous étaient pris, je crois qu'on devrait l'emporter, en effet. »

Dans le magasin, Franchi et son employée se tenaient au-delà des comptoirs, dans la partie ouverte au public. Le pharmacien montrait le mur de la main, derrière le comptoir, là où tous les tiroirs avaient été arrachés.

« Je ne devrais pas appeler Donatella, dottore ? Ou Gianmaria ? disait la signora Invernizzi.

— Oui, vous avez raison. Nous devons aussi décider de ce que nous allons faire des boîtes

— Est-ce qu'on ne devrait pas essayer d'en récupérer au moins une partie ?

— Oui, si c'est possible. Tout ce qui n'a pas été déchiré ou piétiné. Et avec le reste, il faudra faire une liste pour l'assurance.» Franchi avait répondu d'un ton fatigué, tel Sisyphe contemplant son rocher.

«Vous croyez que ce sont les mêmes?» demanda-t-elle.

Franchi jeta un coup d'œil à Brunetti et Vianello avant de répondre. «J'espère que la police pourra nous le dire, Eleanora.» Comme s'il se rendait compte que son ton frisait le sarcasme, il ajouta : «Vous savez, les voies du Seigneur sont impénétrables.

— Vous avez dit trois fois, dottore, dit Brunetti, sans relever la manifestation de piété. Voulez-vous dire que c'est déjà arrivé deux fois?

— Pas comme ça, répondit Franchi avec un geste englobant toute l'officine. Nous avons été cambriolés deux fois. La première par effraction, et ils ont pris tout ce qu'ils ont voulu. La deuxième pendant le jour. Des drogués. L'un d'eux tenait sa main dans un sac en plastique et disait qu'il avait une arme. Nous leur avons donné l'argent.

— C'était ce qu'il y avait de mieux à faire, observa Vianello.

— Nous n'avions pas l'intention de faire des histoires. Qu'ils prennent l'argent, du moment que personne n'est blessé. Les pauvres types... je suppose que c'est plus fort qu'eux.» La signora Invernizzi ne s'était-elle pas tournée vers lui avec une expression bizarre, quand il avait dit ça?

— Vous pensez donc qu'il s'agit encore une fois d'un cambriolage? demanda Brunetti.

— Et que voulez-vous que ce soit? répondit Franchi d'un ton impatient.

— En effet», dit Brunetti. Inutile, pour le moment, de soulever la question.

Le pharmacien leva les mains dans un geste plein de résignation. «*Va bene*, dit-il, puis il se tourna vers la signora Invernizzi. Je crois que les autres devraient venir; on peut toujours commencer par ça (il se mit à compter sur ses doigts). Je vais tout d'abord appeler l'ULSS, puis la compagnie d'assurances; ensuite, quand nous aurons établi une liste, nous pourrons commander ce qui nous manque. Il faudra aussi se procurer un nouvel ordinateur d'ici demain matin. » La résignation, dans sa voix, ne cachait pas complètement sa colère.

Il s'approcha d'un comptoir et se pencha dessus pour prendre le téléphone, mais le combiné avait été arraché. Il se poussa du comptoir, le contourna et prit la direction du couloir. « Je vais téléphoner de mon bureau », dit-il par-dessus son épaule.

« Excusez-moi, dottore, lança Brunetti d'une voix forte. Je crains que vous ne puissiez vous rendre dans votre bureau.

— Je ne peux pas quoi ? » protesta Franchi en faisant volte-face.

Brunetti le rejoignit à l'entrée du couloir pour le lui expliquer. « Il risque de s'y trouver des indices et des preuves matérielles, et personne ne peut y entrer tant que nous n'aurons pas vérifié.

— Mais je dois téléphoner. »

Brunetti sortit son portable de sa poche et le lui tendit. « Tenez, dottore, vous pouvez vous servir du mien.

— Les numéros de téléphone sont là-bas.

— Je suis désolé, dit Brunetti avec un sourire qui pouvait laisser penser qu'il était autant victime du règlement que le pharmacien. Faites le douze, on vous donnera les numéros. Ou vous pouvez appeler ma secrétaire et elle les trouvera pour vous. » Avant que le pharmacien ait pu protester, Brunetti ajouta : « Et j'ai bien peur qu'il ne soit inutile de demander à vos collègues de venir, dottore, du moins tant que l'équipe de scène de crime ne sera pas passée.

— Il n'y a pas eu tout ce cirque, les autres fois, rétorqua Franchi d'une voix qui hésitait entre sarcasme et colère.

— Il semble que nous soyons en présence d'une affaire de nature bien différente, dit Brunetti d'un ton calme.

Franchi prit le téléphone avec une mauvaise grâce évidente et ne chercha pas à l'utiliser. « Et pour le reste de ce qui se trouve là-dedans ? demanda-t-il avec un mouvement de tête vers son bureau.

174

— J'ai bien l'impression que toute la pièce devra être traitée en scène de crime, dottore. »

Le visage de Franchi se mit à exprimer une colère plus grande encore, mais il préféra argumenter. « Toutes mes archives sont dans l'ordinateur ! Toutes les informations financières de mes fournisseurs, mes factures, les dossiers de l'ULSS, ma police d'assurance ! Certes, je peux me faire livrer un nouvel ordinateur dès cet après-midi, mais je vais avoir besoin du disque dur pour transférer les données.

— J'ai bien peur que ce ne soit impossible, dottore », répondit Brunetti, résistant à la tentation d'employer un terme du jargon de l'informatique qu'il avait souvent entendu et qu'il croyait comprendre : « sauvegarde ». « Je ne sais pas si vous avez vu votre ordinateur, mais celui qui a fait tout ce travail a démoli votre disque dur. Je doute que vous puissiez y récupérer quoi que ce soit.

— Il a démoli le disque dur ? demanda Franchi, comme si la phrase était incompréhensible pour lui.

— Il serait plus juste de dire qu'il l'a défoncé par l'un des angles, n'est-ce pas, Vianello ? demanda Brunetti à l'inspecteur qui venait d'arriver du fond du couloir.

— L'espèce de boîte en métal ? dit Vianello avec une expression de stupidité bovine. Oui. Il l'a cassée en essayant de retirer ce qu'il y avait dedans. » À l'entendre, un ordinateur était à peu près la même chose qu'une tirelire. Il changea de sujet : « Bocchese arrive. »

Avant que le pharmacien ait le temps de poser la question, Brunetti lui expliqua qu'il s'agissait de l'équipe de techniciens. « Ils vont vouloir prendre les empreintes. » Avec un aimable mouvement de tête vers la signora Invernizzi, qui avait suivi cette conversation avec un certain intérêt, il ajouta : « La signora a pris la précaution de ne pas aller plus loin que la porte d'entrée, quand elle a vu le désastre, si bien que si les vandales ont laissé des empreintes, elles sont encore ici. Les techniciens vont aussi vouloir prendre les vôtres, continua-t-il en s'adressant aux deux, pour les exclure de celles qu'ils trouveront. Et celles des autres personnes qui travaillent ici, bien entendu, mais cela peut certainement attendre vingt-quatre heures. »

La signora Invernizzi acquiesça, imitée par Franchi.

« Et je préférerais que vous ne touchiez à rien tant que mes hommes n'auront pas tout passé en revue, ajouta Brunetti.

— Combien de temps leur faudra-t-il ? » voulut savoir Franchi.

Brunetti consulta sa montre ; il était presque onze heures. « Vous pouvez revenir à quinze heures, dottore. Je suis sûr qu'ils auront terminé, à cette heure-là.

— Et est-ce que je peux… » commença à demander Franchi. Mais il se ravisa et dit à la place : « J'aimerais aller prendre un café. Je reviendrai ensuite pour qu'ils prennent mes empreintes, d'accord ?

— Tout à fait, dottore », répondit Brunetti.

Il attendit de voir si le pharmacien n'allait pas inviter la signora Invernizzi à l'accompagner, mais il n'en fit rien. L'homme rendit son portable à Brunetti et s'engagea sans un mot de plus dans le couloir pour gagner la sortie de service.

« J'aimerais rentrer chez moi, si c'est possible, dit la femme. Je reviendrai dans une heure ou quelque chose comme ça, mais je crois que j'aimerais m'allonger un moment.

— Bien entendu, signora. Souhaitez-vous que l'inspecteur vous accompagne ? »

Pour la première fois elle sourit, ce qui la fit instantanément rajeunir de dix ans. « C'est très aimable à vous, mais j'habite juste de l'autre côté du pont. Je reviendrai avant le déjeuner, d'accord ?

— Aucun problème, signora », dit Brunetti en la raccompagnant jusqu'à la porte de service de la *calle*. Il sortit avec elle, la salua et la regarda s'éloigner. À l'endroit où la ruelle donnait sur le Campo Sant'Angelo, elle se retourna et lui adressa un petit salut.

Brunetti le lui rendit et retourna dans la pharmacie.

17

« L'espèce de boîte en métal, hein, Lorenzo? demanda Brunetti. Serait-ce par hasard le dernier cri en matière de cyberlangue pour parler d'un disque dur? » Il trouvait qu'il s'en sortait pas mal pour ce qui était de cacher sa fierté d'être lui-même capable d'utiliser ce jargon aussi naturellement.

« Non, répondit un Vianello souriant, c'était ma manière d'essayer de convaincre le dottor Franchi qu'il avait affaire à un illettré technologique – sinon à deux – et de lui faire croire que ni l'un ni l'autre nous n'allions nous demander pour quelle raison il tenait autant à garder son disque dur.

— Pour nous empêcher d'y jeter un coup d'œil?

— Exactement.

— D'après toi, qu'est-ce qu'il peut bien y avoir sur son ordinateur? »

Vianello haussa les épaules. « Quelque chose qu'il ne veut pas nous laisser voir – ça, c'est certain. Il pourrait s'agir des fausses consultations. » Vianello réfléchit quelques instants avant d'ajouter : « Ou alors il va se promener sur des sites où il ne devrait pas aller.

— Tu aurais le moyen de le savoir? » demanda Brunetti.

Vianello n'aurait-il pas souri? « Non, je ne pourrais pas, répondit Vianello – ni la signorina Elettra », ajouta-t-il avant même que le commissaire eût posé la question. Voyant l'air surpris de Brunetti, il continua : « Le disque dur a été matériellement endommagé, et ni elle ni moi ne pourrions travailler à partir de ça – ne pourrions récupérer des informations sur un disque dans un tel état. Il faut un technicien patenté pour cela.

— Mais tu dois bien connaître quelqu'un, non? l'aiguillonna Brunetti.

— Moi, non. Elle, oui. » Une expression étrange passa comme un nuage sur le visage de Vianello, une expression que Brunetti croyait se rappeler avoir vue sur des hommes ayant tué par jalousie. « Elle a refusé de me dire qui c'était (il soupira). J'imagine qu'elle va vouloir lui passer elle-même.

— Dans ce cas, je vais dire à Bocchese de l'emporter », conclut Brunetti, ayant un peu le tournis à force de spéculer sur tout ce que pouvait contenir un disque dur. Il prit conscience, un peu chagrin, des limites de son imagination. « Si elle l'apporte à son… correspondant, crois-tu que celui-ci pourra trouver ce qu'il y a là-dessus? demanda-t-il finalement à Vianello.

— Tout dépend de l'étendue des dégâts. Mais, ajouta l'inspecteur, parlant très lentement, la signorina Elettra a dit qu'il était très bon et qu'elle avait beaucoup appris avec lui.

— Sauf que tu ne sais rien de plus sur lui?

— Il pourrait aussi bien être l'ancien directeur de la Banque d'Italie, pour ce que j'en sais, répondit Vianello, à nouveau souriant. Ce n'est pas le temps libre qui lui manque à présent, non? »

Brunetti fit semblant de ne pas avoir entendu.

Bocchese arriva avec ses techniciens au bout d'une vingtaine de minutes et Brunetti et Vianello restèrent sur place environ une heure de plus, pendant que les portes, les comptoirs et les ordinateurs étaient photographiés et poudrés pour y relever des empreintes. Brunetti montra les taches de sang et le disque dur à Bocchese et lui demanda que ses hommes ramènent tout à la questure.

La signora Invernizzi revint peu après midi et se tint du côté client pendant qu'un des techniciens relevait ses empreintes digitales. Le dottor Franchi arriva alors qu'elle était encore là et se prêta à la chose avec beaucoup moins de bonne grâce. Il voulut savoir quand ils auraient terminé, car il souhaitait remettre sa pharmacie en état pour qu'elle puisse ouvrir dès le lendemain, si c'était possible. L'assistant de Bocchese lui répondit qu'ils en avaient encore pour une heure, sur quoi Franchi déclara qu'il allait à la recherche d'un serrurier pour remplacer la serrure sur la porte défoncée. Brunetti attendit de voir si la signora Invernizzi allait remettre la question de la porte blindée sur le tapis, mais elle n'en fit rien.

Lorsque le propriétaire et son employée furent partis, Brunetti retourna dans la petite pièce faisant office de bureau ; Bocchese était en train de recueillir, en la grattant, une tache de sang au bas d'un mur. À côté de lui, sur le plancher, attendait le livre avec la tache de sang, déjà placé dans un sac scellé en plastique transparent.

« Tu as regardé partout ? lui demanda Brunetti quand Bocchese leva les yeux.

— Oui.

— Et ta conclusion ?

— Il y a quelqu'un qui ne l'aime pas, répondit Bocchese, marquant un temps d'arrêt avant d'ajouter : Ou qui n'aime pas les pharmaciens, ou les ordinateurs, ou les boîtes de médicaments ou, pour tout ce que j'en sais, les caisses enregistreuses.

— Toujours avide d'interpréter les choses, hein, Bocchese, pour les faire cadrer dans le tableau général ? » demanda Brunetti en riant. Pour le technicien, un cigare était toujours un cigare et une série d'événements une série d'événements, non des prétextes à spéculations.

« Qu'est-ce que tu penses du sang ?

— On a retrouvé un truc qui semble être un fragment de peau et un petit morceau de cuir pris dans la pièce d'assemblage arrachée à la platine arrière, répondit Bocchese, pointant la pince qu'il tenait à la main vers l'endroit où Brunetti avait vu la première trace de sang sur le disque dur.

— Ce qui signifie ? Et ne va pas me répondre qu'il y avait un bout de peau et un bout de cuir, sans quoi je ne te laisserai plus jamais aiguiser les couteaux de cuisine de Paola, ajouta-t-il avant que Bocchese eût le temps de répondre.

— Tu lui raconteras que j'ai refusé, peut-être ?

— Oui.

— Alors je dirais, répondit le technicien, qu'il a eu du mal à forcer le caisson avec son pied-de-biche, ou l'outil qu'il avait, et qu'il a essayé d'en déplacer la pointe vers un endroit lui paraissant mieux convenir, et qu'il a déchiré un gant et s'est coupé par la même occasion.

— La blessure peut-elle être grave ? »

Bocchese prit le temps de réfléchir avant de répondre. « Je dirais que non. Ce n'était probablement qu'une petite coupure. » Sur quoi, anticipant la prochaine question de Brunetti, il ajouta : « Alors non, je ne prendrais pas la peine de téléphoner à l'hôpital pour demander si personne n'est venu se faire recoudre la main dans la matinée. » C'est encore plus à contrecœur qu'il donna sa dernière conclusion. « Et je dirais aussi qu'il s'agit d'un individu particulièrement impatient en plus d'être très en colère.

— Merci. Lorsque tu auras prélevé le sang là-dessus, dit Brunetti en montrant le disque dur, pourras-tu le faire passer à la signorina Elettra ? »

Comme s'il s'agissait de la requête la plus normale du monde, Bocchese acquiesça et reprit son minutieux travail.

Dans la partie publique du magasin, Brunetti trouva Vianello qui parlait avec un des photographes. « Tu es prêt à y aller ? » demanda-t-il.

Brunetti expliqua au technicien que le propriétaire allait bientôt revenir avec un serrurier. En passant devant la porte du petit bureau avec Vianello, il salua Bocchese qui était toujours à genoux, en train d'étudier la prise électrique.

Une fois dehors, Vianello lui demanda s'il ne préférait pas marcher, ce qui parut au commissaire la meilleure des idées.

La journée, qui avait débuté dans une atmosphère sinistre de brouillard et d'humidité, avait décidé de s'accorder quelques rayons de soleil. Sans avoir à en discuter, les deux hommes tournèrent à droite et traversèrent le pont en direction de Campo San Fantin. Ils passèrent devant le théâtre sans vraiment le voir, tous deux pressés d'atteindre la Via XXII Marzo et la Piazza, où la promesse d'un peu de chaleur serait certainement tenue.

Tandis qu'ils approchaient de la Piazza, Brunetti regardait les passants tout en écoutant Vianello lui expliquer doctement comment l'information était conservée sur un disque d'ordinateur et comment il était possible de la récupérer, même longtemps après que son utilisateur croyait l'avoir effacée.

Il vit un groupe de touristes approcher et jugea qu'ils venaient d'Europe de l'Est, sans même y avoir consciemment réfléchi. Il les étudia pendant qu'il les croisait : un teint jaunâtre ; des cheveux blonds (naturellement ou avec un coup de pouce) ; des chaussures bon marché, dont une paire qui sortait de son carton ; des blousons en plastique traités et teints de manière à faire croire, mais sans succès, qu'il s'agissait de cuir. Brunetti avait toujours éprouvé une certaine estime pour ces touristes-là, parce qu'ils regardaient les choses. Sans doute trop pauvres pour acheter à peu près tout ce qu'ils voyaient, ils contemplaient les objets avec un mélange de respect et d'admiration et un ravissement sans limites. Avec leurs vêtements bon marché, leurs lamentables coupes de cheveux et leurs sandwichs, qui savait ce qu'il leur en avait coûté pour venir à Venise ? Beaucoup, comme il ne l'ignorait pas, dormaient plusieurs nuits dans les bus rien que pour passer une journée à parcourir la ville et regarder sans rien acheter. Ils étaient tellement différents des Américains harassés, qui avaient bien entendu déjà vu plus gros et mieux, ou des Européens de l'Ouest blasés du monde, qui pensaient la même chose mais se sentaient trop raffinés pour l'admettre.

Lorsqu'ils débouchèrent sur la Piazza, l'inspecteur, qui paraissait ne pas avoir fait attention aux touristes, reprit la

181

parole : « Toute la planète est devenue folle tellement elle a peur de la grippe aviaire, et nous, nous avons plus de pigeons que de gens.

— Pardon ? dit Brunetti, qui méditait encore sur les touristes.

— J'ai lu ça dans le journal il y a deux jours. Nous sommes environ soixante mille habitants, alors que la population actuelle des pigeons – enfin, d'après ce que racontait l'article, ce qui n'est pas forcément pareil – dépasse les cent mille.

— Ce n'est pas possible ! » s'exclama Brunetti, soudain dégoûté à cette idée. Puis, plus calmement, il demanda : « Qui peut donc les compter, au fait, et comment s'y prend-on ? »

Vianello haussa les épaules. « Qui sait comment sont calculés les chiffres officiels, d'une manière générale ? » Son humeur s'améliora tout d'un coup, soit à cause de la sensation de chaleur grandissante, sur la Piazza, soit devant l'absurdité de leur sujet de conversation. « Tu crois que la ville emploie des gens rien que pour aller partout compter les pigeons ? »

Brunetti réfléchit à la question pendant un instant avant de répondre. « Ce n'est pas comme si les pigeons restaient au même endroit toute la journée, n'est-ce pas ? On risquerait de les compter plusieurs fois.

— Ou pas du tout, remarqua Vianello avant d'ajouter, d'un ton brusquement venimeux : Bon Dieu, je les déteste.

— Moi aussi. Comme la plupart des gens. Ils sont répugnants.

— Oui, continua Vianello, en verve maintenant, mais si tu en touches un seul, les *animalisti* te tombent dessus en criant à la cruauté envers les animaux et en invoquant notre responsabilité vis-à-vis de toutes les petites créatures que Dieu a faites. » Il lança les mains en l'air, de dégoût ou de confusion.

Brunetti était sur le point de manifester sa surprise d'entendre de tels propos sortir de la bouche de celui qui était le parangon de l'écologie, à la questure, lorsque ses yeux se portèrent sur la façade de Saint-Marc et ses coupoles de guingois, absurdement et glorieusement asymétriques. Il s'immobilisa et leva une main pour faire taire Vianello. D'un ton entièrement différent, presque solennel, il demanda : « Nous avons de la chance, non ? »

Vianello jeta un coup d'œil de côté à son patron puis suivit son regard en direction de la basilique, avec ses drapeaux qui claquaient au vent et ses mosaïques. L'inspecteur s'était aussi immobilisé un moment face à l'église, puis il tourna son regard vers la droite, de l'autre côté de l'eau, où on apercevait l'ange de San Giorgio veillant sans relâche sur la ville. Après un geste ample, tout à fait inhabituel chez lui, qui embrassa dans son arc tous les édifices qui l'entouraient comme ceux situés au-delà du chenal, il se tourna vers Brunetti et lui tapota le bras deux fois, brièvement. Un instant, Brunetti crut que son adjoint allait parler, mais il garda le silence et reprit sa marche en direction de la Riva degli Schiavoni et du quai noyé de soleil qui allait les conduire à la questure.

Ils décidèrent de s'arrêter déjeuner quelque part, mais pas avant d'avoir mis au moins deux ponts entre eux et San Marco. Vianello connaissait une petite trattoria sur la Via Garibaldi, où on préparait des *penne* avec une sauce aux poivrons, aux aubergines grillées et au *pecorino affumicato* qu'on pouvait faire suivre de rouleaux de blancs de dinde parfumés aux herbes et à la *pancetta*.

Pendant le repas, Vianello tenta d'expliquer les règles de base du fonctionnement d'un ordinateur mais fut forcé d'y renoncer alors qu'il n'était qu'à la moitié de son plat de pâtes. Il en fut réduit à conclure : « Elle s'arrangera pour que ce type y jette un coup d'œil, et nous verrons alors ce qu'il en est. »

Aucun des deux ne voulut de dessert, bien que le propriétaire leur eût juré que les poires dans la tarte provenaient de son propre verger à Burano, et Brunetti demanda les cafés, l'esprit toujours préoccupé par ce qui s'était passé à la pharmacie. « Il ne faut pas être normal pour faire un truc pareil, dit-il de but en blanc.

— Les vandales ne sont pas des gens normaux, observa Vianello. Pas plus que les drogués.

— Voyons, Lorenzo. Pense un peu à ce que nous avons vu là-bas. Il ne s'agit pas de deux gamins taguant une passerelle de chemin de fer à la bombe. » Les cafés arrivèrent et Brunetti resta longtemps à tourner sa petite cuillère dans le sien, évoquant le tableau, à l'intérieur de la pharmacie.

« Très bien, dit Vianello après avoir fini son café et reposé sa tasse. Je suis d'accord. Mais pour quelle raison vouloir faire une chose pareille ? Il me semble que, tout au contraire, les médecins en cheville avec lui feraient n'importe quoi pour que la police ne s'intéresse pas à lui, ou à eux.

— Sommes-nous aussi d'accord pour dire qu'il ne s'agit pas d'une coïncidence ? Qu'il ne s'agit pas d'une pharmacie ou de n'importe quelle autre boutique prise au hasard ? »

Vianello laissa échapper un bref soupir pour montrer à quel point il considérait cette hypothèse improbable.

« Alors, pourquoi ? demanda Brunetti.

— Espérons que l'ami d'Elettra pourra nous le dire », répondit Vianello en levant la main pour l'addition.

18

L'automne progressait. Les journées raccourcissaient et, lorsqu'on eut retardé l'heure, elles devinrent plus courtes encore. Comme chaque année, Paola se montra irritable durant les premiers jours où la nuit tombait soudain plus tôt, et époux et enfants adoptèrent profil bas en attendant que revienne la bonne humeur habituelle et que la vie de famille reprenne son cours normal.

Brunetti avait reporté son attention professionnelle sur les dossiers en cours, et l'œil qu'il gardait sur l'affaire Pedrolli devint de moins en moins attentif. En dépit de deux coups de téléphone passés aux services sociaux, il fut incapable de découvrir où était l'enfant. Les rapports qu'il écrivait étaient de plus en plus courts puis s'interrompirent complètement, faute d'informations nouvelles, mais il ne pouvait néanmoins chasser tout à fait le dottor Pedrolli de son esprit. Fatigué d'avoir à rechercher ses informations indirectement, de devoir toujours emprunter des voies tortueuses pour pousser les gens à divulguer ce qu'ils savaient, Brunetti consulta son carnet pour y trouver le numéro du bureau de Marvilli et le composa.

« Marvilli.

— Capitaine ? Brunetti à l'appareil. Je vous appelle à propos du dottor Pedrolli.

— Je crains bien que vous n'arriviez trop tard, commissaire.

— Comment ça?

— Le dossier est pratiquement refermé.

— Pouvez-vous me dire ce que cela signifie, capitaine?

— Que tous les principaux chefs d'inculpation retenus au départ contre lui ont été abandonnés.

— Et ceux qui restent?

— Seulement falsification de documents officiels.

— Le certificat de naissance?

— Oui. Il ne risque pratiquement rien de plus qu'une amende.

— Je vois.

— C'est tout, commissaire?

— Non. En fait, je n'ai vraiment qu'une seule question et elle est la raison de mon appel.

— Je ne suis pas sûr de pouvoir répondre à d'autres questions sur cette affaire, commissaire.

— C'est une question toute simple, capitaine, si vous me permettez de la poser.

— Très bien.

— Comment se fait-il que vous ayez entendu parler de Pedrolli, pour commencer?

— Je croyais vous l'avoir dit.

— Non, capitaine, vous ne me l'avez pas dit.

— Les documents qu'on m'a remis avant l'opération parlaient d'un coup de téléphone anonyme.

— Un coup de téléphone anonyme? Vous voulez dire que n'importe qui peut téléphoner sans dire qui il est et lancer une accusation, et que les carabiniers... vont en tenir compte?

— Je sais ce que vous vous êtes retenu d'ajouter, commissaire : que les carabiniers sont capables de forcer la porte d'un citoyen en réaction à un appel anonyme... Vous êtes toujours en ligne, commissaire?

— Oui, capitaine. Laissez-moi formuler ma question autrement, si vous permettez.

— Bien sûr.

— Pourriez-vous me dire pourquoi vous avez choisi de réagir à cet appel particulier comme vous l'avez fait?

— Bien qu'elle soit courtoisement présentée, commissaire, je ne suis pas sûr de pouvoir répondre à votre question, en particulier maintenant qu'il semble qu'il ne va pratiquement rien sortir de toute l'affaire.

— Je vous serais extrêmement reconnaissant de le faire tout de même, capitaine. Plus pour satisfaire ma curiosité personnelle qu'autre chose. Si les chefs d'inculpation ont été abandonnés...

— Vous paraissez parler sérieusement, commissaire, quand vous dites que c'est la curiosité personnelle qui vous pousse.

— C'est vrai.

— Dans ce cas, je peux vous dire que celui qui a donné le coup de téléphone – du moins d'après le rapport que j'ai eu sous les yeux – a fourni un certain nombre d'informations qui donnaient de la crédibilité à l'accusation d'adoption illégale qu'il faisait.

— Il? La personne était un « il »?

— Le rapport parle d'un homme.

— Désolé de vous avoir dérangé pour ça, capitaine.

— Ce n'est rien... Apparemment, il a donné le nom de la femme, le nom de l'hôpital où l'enfant est né, et la date probable de la naissance. Il a aussi mentionné que de l'argent avait changé de mains.

— Et cela suffisait?

— Suffisait à quoi, commissaire?

— Pour interroger la femme?

— Je ne m'en souviens pas exactement, mais je crois que cet appel est arrivé environ une semaine avant... avant l'opération menée chez le dottor Pedrolli. Il s'avérait que Vérone travaillait au même moment sur des affaires similaires. Elles semblent ne pas avoir de rapport – je veux dire, celle de Pedrolli n'a pas de rapport avec les autres.

— Si bien que c'était juste de la malchance, pour Pedrolli?

— Oui, je crois qu'on peut dire ça, commissaire.

— Et c'est bien pratique pour vous, n'est-ce pas ?

— Si vous me permettez de le dire, commissaire, vous paraissez nous croire capables d'entreprendre une action sans être sûrs de nous.

— J'ai bien peur que vous n'ayez raison, capitaine.

— Nous ne nous lançons pas inconsidérément dans ce genre de choses, commissaire, je vous assure. Et pour tout vous dire, j'ai un enfant, une fille. Elle n'a qu'un an.

— Les miens sont plus âgés, dit Brunetti.

— Je ne crois pas que cela y change quoi que ce soit.

— Non, probablement pas. Avez-vous des nouvelles de lui ?

— Du dottor Pedrolli ?

— Du bébé.

— Non, aucune. Et nous ne pouvons pas en avoir. Vous devez bien le savoir. Une fois qu'un enfant a été remis aux services sociaux, nous n'en entendons plus jamais parler.

— Je vois… Une dernière chose, capitaine, si vous voulez bien.

— Si je peux.

— Est-ce qu'il sera jamais possible au dottor Pedrolli de….

— De revoir l'enfant ?

— Oui.

— Peu de chances. Impossible, sans doute. Le garçon n'est pas de lui, comprenez-vous.

— Et comment le savez-vous, capitaine ? Si je puis vous poser la question.

— Puis-je moi-même dire quelque chose sans risquer de vous offenser, commissaire ?

— Oui. Certainement.

— Les carabiniers ne sont pas une bande de voyous, voyez-vous.

— Je n'ai jamais voulu dire…

— J'en suis certain, commissaire. Je voulais simplement que cela soit bien clair, pour commencer.

— Et ensuite ?

— Pour vous dire que, avant que l'opération soit autorisée, la mère du bébé a témoigné que l'enfant était de son mari et non de l'homme dont le nom figure sur le certificat de naissance.

— Pour qu'elle puisse récupérer son enfant ?

— Vous avez une vision idéalisée de la maternité, commissaire, si je puis me permettre cette remarque. La femme a clairement fait savoir qu'elle ne voulait pas de l'enfant. En fait, c'est l'une des raisons pour lesquelles mes confrères de Cosenza l'ont crue.

— Cela va-t-il affecter ses chances de rester sur notre territoire ?

— Probablement pas.

— Ah.

— Ah, en effet, commissaire. Croyez-moi, le bébé n'est pas de lui. Nous le savions parfaitement avant l'opération.

— Je vois. Eh bien, dans ce cas... merci beaucoup, capitaine. Vous vous êtes montré très coopératif.

— Je suis content de constater que vous le pensez, commissaire. Et si cela doit vous rendre votre tranquillité d'esprit, je peux vous faire parvenir un double de notre rapport. Voulez-vous que je vous l'envoie par courriel ?

— Ce serait extrêmement aimable.

— Je le fais tout de suite, commissaire.

— Merci, capitaine.

— Je vous en prie. *Arrivederci*.

— *Arrivederci*, capitaine. »

La copie de la déposition arriva moins d'une heure plus tard. Elle avait été faite par l'Albanaise dont le nom figurait sur le certificat de naissance du fils de Pedrolli. Il avait été signé quatre jours avant la descente des carabiniers et était le résultat de deux journées d'interrogatoire. Il avait suffi d'une simple recherche par ordinateur pour la localiser à Cosenza, où, deux jours après la déclaration de naissance de son enfant de père italien, elle avait obtenu un permis de séjour.

Interrogée, elle avait tout d'abord déclaré que l'enfant avait été envoyé chez ses grands-parents albanais. C'était par pure coïncidence, s'opiniâtrait-elle à dire, si son mari, également albanais et résident illégal en Italie, avait acheté une voiture deux jours après sa sortie de l'hôpital : il aurait travaillé au noir comme maçon et mis de l'argent de côté pendant des mois dans le but de faire cet achat. Il n'y avait non plus aucun rapport entre la disparition de son fils et les trois mois de dépôt de garantie donnés par son mari pour un appartement le jour même où il avait acheté la voiture.

Plus tard au cours de l'interrogatoire, alors qu'elle persistait à dire que l'Italien dont elle avait oublié le nom et qu'elle avait une certaine difficulté à décrire était bien le père de l'enfant, elle fut menacée d'être arrêtée et expulsée si elle ne disait pas la vérité; elle changea alors de version et déclara qu'un Italien dont la femme ne pouvait pas avoir d'enfant l'avait contactée dans les semaines qui avaient précédé son accouchement. Dans sa première nouvelle version, l'homme l'aurait trouvée tout seul; personne ne le lui aurait présenté. Mais comme il était de nouveau question d'expulsion, elle avoua qu'il lui avait été présenté par l'un des médecins de l'hôpital – elle ne pouvait se rappeler lequel –, lequel lui a dit que l'homme qui voulait lui parler était aussi médecin. Après la naissance de l'enfant, elle avait accepté de laisser mettre le nom de ce médecin sur le certificat de naissance, parce qu'elle pensait que son fils aurait un meilleur départ dans la vie s'il était élevé par une famille italienne et comme un Italien. Elle reconnut finalement que l'homme lui avait donné de l'argent, mais comme cadeau, pas comme paiement. Non, elle ne se rappelait plus combien.

Le couple d'Albanais était pour l'instant en résidence surveillée, même si le mari pouvait continuer à travailler : la question de son permis de séjour était en cours d'examen par un magistrat. Quand il eut fini sa lecture, Brunetti resta songeur : comment se faisait-il que celui qui avait interrogé cette femme ait accepté aussi facilement son explication, quant à la manière dont Pedrolli l'avait contactée? Celui-ci aurait pu tout aussi bien descendre d'un nuage. Il lui avait été présenté par l'un des médecins de l'hôpital, avait déclaré l'Albanaise. Mais lequel? Et pour quelle raison? À un moment donné, Brunetti se rendit compte que – d'une manière lui rappelant de manière inquiétante Bianca Marcolini – la femme n'avait manifesté aucun intérêt ni pour l'enfant ni pour son sort. Il glissa le rapport dans son tiroir et rentra chez lui.

Avant de dîner, Brunetti s'arrangea pour passer quelques moments à voyager en compagnie du marquis de Custine. Avec l'aristocrate français comme guide, il visita Saint-Pétersbourg, médita sur l'âme russe qui, d'après Custine, était « grisée par l'esclavage ». Brunetti laissa retomber le livre ouvert sur ses genoux tandis qu'il réfléchissait à ces mots, mais il fut tiré de sa rêverie par Paola, venue s'asseoir à côté de lui.

« J'ai oublié de te dire », commença-t-elle.

Brunetti s'arracha à la perspective Nevski. « De me dire quoi?

— À propos de Bianca Marcolini.

— Ah, merci.

— J'ai posé des questions autour de moi, mais pas beaucoup. La plupart des gens connaissent ce nom à cause du père, bien entendu. »

Brunetti acquiesça.

« J'ai aussi demandé à mon père. Je t'avais dit qu'il le connaissait, n'est-ce pas? »

Brunetti hocha de nouveau la tête. « Et?

— Et il a dit que Marcolini était un homme avec lequel il fallait compter. Il a fait sa fortune lui-même, tu sais. » Elle se tut un instant. « Certains trouvent encore cette idée enivrante. » Son intonation était chargée d'un dédain que seuls ceux qui sont nés au milieu de richesses peuvent connaître. « D'après mon père, il a des amis partout : dans l'administration locale, dans le gouvernement régional et même à Rome. Au cours de ces dernières années, il est parvenu à contrôler un nombre énorme de voix.

— Il n'aurait donc pas de mal à faire disparaître un fait-divers des journaux, n'est-ce pas?

— Un jeu d'enfant, répondit-elle – phrase qui frappa Brunetti par sa résonance bizarre.

— Et le mariage?

— Dans la Chiesa dei Miracoli pleine de guirlandes de fleurs, bien entendu. Elle travaille comme conseillère financière dans une banque. Lui est chef de clinique en pédiatrie à l'Ospedale Civile. »

Aucun de ces éléments ne semblait mériter l'excitation que Guido croyait déceler dans la voix de Paola, ce qui, d'après son expérience, laissait à penser que le meilleur allait venir. « Et les informations non officielles?

— Le bébé, bien entendu. » Cette fois-ci, elle en venait au fait.

« Bien entendu, répéta-t-il avec un sourire.

— D'après les racontars qui circulent parmi les amis du couple Pedrolli, il aurait eu une courte liaison avec une femme – pas même une liaison, en réalité, seulement quelques jours – pendant un séjour à Cosenza pour une conférence médicale. J'ai demandé à plusieurs personnes qui les connaissaient et toutes m'ont dit la même chose.

— C'est ton père qui t'a raconté ça le premier?

— Non, répondit-elle aussitôt, étonnée qu'il puisse croire le comte Falier capable de colporter ce genre de ragots. Mais j'ai vu ma mère cet après-midi et je lui ai posé la question.

— Autrement dit, c'est l'explication officielle? » demanda-t-il.

Elle dut réfléchir un instant avant de répondre. « Elle sonne juste et les gens ont l'air de la croire. Si l'on y pense, c'est le genre de choses qu'on aime à croire, non? C'est un scénario de roman de gare. Le mari coupable revient au logis et l'épouse qui souffre depuis si longtemps lui pardonne. Non seulement elle lui pardonne, mais elle accueille le petit coucou au nid et l'élève comme son enfant. Des retrouvailles émouvantes, la renaissance de l'amour, Rhett et Scarlett réunis pour toujours. » Elle se tut un instant avant d'ajouter : « Ça sonne beaucoup mieux que de dire qu'ils ont été au marché, ont acheté un enfant et l'ont ramené à la maison.

— Tu parais encore plus férocement cynique que d'habitude, ma colombe », dit Brunetti en lui prenant la main pour déposer un baiser sur le bout de ses doigts.

Elle retira sa main, mais avec un sourire. « Merci, Guido. » Puis elle reprit un ton sérieux. « Comme je viens de te le dire, les gens semblent croire à cette version, ou du moins vouloir y croire. Les Gamberini la connaissent et Gabi m'a dit qu'ils ont dîné chez eux environ six mois après qu'ils avaient ramené le bébé à la maison. Bref, ils ont ramené le bébé chez eux mais, d'après elle, les retrouvailles ne se sont pas si bien passées que ça.

— Tu adores les potins, n'est-ce pas ? demanda-t-il, regrettant qu'elle ne lui ait pas apporté un verre de vin.

— Oui, tu as sans doute raison, répondit-elle, paraissant surprise par cette remarque. Tu crois que c'est pour cela que j'aime autant les romans ?

— Probablement. Qu'as-tu voulu dire par "les retrouvailles ne se sont pas si bien passées que ça"?

— Gabi ne l'a pas vraiment dit. En général, on n'est pas très explicite sur ces questions. Mais c'était tout à fait clair d'après ce qu'elle a dit. Et surtout par la manière dont elle l'a dit. Tu sais comment sont les gens. »

Il aurait bien aimé que ce fût vrai, songea-t-il. « A-t-elle spéculé sur les raisons ? »

Paola ferma les yeux, et Guido la vit qui repassait la conversation dans sa tête. « Non, pas vraiment.

— Veux-tu un verre de vin ? demanda-t-il.

— Oui. Après, on pourra dîner. »

Il lui prit la main et l'embrassa de nouveau, en manière de remerciement. « Blanc ou rouge ? »

Elle choisit du blanc, probablement à cause du risotto aux poireaux par lequel commençait le repas. La rentrée scolaire avait eu lieu peu avant, si bien que les enfants passèrent la plus grande partie du repas à raconter ce que leurs camarades de classe avaient fait pendant l'été. Une des filles de la classe de Chiara avait passé deux mois en Australie pour en revenir mécontente d'avoir échangé l'été pour l'hiver et de se retrouver tout de suite en automne. Une autre avait travaillé comme vendeuse de glaces sur l'île de Santorin et était revenue avec quelques connaissances en allemand. Le meilleur ami de Raffi avait fait le voyage de Terre-Neuve à Vancouver le sac sur le dos, mais, à la manière dont Raffi dit « le sac sur le dos », on pouvait supposer qu'il y avait eu des trains et des avions.

Brunetti fit de son mieux pour suivre la conversation qui allait et venait autour de la table, mais il se trouvait constamment distrait par la vue de ses enfants, assailli et débordé par un sentiment de possession : c'étaient les siens. Une partie de lui-même vivait en eux, une partie qu'ils transmettraient à leurs propres enfants, puis à la génération suivante. En dépit de tous ses efforts, il ne retrouvait rien de son aspect physique chez eux : seule Paola paraissait avoir été copiée. Là il voyait son nez, là la texture de ses cheveux et la mèche rebelle, juste derrière l'oreille gauche. Chiara eut un mouvement de la main pour rejeter quelque chose, tandis qu'elle parlait, et le geste était tout à fait celui de Paola.

Le plat suivant était du poisson, une dorade au citron, raison supplémentaire d'avoir choisi du blanc. Brunetti commença à manger, mais alors qu'il en était à la moitié de sa portion, son attention fut de nouveau attirée par Chiara, qui s'était lancée dans une dénonciation sévère de sa prof d'anglais.

« Le subjonctif? Vous savez ce qu'elle m'a répondu quand je lui ai posé la question? » demandait-elle, le souvenir de l'échange apparemment encore vif dans son esprit, tandis qu'elle regardait autour de la table comme pour vérifier que les autres étaient prêts à réagir comme elle. Quand elle eut l'attention de tout le monde, elle dit : « Que nous y viendrions l'année prochaine. » Le bruit avec lequel elle reposa sa fourchette exprimait toute sa désapprobation.

194

Paola secoua la tête, sympathisant. « *Next year* », répéta-t-elle, la conversation ayant eu lieu en anglais. « *Unbelievable.* »

Chiara se tourna vers son père, espérant peut-être qu'il allait manifester la même stupéfaction. Mais elle s'arrêta court et se mit à étudier son visage inexpressif. Elle pencha la tête d'un côté, puis de l'autre, puis encore de l'autre. Et finalement elle dit, du ton le plus ordinaire et comme si elle répondait à une question : « Je l'ai laissée à l'école, papa. » Son père ne disant toujours rien, elle ajouta : « Non, je ne l'ai pas ramenée avec moi aujourd'hui. »

Comme s'il émergeait d'une transe, Brunetti réagit alors. « Excuse-moi, Chiara. Qu'est-ce que tu n'as pas amené à la maison aujourd'hui ?

— Ma deuxième tête. »

Complètement ignorant de ce qui avait pu se passer autour de la table pendant qu'il était perdu dans la contemplation de ses enfants, Guido dit alors : « Je ne comprends pas. Quelle deuxième tête ?

— Celle que tu as cherchée toute la nuit, papa. Je voulais juste te dire que je ne l'avais pas ramenée à la maison : c'est pourquoi tu ne la vois pas. » Pour souligner cela, elle leva les deux mains et les agita à hauteur de ses oreilles pour bien montrer que l'air était vide.

Raffi ricana, et quand Brunetti se tourna vers Paola, il vit qu'elle souriait.

« Ah, oui, dit Guido, un peu chagrin, reportant son attention sur le poisson. J'espère que tu l'as laissée en lieu sûr. »

Comme dessert, il y avait des poires.

19

Il était tard, le lendemain après-midi, quand Vianello entra dans le bureau de Brunetti avec, sur le visage, l'expression de ravissement de celui qui a eu raison contre tous.

« Il a fallu du temps, mais ça valait la peine », dit-il, s'avançant vers Brunetti pour déposer quelques papiers devant lui.

Brunetti plissa les yeux et releva le menton en manière d'interrogation.

« L'ami de la signorina Elettra », expliqua Vianello.

Elle en avait beaucoup, n'ignorait pas le commissaire, qui ne se rappelait plus lequel, en ce moment, contribuait à ses activités extralégales. « Quel ami ?

— Le *hacker*, répondit Vianello en anglais, avec une prononciation impeccable. Celui auquel elle a donné le disque dur abîmé. Ne vous inquiétez pas, ajouta-t-il aussitôt pour prévenir la question de Brunetti, je l'ai rendu dès le lendemain au dottor Franchi, mais l'ami de la signorina avait eu le temps de faire une copie de tout ce qu'il contenait.

— Ah, cet ami-là, dit Brunetti, tendant la main vers les documents. Et à quoi jouait Franchi avec son ordinateur ?

— Pas de pornographie enfantine ni de shopping sur Internet, je vous rassure tout de suite, répondit Vianello, dont le sourire de requin-tigre ne disparut pas pour autant.

— Mais ?

— Mais il semble qu'il ait trouvé le moyen d'entrer dans l'ordinateur de l'ULSS.

— N'est-ce pas ainsi qu'il prend les rendez-vous pour les consultations ? demanda Brunetti. Et comme le font aussi les autres pharmaciens ?

— Si, admit Vianello, qui prit une chaise et s'assit. Les pharmaciens se connectent. »

Brunetti se sentit forcé de poser une nouvelle question, sa curiosité éveillée. « Et qu'est-ce qu'il fait d'autre lorsqu'il est connecté ?

— D'après ce que nous a dit l'ami de la signorina Elettra, il a trouvé le moyen de court-circuiter le site des rendez-vous.

— Ce qui veut dire ?

— Qu'il a accès à toutes les autres parties du système », répondit Vianello, qui se mit à attendre la réaction de son supérieur comme s'il pensait que celui-ci allait bondir sur ses pieds en criant « Eurêka ! ».

L'aveu de son incompréhension risquait de le faire baisser dans l'estime de Vianello, mais il ne voyait pas comment s'en sortir au bluff, ce coup-ci. « Je crois que tu devrais m'expliquer un peu mieux ce que tout ça veut dire, Lorenzo. »

Le jeune Spartiate qui s'était stoïquement laissé dévorer le foie n'aurait pas gardé une expression plus impersonnelle que Vianello. « Ça veut dire qu'il peut accéder à l'ordinateur central et consulter les dossiers médicaux de toutes les personnes ayant un numéro de sécurité sociale.

— Ceux de ses clients ?

— Exactement. »

Brunetti s'accouda à son bureau et passa une main à plusieurs reprises sur ses lèvres, l'air de réfléchir aux implications de ce qu'il venait d'apprendre. Accéder aux dossiers, c'était accéder à toutes les informations concernant les médicaments prescrits, les hospitalisations, les maladies guéries ou en cours de traitement. Cela signifiait que quelqu'un n'en ayant pas le droit avait accès à des données personnelles qui auraient dû être couvertes par le secret médical.

« Le sida », dit Brunetti. Puis, après un long silence, il reprit : « Les traitements de désintoxication. La méthadone.

— Les maladies vénériennes, ajouta Vianello.

— Les avortements... si ce sont ses clients, il connaît leur famille, il sait s'ils sont mariés, où ils travaillent, qui sont leurs amis.

— Le gentil pharmacien du quartier, qui vous connaît depuis que vous étiez petit, renchérit Vianello.

— Combien ?

— Il est allé voir dans les dossiers d'une trentaine de ses clients », répondit Vianello, gardant ensuite le silence quelques instants pour que Brunetti ait le temps de mesurer les implications de ce chiffre. « Son ami dit qu'il ne pourra pas nous envoyer les dossiers en question avant demain. »

Brunetti laissa échapper un sifflement bas, puis revint alors sur la question à l'origine de leur intérêt pour le dottor Franchi. « Et les rendez-vous ?

— Il en a pris plus de cent au cours des deux dernières années. Cela n'en fait qu'un par semaine, en moyenne », ajouta Vianello pour minimiser l'importance de ce chiffre.

Brunetti acquiesça. « Et cet ami de la signorina Elettra – il n'a pas un nom, par hasard ?

— Non, répondit Vianello d'une voix curieusement neutre.

— As-tu pu dresser la liste des consultations qui ont effectivement eu lieu ?

— Il n'a envoyé la liste finale des rendez-vous que ce matin, et il semble que tous ceux pris par le dottor Bianchi aient donné lieu à une vraie consultation. » Brunetti ne réagissant pas, l'inspecteur continua. « La signora Elettra a déjà vérifié pour les autres pharmaciens. L'un d'eux n'a pris que dix-sept rendez-vous pendant la même période de temps, et tous ont donné lieu à consultation – nous avons eu confirmation par les intéressés. Andrea n'utilise pas le système, il est donc par définition hors de cause. Pour le suivant, elle a vérifié la liste des rendez-vous dans les dossiers des hôpitaux ici et à Mestre, et dans presque tous les cas, les consultations ont bien eu lieu. » Vianello avait du mal à cacher son excitation lorsqu'il ajouta : « Mais l'un des pharmaciens a pris trois rendez-vous pour des gens n'en ayant médicalement pas besoin.

— Raconte-moi ça, Lorenzo.

— Ils sont morts.

— Tu veux dire à cause de ce qui leur est arrivé pendant la consultation ? demanda un Brunetti stupéfait à l'idée qu'une chose pareille ait pu se produire sans qu'il en ait entendu parler.

— Non. Ils étaient déjà morts au moment où le rendez-vous a été pris. » Vianello se permit, avant de continuer, de savourer cette information pendant que Brunetti la digérait. « On dirait qu'il est devenu imprudent, notre pharmacien, et qu'il se soit mis à taper au hasard les numéros des clients de sa pharmacie ; ou alors il supposait qu'ils avaient déménagé ou peut-être... » Sur quoi Vianello marqua la petite pause dont il avait la manie quand il était sur le point de lâcher ce qu'il considérait comme une bombe. « Ou peut-être commence-t-il à perdre un peu la mémoire, à son âge.

— Gabetti ?

— Lui-même, répondit Vianello, tout sourire.

— Très bien, Lorenzo, tu as gagné, dit Brunetti, souriant lui aussi. Parle-moi un peu de ces rendez-vous pris pour des morts.

— Dans chaque cas, le médecin a noté sur son ordinateur qu'il avait vu le patient, fait un diagnostic – toujours quelque chose sans gravité – puis il a facturé la consultation à l'ULSS.

— Très imprudent, en effet, reconnut Brunetti. Ou très audacieux. Et les médecins ?

— Toujours les trois mêmes, appliquant exactement la même procédure pour se faire payer. Franchi n'a jamais pris de rendez-vous avec l'un de ces trois médecins, ajouta Vianello presque à contrecœur.

— Je me demande ce qu'il pouvait bien fabriquer d'autre, cependant. Comment se fait-il que son ami ne peut pas envoyer les dossiers avant demain?

— Une histoire d'ordinateur.

— Je ne suis pas un homme des cavernes, Lorenzo », répliqua Brunetti. Il avait le sourire, en disant cela, mais on le sentait un peu sur la défensive.

« La signorina Elettra m'a dit que cela avait à voir avec la façon dont Franchi protégeait ses dossiers : chacun a besoin d'un code particulier pour s'ouvrir, après quoi il faut retourner chercher le numéro du patient avec un code d'accès différent... Tu veux que je continue? »

Le sourire de Brunetti se fit attristé. « Demain, donc?

— Oui.

— Et jusque-là?

— Jusque-là, nous allons appeler les patients pour lesquels Gabetti a pris rendez-vous et leur demander s'ils ont été satisfaits du traitement qu'ils ont reçu. Après quoi, nous pourrons envisager de convoquer les médecins pour un petit entretien avec nous.

— Non, dit Brunetti, je préférerais attendre de savoir à quoi joue Franchi avant. Es-tu certain que le fait que nous ayons gardé son ordinateur vingt-quatre heures n'a pas éveillé ses soupçons? »

Ce fut tout juste, aurait-on dit, si Vianello ne frappa pas dans ses mains de ravissement en entendant la question. « J'ai envoyé Alvise le lui rapporter », dit-il.

Brunetti éclata bruyamment de rire.

Il quitta la questure à dix-sept heures, la conscience en paix persuadé que son épouse, qui avait dit qu'elle lui donnerait d'autres informations sur les Pedrolli, ne le ferait certainement pas en venant à son bureau. Quelles que soient les révélations qu'elle pourrait lui faire, cependant, il devait bien reconnaître qu'elles étaient probablement devenues obsolètes, entre-temps. Et quels qu'eussent été les motifs d'inculpation retenus contre Pedrolli, il y avait de fortes chances pour qu'ils s'évaporent devant l'exhibition d'un carnet de chèques ou de toute autre manifestation de puissance de la part du père de Bianca Marcolini.

Il laissa à ses pieds et à sa fantaisie le soin de le conduire où ils voulaient, et au bout d'un moment, il se retrouva au bas du pont donnant accès à l'entrée du Palazzo Querini Stampalia. L'homme qui tenait la caisse connaissait Brunetti et lui fit signe de passer sans prendre de billet.

Il se rendit au premier étage de la galerie, où il n'avait pas été depuis un certain temps. Il était fasciné par ces portraits, non pas tellement à cause de leur beauté picturale, mais pour la ressemblance que la plupart présentaient avec des gens qu'il croisait tous les jours. Gerolomo Querini, par exemple, dont les traits avaient été reproduits presque cinq siècles auparavant, était le portrait craché, d'une qualité photographique, de Vianello – en tout cas, d'un Vianello encore jeune homme. Il savourait la vue de ces visages et s'attendait à les retrouver dans l'ordre dans lequel ils étaient exposés et auquel il était accoutumé depuis des années.

Son préféré était *La Présentation au Temple*, de Bellini et, comme toujours, il s'arrangea pour aller l'admirer en dernier. Il vit le bambin emmailloté, Jésus, que le grand prêtre Simon rendait à sa mère. Le corps du bébé était tenu serré par les bandes de tissu enroulées autour de lui et, de ses bras prisonniers, on n'apercevait que le bout des doigts. À sa vue, Brunetti repensa au fils de Pedrolli, pris lui aussi d'une certaine manière dans des liens : ceux décidés par l'État. Sur la peinture, la mère tenait son enfant à deux mains, dans une attitude protectrice ; le regard qu'elle adressait par-dessus le petit corps à Simon était froid et sceptique. Brunetti observa pour la première fois à quel point ce scepticisme se reflétait sur tous les autres visages apparaissant dans le tableau, en particulier dans les yeux d'un jeune homme à l'extrême droite, tourné vers le spectateur comme pour lui demander comment il pouvait croire que quelque chose de bon allait sortir de ce qui se passait là.

Brunetti se détourna brusquement de la peinture et retourna aux portraits des autres salles, avec l'espoir que les toiles plus paisibles de Bombelli et Tiepolo dissiperaient le malaise qu'il avait éprouvé en voyant l'enfant ficelé dans ses bandelettes.

Brunetti fut inhabituellement inattentif pendant le repas, hochant la tête aux propos de Paola et des enfants mais ne contribuant que peu à la conversation. Il retourna ensuite dans le séjour et à Saint-Pétersbourg, où il retrouva un marquis de Custine d'humeur méditative, observant entre autres que la Russie était un pays où le goût du superflu s'était emparé de gens qui n'étaient pas encore familiers avec le nécessaire. Il ferma les yeux, se disant que les choses n'avaient pas beaucoup changé depuis.

Il entendit Paola qui arrivait et parla sans ouvrir les yeux. « Jamais rien ne change, en fin de compte. »

Elle regarda le livre qu'il tenait. « Je me doutais bien que rien de bon ne pourrait sortir de cette lecture.

— D'accord, ce n'est pas très politiquement correct, en particulier quand les chefs de nos deux grands pays sont de si bons copains, mais la Russie me donne l'impression d'avoir été un endroit effrayant à l'époque et de l'être encore aujourd'hui. » Il entendit un cliquetis de verre et, ouvrant un œil, vit qu'elle venait d'en poser deux sur la table basse, à sa hauteur.

« Lis donc Tolstoï, lui conseilla-t-elle. Il te fera l'aimer davantage.

— Le livre, ou le pays? demanda Brunetti, les yeux de nouveau fermés.

— C'est le quart d'heure des ragots », annonça-t-elle sans répondre à la question. Elle lui tapota les pieds et il les retira pour lui permettre de s'asseoir.

Il ouvrit alors les yeux et saisit le ballon qu'elle lui tendait. Il en prit une gorgée, mit son nez dans le verre pour inhaler l'essence odorante de la grappa, puis prit une seconde gor-gée. « C'est le Petrus Gaïa?

— Nous avons cette bouteille depuis Noël. Avec un peu de chance, on en aura une autre cette année et je ne vois donc pas pourquoi on ne l'ouvrirait pas.

— Crois-tu qu'il y a de la grappa au paradis? demanda Brunetti.

— Puisqu'il n'y a pas de paradis, il ne peut pas y avoir de grappa... ce qui est une raison supplémentaire de la boire tant que nous pouvons.

— Je suis sans voix devant la rigueur de ta logique, répondit Brunetti en vidant son verre et en le lui rendant.

— Je reviens tout de suite.

— J'y compte bien. » Brunetti ferma de nouveau les yeux.

Brunetti sentit Paola se lever du canapé, l'entendit aller dans la cuisine, puis y circuler avant de revenir dans le séjour. Du verre tinta contre du verre, du liquide se transvasa. « Tiens », dit-elle.

Curieux de savoir combien de temps il pourrait garder les yeux fermés, Guido tendit la main au hasard, agitant les doigts. Elle lui donna le verre, il y eut un autre tintement, un autre glouglou et il sentit bouger le canapé sous le poids de Paola qui venait de se rasseoir.

« *Salute* », dit-elle tandis qu'il prenait une gorgée, les yeux toujours fermés. Et de nouveau, cet avant-goût du paradis.

« Raconte-moi, dit-il.

— Avec plaisir, dit-elle, entamant sans transition son récit. Au début, les gens pensaient que Pedrolli était nerveux ou gêné à l'idée des plaisanteries qu'on allait faire sur lui; mais dès qu'il devint évident qu'il était fou de son fils, plus personne n'eut l'occasion de se moquer de lui. On ne racontait sur lui que des choses sympathiques. C'est du moins ce qu'on m'a dit.

— Mais tu as aussi dit que les retrouvailles entre Rhett et Scarlett ne s'étaient pas très bien passées.

— Pas moi : on me l'a dit, le corrigea-t-elle. D'après un certain nombre de personnes, il avait toujours été le plus amoureux des deux, c'était lui qui aimait, elle qui était aimée, et dès le début. Mais après l'arrivée du fils, cet équilibre aurait changé.

— Comment? demanda-t-il, sentant à la voix de Paola qu'il n'aurait pas droit à la réponse classique selon laquelle l'épouse avait négligé son mari au profit du bébé.

— Il a reporté son affection sur son fils… m'a-t-on dit, en tout cas », ajouta Paola, rappelant ainsi à Guido à quel point elle était prudente lorsqu'elle rapportait des racontars.

« Et sur qui l'a reporté l'épouse délaissée?

— Pas sur l'enfant, manifestement. Ce qui peut se comprendre, j'imagine, dans la mesure où elle n'était pas la mère du bébé et où son mari le couvrait d'attentions à ses dépens.

— Même si elle ne tenait pas tant que ça à ses attentions? » demanda Guido.

Paola se pencha et s'accouda sur les genoux de Guido. « Cela n'y change rien, Guido, tu le sais parfaitement.

— Qu'est-ce qui n'y change rien?

— Qu'elle ait ou non désiré son affection. Elle tenait à en rester l'objet.

— Ça ne tient pas debout. »

Elle garda si longtemps le silence qu'il finit par ouvrir les yeux et la regarder. Elle se tenait le visage dans les mains et secouait lentement la tête.

« Très bien, qu'est-ce que j'ai encore dit? »

Paola lui adressa un regard peu amène. « Même si une femme ne tient pas tant que ça aux attentions qu'on a pour elle, elle n'a aucune envie qu'elles se reportent sur quelqu'un d'autre.

— Mais c'est leur fils, bon sang!

— Son fils à lui, le corrigea Paola, ajoutant pour faire bonne mesure : son fils à lui, pas leur fils à eux.

— Peut-être pas, répondit Brunetti, pensant au rapport des carabiniers.

— Quel qu'ait été le père biologique du gosse, c'est sans véritable importance, observa Paola. Aux yeux de Pedrolli, ce garçon est son fils. Et d'après ce que j'ai entendu raconter aujourd'hui, mon hypothèse est qu'elle, en revanche, ne l'a jamais considéré comme le sien. »

Qu'est-ce que Pedrolli avait raconté à sa femme, au juste ? Elle prétendait qu'il lui avait dit la vérité, mais quelle était la vérité ? On pouvait concevoir que l'Albanaise, menacée d'expulsion, avait raconté aux autorités ce qu'elle jugeait que celles-ci souhaitaient entendre – n'importe quoi pour s'assurer leur plus grande bienveillance. Si les enquêteurs lui avaient demandé si le dottor Pedrolli avait promis d'élever l'enfant comme son fils, c'était au moins quelque chose qui plaidait en sa faveur, ne serait-ce parce que cette attitude montrait son désir d'assurer un meilleur avenir à son enfant. Il était beaucoup plus astucieux d'admettre cela, même si de l'argent avait changé de mains, que de reconnaître qu'elle avait vendu son fils au premier venu sans se soucier tellement de ce qu'il allait devenir.

Et Pedrolli, dans l'affaire ? Allait-il continuer à vivre sa vie comme ces parents dont les enfants ont été victimes d'un véritable enlèvement ? Vivre en se demandant constamment – et pour toujours – si l'enfant était vivant ou mort ? Passer le reste de sa vie à chercher le visage aimé sur tous les visages d'enfants, puis d'adolescents et d'hommes à peu près du même âge ?

« Oh, ne plus savoir ce que c'est d'être père… » murmura Guido.

20

Brunetti dormit mal, non pas par excès de grappa, mais hanté qu'il était par le sort du fils de Pedrolli. Quels souvenirs garderait l'enfant des premiers mois de sa vie ? Quel serait plus tard le coût psychologique d'avoir été arraché à un foyer aimant pour être placé dans une institution publique ?

Dans son état entre veille et sommeil, Brunetti se répétait de laisser tomber, d'oublier Pedrolli, d'oublier le spectacle de cet homme sur son lit d'hôpital et surtout, surtout, d'oublier son fils. Les aspects légaux comme biologiques du problème le laissaient indifférent : il lui suffisait que Pedrolli ait prétendu que cet enfant était son fils et que la mère biologique ait accepté de le lui laisser. Et, bien sûr, que le médecin ait aimé l'enfant.

Les sentiments de Bianca Marcolini, voilà ce qu'il n'arrivait pas à sonder, mais il n'eut aucune envie, au cours de cette longue nuit, de réveiller Paola pour lui demander ce que pouvait ressentir une femme dans ces circonstances. Et d'ailleurs, pourquoi Paola l'aurait-elle mieux su que lui ? Si jamais il lui posait la question, il y avait des chances pour qu'elle l'accuse de faire preuve de la plus patente des attitudes sexistes : pourquoi un homme ne comprendrait-il pas les sentiments d'une femme ? Mais c'était précisément ce qui troublait Brunetti – l'absence, chez Bianca Marcolini, d'une manifestation de ces sentiments féminins qui le feraient accuser de sexisme par Paola. Si les informations qu'avait recueillies Paola étaient justes, Bianca Marcolini n'avait guère fait montre de sentiments maternels devant les personnes à qui Paola et lui-même avaient parlé.

Un peu avant six heures, une idée lui vint pour en apprendre un peu plus sur Bianca Marcolini et ce qu'elle éprouvait vis-à-vis de l'enfant. Peu de temps après, il s'endormit. Quand il se réveilla, l'idée était toujours là. Il resta allongé, tourné vers le plafond. Trois cloches sonnèrent : il allait être bientôt sept heures, il se lèverait, irait préparer le café et en ramènerait une tasse à Paola. Elle avait cours, ce matin, et elle lui avait demandé de la réveiller avant de partir au travail.

Bon, il allait bien partir au travail, non ? « Paola », dit-il. Il attendit, répéta son nom, attendit encore un peu.

Les cloches commencèrent à sonner l'heure. Guido y vit le signe qu'il pouvait légitimement la réveiller, à présent. Il se tourna, mit la main sur l'épaule de sa femme et la secoua doucement. « Paola ? »

Il y eut une très vague amorce de mouvement. « Paola ? Ton père pourrait-il m'arranger une rencontre avec Giuliano Marcolini ? » La dernière cloche sonna et le silence retomba sur le monde.

« Paola ? Ton père pourrait-il m'arranger une rencontre avec Giuliano Marcolini ? »

La silhouette emmaillotée de draps, à ses côtés, lui tourna le dos. Il lui remit la main sur l'épaule, et elle s'éloigna de nouveau.

« Paola ? Ton père pourrait-il …

— Répète encore ça, et je noie les enfants.

— Ils sont trop grands. »

La masse emmaillotée bougea et il vit le côté de son visage. Un œil s'ouvrit.

« Je vais t'apporter du café, dit-il d'un ton aimable en se levant. Et nous parlerons. »

Il eut du mal à lui arracher la promesse, mais Paola accepta finalement de téléphoner à son père et de lui demander s'il pouvait organiser cette rencontre. Brunetti aurait pu, en tant qu'officier de police, s'en charger lui-même, mais il savait que les choses seraient plus faciles et que la requête serait beaucoup mieux ressentie si elle était faite par l'entremise du comte Orazio Falier.

Paolo promit de téléphoner dès l'après-midi : son père était en Amérique du Sud et elle voulait d'abord savoir exactement où, afin d'avoir une idée du décalage horaire et du meilleur moment pour l'appeler.

Raison pour laquelle Brunetti, pensant à son beau-père, eut un moment de confusion lorsque Vianello vint dans son bureau, au cours de la matinée, pour lui dire que Pedrolli était sur la liste.

Brunetti leva les yeux sur l'inspecteur. « Quelle liste ?

— La liste de l'ordinateur. Celle du dottor Franchi. Il était client chez lui depuis quatre ans.

— Client de la pharmacie ?

— Oui.

— Pedrolli ?

— Oui.

— Et Franchi a consulté son dossier médical ? demanda Brunetti, ne remarquant qu'à ce moment-là celui, en papier, que Vianello tenait à la main.

— Tout est là-dedans », répondit Vianello. Il vint se placer près du commissaire, posa le dossier sur le bureau, l'ouvrit, le feuilleta, retira cinq ou six feuilles. On y voyait de courts paragraphes en caractères minuscules, des chiffres, des dates. Sur la première page, Brunetti releva des termes en latin, d'autres dates, de brefs commentaires n'ayant guère de sens pour lui.

Vianello étala les feuilles sur le bureau de manière à ce qu'on puisse toutes les voir. « Cela remonte à sept ans. Il n'est pas possible de remonter plus loin.

— Pourquoi ?

— Va savoir, répondit l'inspecteur en levant une main. Les dossiers originaux ont peut-être été perdus. Leur numérisation n'est peut-être pas remontée plus loin dans le temps. On a le choix.

— L'as-tu lu ?

— Les deux premiers paragraphes », répondit Vianello, son regard sur le troisième.

Ensemble, les deux policiers lurent la première feuille, puis la deuxième, puis tout le reste. Pedrolli avait apparemment commencé à consulter des spécialistes en fécondité trois ans auparavant, soit l'année suivant son mariage.

Au bas de deux des pages figurait ce qui parut être à Brunetti des comptes rendus de laboratoires : il y avait des listes de mots et de chiffres qui n'évoquaient rien pour lui. Il reconnut quelques termes – glucose, cholestérol – sans avoir la moindre idée de ce que signifiaient les chiffres qui suivaient, quant à la santé de Pedrolli.

La dernière page était un rapport, apparemment envoyé par courriel à l'USSL par une clinique de Vérone et vieux de deux ans.

« Malformation probable du conduit séminal due à un traumatisme remontant à l'enfance, lut Brunetti. Production de sperme normale, présence dans les testicules, l'obstruction du conduit séminal entraîne une stérilité complète.

— Le pauvre vieux, hein ? » dit Vianello.

Tout ce qui tourne autour de la sexualité est la matière la plus recherchée des commérages. Sans cela, on aurait sans doute relativement peu de choses à se mettre sous la dent quand on parle des autres, une fois épuisés les thèmes classiques, l'argent, le travail, la santé. Certains peuvent s'intéresser à ces sujets-là, mais aucun ne fascine aussi systématiquement que les comportements sexuels et leurs conséquences. L'histoire de la liaison de Pedrolli et de la naissance d'un enfant qui en était résultée – sans parler de la noble acceptation de cet enfant par son épouse –, voilà qui aurait pu faire le bonheur des colporteurs de ragots.

À ce détail près qu'on détenait là la preuve que Pedrolli, ragots ou non, ne pouvait pas avoir été le père de l'enfant en question et devait donc s'être procuré le bébé d'une autre manière. Il avait suffi de mettre le terme stérilité sous le nez de la police, et il n'avait pas fallu longtemps pour que Pedrolli figure sur la liste des personnes soupçonnées d'être entrées illégalement en possession d'un enfant, puisqu'il ne pouvait manifestement pas en être le père. Son nom figurant sur l'acte de naissance à côté de celui de la mère, il n'avait pas été bien difficile de retrouver celle-ci ; ensuite, que les forces de l'ordre interviennent pour récupérer l'enfant n'avait été qu'une question de temps. Quelqu'un de rigoureusement vertueux se trouvait en quelque sorte dans l'obligation de faire connaître une chose pareille aux autorités, n'est-ce pas ? Sauf, peut-être, si une certaine somme d'argent changeait de mains à intervalles réguliers, bien entendu.

Brunetti rassembla les feuilles en prenant soin de les mettre dans l'ordre. « Et qu'est-ce qu'on trouve d'autre là-dedans ? demanda-t-il en montrant le dossier.

— Avec Pucetti, nous sommes déjà tombés sur des porteurs du VIH, des utilisateurs de méthadone en cure de désintoxication, et même sur un chirurgien porteur de l'hépatite B.

— Une mine d'or, vraiment, commenta Brunetti.

— J'en ai bien peur.

— As-tu tout compulsé ?

— Non, environ la moitié. Mais je suis monté te voir dès que j'ai vu apparaître le nom de Pedrolli.

— Bien. Combien êtes-vous à travailler là-dessus ?

— Seulement moi et Pucetti, répondit Vianello.

— Mais comment sais-tu ce que tu as trouvé ? demanda Brunetti en tapotant les rapports médicaux de son index.

— Il travaille sur l'un des deux ordinateurs. Et quand on ne sait pas de quoi il s'agit, il va voir dans un dictionnaire médical.

— Et où l'a-t-il dégotté, ce dictionnaire ?

— Tout est sur une clef USB : l'ami de la signorina Elettra l'a envoyée avec les listes. Il a pensé que cela pourrait nous être utile.

— Prévoyant, l'ami.

— Oui, répondit Vianello sans grande conviction.

— Retournes-y et vois ce que tu peux trouver, d'accord ? Je tiens à relire tout ça. »

Vianello commença à s'éloigner du bureau puis s'arrêta, l'air à moitié convaincu.

« Vas-y, lui dit Brunetti avec un geste en direction de la porte. Je te rejoins dans un petit moment. »

Il parcourut de nouveau le dossier de Pedrolli, mais sans s'y attarder : il savait déjà ce qu'il avait besoin de savoir. Il regarda par la fenêtre, soudain incapable de se souvenir non seulement de l'heure de la journée, mais de la saison dans laquelle on était. Il se leva et alla ouvrir. L'air était frais ; rousse et poussiéreuse, l'herbe, de l'autre côté, paraissait avoir bien besoin de la pluie qui menaçait. Selon sa montre, il était presque treize heures. Il prit les documents et descendit, mais on lui dit que Vianello et Pucetti étaient sortis déjeuner. Paola n'étant pas à la maison, Brunetti n'avait pas prévu de déjeuner chez lui. Il essaya de ne pas se sentir vexé que ses collègues ne lui aient pas demandé de se joindre à eux, et retourna à son bureau. Là, il composa le numéro à l'hôpital d'Ettore Rizzardi, le médecin légiste de la ville ; il s'attendait à devoir lui laisser un message, mais c'est le médecin lui-même qui décrocha.

« C'est moi, Ettore.

— Hemm ?

— Bonjour aussi, dottor Rizzardi, dit Brunetti d'un ton qu'il s'efforça de rendre aussi joyeusement innocent qu'il put.

— Qu'est-ce qui se passe, Guido ? Je suis en plein boulot.

— Malformation du conduit séminal due à un traumatisme dans l'adolescence ?

— Pas d'enfants.

212

— À cent pour cent?

— Probablement. Question suivante?

— Opérable?

— Possible. D'autres questions?

— Personnelles, pas médicales, répondit Brunetti. À propos de Pedrolli, le pédiatre.

— Je le connais, dit Rizzardi avec une pointe d'aigreur. Il a perdu son fils.

— As-tu entendu parler de la manière dont il avait eu ce fils?

— Il paraît qu'il l'aurait eu d'une femme à Cosenza.

— Rien de plus précis?

— Je t'ai dit que j'étais en plein dans un boulot, Guido, dit Rizzardi d'un ton faussement patient.

— Il y en a pour un instant. Dis-moi ce que tu as entendu raconter.

— À propos de Pedrolli?

— Oui.

— Qu'il est allé à une conférence médicale à Cosenza et que là-bas il aurait rencontré une femme – ce sont des choses qui arrivent, n'est-ce pas? – et qu'il aurait découvert quelque temps plus tard qu'elle était enceinte. Et qu'il a été correct vis-à-vis d'elle et a reconnu l'enfant.

— Et comment as-tu appris tout ça, Ettore? »

Il y eut un long silence avant que Rizzardi ne dise : « Je suppose que cette histoire a commencé à circuler dans les couloirs de l'hôpital.

— Qui l'a lancée?

— Guido, se récria Rizzardi avec une politesse exagérée, cela date de plus d'un an. Je ne me rappelle pas.

— Dans ce cas, comment Pedrolli l'a-t-il appris? demanda Brunetti. Tu le sais?

— Appris quoi?

— Qu'elle était enceinte? La femme interrogée par les carabiniers ne se souvenait même pas de son nom, alors comment l'a-t-elle retrouvé? Il ne lui avait certainement pas laissé sa carte, hein? Dans ce cas, comment l'a-t-elle retrouvé, ou comment a-t-il su qu'elle était enceinte ? insista Brunetti, sa curiosité allant en diminuant.

— Je ne peux répondre à aucune de ces questions, Guido, dit Rizzardi, d'une voix où perçait de nouveau l'impatience.

— Pourrais-tu demander, autour de toi ? »

La réponse de Rizzardi surprit le commissaire. « J'aimerais autant pas. C'est un collègue. » Puis comme pour se rattraper, le légiste ajouta : « Mais pourquoi ne viens-tu pas le lui demander toi-même ?

— Il est là ?

— Je l'ai vu à la cafétéria, ce matin, et il portait sa blouse blanche. On dirait bien qu'il a repris », répondit Rizzardi. Brunetti entendit une voix, en arrière-plan. Ferme, sinon en colère. « Faut que j'y aille », dit Rizzardi avant de raccrocher.

Brunetti était sur le point d'appeler Vianello sur son portable pour savoir où étaient ses collègues et aller les rejoindre lorsque son propre téléphone sonna.

« *Pronto*, répondit-il, voyant alors que c'était le numéro de Paola à l'université. As-tu réussi à joindre ton père ?

— Non, c'est lui qui m'a jointe. Il ne pouvait pas dormir à cause du décalage horaire, et il a donc appelé pour prendre des nouvelles. Il est à La Paz. »

En temps normal, le seul nom de cette ville aurait poussé Brunetti à plaisanter et à lui demander si le comte était là-bas pour négocier un stock de cocaïne, mais les preuves de plus en plus fréquentes que de nombreux appels par téléphone portable, sinon tous, étaient interceptés et enregistrés le dissuada de le faire. Il se contenta donc d'un « Ah » des plus neutres.

« Tu dois le voir à trois heures à son bureau.

— Marcolini ?

— Certainement pas mon père », répondit-elle en raccrochant.

Ce qui laissait à Brunetti un peu moins de deux heures. S'il arrivait à parler à Pedrolli avant, il serait peut-être mieux préparé à rencontrer son beau-père. Par Pedrolli, il apprendrait peut-être comment un homme aussi puissant que Marcolini allait s'y prendre pour faire jouer ses relations et obtenir la restitution de l'enfant à son gendre et à sa fille. Étant donné que la mère biologique du petit garçon ne paraissait pas vouloir de celui-ci, les autorités, peut-être... Brunetti préféra arrêter de poursuivre dans cette veine. Il ne put cependant s'empêcher, victime de sa propre sentimentalité, de repenser à la manière dont Pedrolli avait tenu l'enfant disparu dans ses bras vides.

Il laissa, sur le bureau de Vianello, un mot indiquant qu'il allait à l'hôpital parler avec Pedrolli, puis qu'il irait ensuite voir Marcolini. Il avait commencé à pleuvoir, si bien qu'il retourna à l'intérieur récupérer, dans le placard où on les rangeait, un parapluie parmi ceux oubliés par les visiteurs.

La pluie lui faisait plaisir, en dépit de ses inconvénients pour lui comme pour tout le monde. L'automne avait été sec, jusqu'ici, comme l'avait été l'été auparavant, et Chiara avait redoublé d'efforts en tant que contrôleuse de dépenses d'eau familiales. Contaminé par les rappels constants de sa fille sur la nécessité d'économiser l'eau, Brunetti se surprenait à demander aux barmen de fermer les robinets qui coulaient inutilement, requête qui lui valait toujours des regards étonnés du personnel comme des autres consommateurs. Ce qui le surprenait, lui, était la fréquence avec laquelle il devait la présenter.

Une fois à l'hôpital, toute idée de déjeuner abandonnée, il se rendit au service de pédiatrie en suivant les indications. Il sut qu'il était sur le bon chemin grâce aux hurlements de bébé qui retentissaient dans la cage d'escalier et devenaient de plus en plus forts au fur et à mesure qu'il se rapprochait.

La salle d'attente était vide, mais le bruit franchissait les lourdes doubles portes qui la séparaient du service proprement dit. Brunetti poussa un battant et passa dans le couloir. Une infirmière qui sortait d'une chambre se dirigea immédiatement vers lui. « Les heures de visite sont passées », dit-elle par-dessus les cris.

Brunetti prit sa carte dans sa poche et la lui montra. « Je voudrais parler au dottor Pedrolli

— Il est avec un patient, répondit-elle sèchement. Vous n'allez pas lui ficher la paix, à la fin ?

— Quand sera-t-il libre ? dit un Brunetti imperturbable.

— Je sais pas.

— Il est ici ?

— Oui, au 216.

— Je vais attendre, d'accord ? » demanda Brunetti.

Ne sachant comment réagir, l'infirmière fit demi-tour et s'éloigna, laissant Brunetti à côté des portes. Il remarqua alors que les cris du bébé venaient de cesser et la tension qui l'habitait se dissipa.

Au bout d'un moment, un homme en blouse blanche, portant une courte barbe, émergea d'une chambre au milieu du couloir et se dirigea dans la direction de Brunetti. L'aurait-il croisé dans la rue, le policier n'aurait pas reconnu Pedrolli. Le médecin était plus grand que l'impression qu'il lui avait donnée, sur son lit d'hôpital, et les bleus avaient complètement disparu de son visage.

« Dottor Pedrolli ? » demanda Brunetti lorsque l'homme ne fut qu'à quelques pas.

Surpris, le médecin le regarda. « Oui ?

— Je suis le commissaire Guido Brunetti, dit le policier en lui tendant la main. Je suis venu vous voir quand vous étiez à l'hôpital. » Avec un sourire, il ajouta : « Comme patient, je veux dire. »

Pedrolli prit la main que Brunetti lui tendait. « Oui, je me souviens de votre visage, mais j'ai bien peur de ne rien me rappeler du reste. C'était pendant la période où je ne pouvais pas parler, je crois. Je suis désolé. » Son sourire avait quelque chose de gêné. Sa voix, que Brunetti entendait pour la première fois, était grave et sonore, celle d'un vrai baryton.

« Pourrais-je vous parler quelques instants, dottore ? »

Le regard qu'eut Pedrolli était parfaitement calme, presque inintéressé. « Bien sûr », dit-il. Sur quoi il entraîna Brunetti jusqu'à la dernière porte à gauche du couloir. À l'intérieur, il y avait un bureau avec un ordinateur et quelques chaises disposées devant le meuble. La fenêtre, derrière le bureau, donnait sur le même arbre horizontal que Brunetti avait remarqué lors de sa précédente visite. Sur un mur, des étagères débordaient de livres et de revues de médecine.

« Ici, ça devrait faire l'affaire », dit Pedrolli, tirant une chaise pour son visiteur. Il en prit une autre et s'assit en face de lui. « Que voudriez-vous savoir ?

— Votre nom a attiré notre attention, dottore », commença Brunetti.

Presque inconsciemment, Pedrolli porta la main au côté de sa tête. « Est-ce un euphémisme, commissaire ? » demanda-t-il, arborant une expression se voulant plaisante sans y parvenir vraiment.

Brunetti sourit aussi, mais n'en continua pas moins. « C'est sans aucun rapport avec les raisons qui m'avaient fait venir vous voir la fois précédente, dottore. »

Le médecin eut un regard aigu pour Brunetti mais détourna tout de suite les yeux.

« L'enquête était dans les mains – et elle y est toujours – des carabiniers. Je suis venu vous interroger dans le cadre d'une autre enquête menée par mon département.

— La police, vous voulez dire ?

— Oui, dottore.

— Et de quelle enquête s'agit-il, commissaire ? demanda Pedrolli avec une note ironique un peu trop appuyée.

— Votre nom est apparu en rapport avec une question qui n'a rien à voir avec l'autre affaire. C'est à ce sujet que je suis venu vous interroger.

— Je vois, dit Pedrolli. Mais pourriez-vous être plus précis ?

— Oui. Il s'agit d'un problème de fraude, ici, à l'hôpital », répondit Brunetti, décidant de commencer par là avant d'introduire l'idée que le médecin était peut-être victime d'un chantage.

Pedrolli se détendit quelque peu : « Une fraude de quel genre ?

— De fausses consultations (les yeux de Pedrolli se contractèrent). Il semble que certains médecins de l'hôpital prennent des rendez-vous pour des consultations tout en sachant qu'elles n'auront jamais lieu ; dans certains cas, ces rendez-vous ont été pris par des pharmaciens, après quoi la facture est envoyée à la sécurité sociale, bien qu'il n'y ait pas eu de consultation. Dans au moins trois affaires, les patients inscrits à ces consultations étaient déjà morts. »

Pedrolli hocha affirmativement la tête, serrant les lèvres. « Je vous mentirais si je vous disais que je n'ai jamais entendu parler de ces pratiques, commissaire. Mais je peux vous dire qu'elles ne concernent en rien mon service. Mon chef de clinique et moi-même y veillons. »

Brunetti était tenté de le croire sur parole, mais il demanda tout de même : « Comment ça ?

— Tous les patients – en fait leurs parents, car nos patients sont encore des enfants – qui ont des rendez-vous pour des consultations doivent se faire enregistrer par l'infirmière de service ; et à la fin de leur garde, les infirmières vérifient sur l'ordinateur que tous les patients inscrits ont bien été vus par un médecin. » Voyant la réaction de Brunetti, il ajouta : « Oui, c'est très simple. Cela prend cinq minutes de plus à l'infirmière, mais toutes les possibilités de falsification sont éliminées.

— On dirait que vous avez mis ce système au point précisément pour éviter cette éventualité, dottore. Si je puis me permettre.

— Vous le pouvez certainement, puisque c'est en effet dans ce but que nous l'avons mis en place. » Pedrolli attendit un instant, jusqu'à ce que le regard de Brunetti croise le sien. « Les nouvelles vont vite, dans un hôpital.

— Je vois.

— C'était de ça que vous vouliez me parler? demanda Pedrolli en se déplaçant sur sa chaise.

— Non, dottore, pas de ça. Si vous avez encore un moment... »

Pedrolli s'enfonça de nouveau dans son siège et, s'il répondit que oui, il n'en consulta pas moins sa montre en même temps. Soudain, l'estomac du médecin émit un gargouillis sonore et il eut une fois de plus son sourire plus ou moins gêné. « C'est que je n'ai pas encore déjeuné.

— Je vais m'efforcer de ne pas vous garder trop longtemps, répondit Brunetti, espérant que son propre estomac n'allait pas faire écho à celui de Pedrolli. Vous êtes bien client de la pharmacie de Campo Sant'Angelo, n'est-ce pas, dottore?

— Oui, c'est la plus proche de mon domicile.

— Depuis longtemps?

— Depuis quatre ans environ, c'est-à-dire depuis que nous avons emménagé dans ce quartier. Ou peut-être un peu plus de quatre ans.

— Connaissez-vous bien le pharmacien? »

Un bon moment s'écoula avant que Pedrolli ne réponde, choisissant ses mots avec soin. « Ah, le dottor Franchi, l'homme aux exquises prises de position morale... je suppose que je le connais comme tout médecin connaît un pharmacien.

— Pouvez-vous m'expliquer ce que vous entendez par là, dottore? »

Pedrolli haussa les épaules. « Le dottor Franchi et moi avons une vision différente des faiblesses humaines, j'en ai bien peur, répondit-il ave un sourire entendu. Il tend à en avoir une vue plus rigoriste que la mienne. » Son sourire s'atténua un peu. Comme Brunetti ne réagissait pas, il continua : « Sur le plan professionnel, je lui demande si mes patients sont bien venus chercher leurs médicaments et j'y passe à l'occasion pour signer une ordonnance quand j'ai dit à quelqu'un de prendre telle ou telle chose par téléphone.

— Et pour vous-même, dottore ? Êtes-vous aussi son client ?

— Oui, je lui achète du dentifrice, des produits courants dans ce genre pour la maison. Parfois je passe prendre des choses à la demande de ma femme.

— S'occupe-t-il aussi de vos ordonnances ? »

Pedrolli réfléchit un certain temps avant de répondre. « Non. Je dispose de tous les médicaments que je veux à l'hôpital. »

Brunetti acquiesça.

Pedrolli sourit de nouveau, mais d'un sourire différent des précédents. « Pouvez-vous me dire pourquoi vous me posez ces questions, commissaire ? »

Mais Brunetti ignora cette demande. « Au cours de toutes ces années, vous n'avez jamais fait exécuter d'ordonnance chez lui ? »

Pedrolli regarda à mi-distance. « Si, je crois bien une fois, peu de temps après notre installation. J'avais la grippe et Bianca est allée m'acheter un médicament. Elle est revenue avec quelque chose, mais je ne me souviens plus si elle avait eu besoin d'une ordonnance. »

Le médecin détourna les yeux, et les plissa, dans un effort pour se souvenir. Il paraissait sur le point de parler lorsque Brunetti lui posa une nouvelle question. « S'il y avait eu besoin d'une ordonnance, dottore, celle-ci aurait-elle figuré dans votre dossier médical ? »

Pedrolli le regarda longuement, puis son expression devint totalement indéchiffrable, comme s'il venait de tourner un interrupteur. Quand la vie revint en lui, ce fut sous la forme d'un bref coup d'œil qu'il jeta à Brunetti. « Mon dossier médical ? » demanda-t-il finalement – mais ce n'était pas une question, pas à la manière dont il la posa. « Pourquoi me demandez-vous cela, commissaire ? »

Brunetti ne vit pas de raison de ne pas le lui dire, tant qu'il ne parlerait pas de chantage. « Nous nous intéressons à un usage illicite d'informations médicales, dottore. »

Il attendit de voir comment Pedrolli allait réagir à son allusion, mais le médecin se contenta de cligner des yeux, de hausser les épaules et d'observer : « Je ne suis pas certain que cela veut dire quelque chose de précis pour moi. » Le policier eut l'impression que, derrière l'expression de calme qu'affichait le visage du médecin, celui-ci était fort occupé à étudier ce qu'il venait de lui dire, considérant peut-être les possibilités qui pourraient en découler.

Brunetti se rendit compte qu'il n'avait pas eu, jusqu'ici, l'occasion d'aborder la question du retour du fils de Pedrolli. C'est d'un ton entièrement différent qu'il reprit la parole. « Ce que j'aimerais, en réalité, c'est parler avec vous de votre fils. »

Il crut entendre Pedrolli avoir un hoquet. Le bruit qu'il avait émis, en tout cas, était plus fort qu'un soupir, même si son visage était resté impassible.

« Et que voudriez-vous savoir sur mon fils ? demanda le médecin d'une voix qu'il avait du mal à maîtriser.

— D'après les rapports que j'ai pu lire, il y a peu de chances pour que la mère biologique du petit garçon réclame son enfant. » Si Pedrolli comprit ce que signifiait cette phrase, rien ne le trahit dans son expression, si bien que Brunetti enchaîna : « Et je me demandais donc si vous n'aviez pas envisagé de porter l'affaire devant les tribunaux.

— Quelle affaire ?

— Pour qu'il vous soit rendu.

— Et comment pensez-vous qu'il serait possible d'y arriver, commissaire ?

— Votre beau-père est sans doute un homme... disons un homme qui a de nombreuses relations. Il pourrait peut-être... » Brunetti observa attentivement son interlocuteur, s'attendant à une manifestation quelconque d'émotion, mais il n'en vit aucune.

Le médecin consulta de nouveau sa montre. « Je ne voudrais pas paraître impoli, commissaire, mais ces questions ne concernent que ma famille et moi-même, et j'aimerais autant ne pas en parler avec vous. »

Brunetti se leva. « Au revoir, dottore. Si je peux vous venir en aide un jour, n'hésitez pas à faire appel à moi », dit-il en tendant la main.

Pedrolli la lui serra, brièvement, eut l'air de vouloir dire quelque chose, mais garda finalement le silence.

Brunetti lui dit qu'il connaissait le chemin de la sortie de l'hôpital et partit, prévoyant de s'arrêter quelque part pour manger un morceau avant sa rencontre suivante – avec le beau-père du médecin, cette fois.

21

Brunetti s'arrêta dans une trattoria au pied du deuxième pont entre l'hôpital et le Campo Santa Marina ; comme il n'y avait aucune table de libre, il se rabattit sur un verre de *vino novello* et un plat d'amuse-gueules qu'il mangea debout au bar. Les conversations allaient bon train autour de lui mais il n'en entendit rien, ne pouvant s'empêcher de repenser à la surprise manifestée par Pedrolli lorsqu'il l'avait interrogé sur son dossier médical… à moins que cela n'ait tenu à l'insinuation de l'usage frauduleux qui pourrait en être fait ?

Les fonds d'artichauts étaient délicieux et Brunetti en demanda deux de plus, puis il reprit un peu de poulpe avec un deuxième verre de vin. Quand il eut terminé, il ne se sentait toujours pas satisfait bien que n'ayant plus faim. Ces repas composés de bouchées qu'il était souvent obligé de prendre étaient l'un des plus détestables inconvénients de son travail – si l'on exceptait les appels en pleine nuit, à commencer par celui à l'origine de son enquête actuelle. Il paya, quitta la trattoria, coupa en passant par-derrière Santa Maria dei Miracoli et arriva au Campo Santa Marina.

Paola n'avait même pas éprouvé le besoin de lui donner l'adresse des bureaux de Marcolini : son emplacement figurait dans l'esprit et le cœur de tous les Vénitiens, car il était autant célèbre en bien qu'en mal. La Lega Doge était l'un des partis séparatistes qui avaient fleuri dans le nord de l'Italie, ces dernières années, avec comme programme l'habituel cocktail de peurs, de rancœurs et de ressentiments devant la réalité des changements sociaux du pays. Ils détestaient les étrangers, la gauche et les femmes avec la même férocité, même si leur mépris n'atténuait en rien le besoin qu'ils avaient des trois : des premiers pour travailler dans leurs usines; des deuxièmes pour leur faire porter le chapeau pour tout ce qui marchait mal dans le pays; des troisièmes pour prouver leur virilité en les mettant dans leur lit.

Giuliano Marcolini était le fondateur de la Lega Doge – Brunetti devenait blême à la seule idée de parler de Marcolini comme en étant l'idéologue, car cela aurait sous-entendu que ce parti avait des idées. L'homme s'était arrangé, au cours des vingt années précédentes, pour transformer sa petite entreprise de fournitures de plomberie en une chaîne de grands magasins : pour ce qu'en savait Brunetti, les ouvriers qui avaient refait sa salle de bains, quatre ans auparavant, avaient acheté leurs fournitures dans un magasin Marcolini.

Certains, quand ils sont riches, s'offrent des équipes de football; d'autres, une nouvelle femme ou font faire un ravalement de façade à celle qu'ils ont; d'autres encore financent un hôpital ou une galerie d'art. Le malheur de Brunetti voulait qu'il fût dans un pays où les riches fondaient des partis politiques. En imitation flagrante des autres mouvements séparatistes, la Lega Doge étalait sur son drapeau un animal rampant; le lion étant déjà pris, on avait enrôlé le griffon, animal rare dans l'histoire vénitienne et sujet peu représenté dans l'iconographie de la ville. Les couleurs du parti étaient le violet et le jaune, son salut un poing fermé levé haut au-dessus de la tête – ce qui rappelait de manière gênante, du moins pour quiconque ayant un brin de culture historique (ce qui excluait la grande majorité des membres du parti) le salut des athlètes américains du Black Power lors des Jeux olympiques de Mexico, en 1968. Un journaliste facétieux de gauche, voyant pour la première fois ce salut, avait demandé s'il avait pour objet de rappeler la légendaire « main lourde » de la république de Venise, tandis que la première apparition des drapeaux violet et jaune et des tee-shirts coordonnés avait, hélas, coïncidé avec la sortie de la collection d'un grand couturier, homosexuel notoire, collection où dominaient ces mêmes couleurs.

Mais la fougue de la rhétorique marcolinienne et la foi de ses auditeurs avaient facilement surmonté ces premiers obstacles et, depuis six ans qu'elle existait, la Lega Doge avait déjà remporté les élections municipales dans trois petites communes de la Vénétie et comptait de nombreux conseillers municipaux dans des villes comme Vérone, Brescia et Trévise. Les politiciens de Rome avaient commencé à s'intéresser au signor Marcolini et à sa formation; la droite parlait de ses idées, la gauche faisait état de ses opinions. Le parti était courtisé par les élus qui pensaient que Marcolini pourrait leur être utile, ce qui avait rappelé à Brunetti l'observation faite à propos d'Hitler par le chef d'un parti politique qui avait fini par disparaître dans les poubelles de l'Histoire : « Bon Dieu, cet homme sait parler; on pourrait l'utiliser. »

Lorsqu'il déboucha sur le Campo Santa Marina, Brunetti réfléchissait à l'impression qu'il devait donner en arrivant. Bourru, bien entendu, un homme, un vrai, quelqu'un qui ne se laisse pas marcher sur les pieds par les femmes ou les étrangers; à moins bien sûr que les étrangers ne soient de sexe masculin et des Européens capables de parler des langues civilisées comme l'italien, bien que les vrais hommes parlent en dialecte, non? Eût-il su, ce matin, qu'il allait avoir un entretien avec Marcolini qu'il se serait habillé pour l'occasion – à ce détail près que, sa vie en eût-elle dépendu, il n'avait aucune idée de ce qu'était la tenue appropriée pour une apparition dans les bureaux de la Lega Doge. Quelque chose rappelant vaguement l'uniforme militaire, avec un élément discret de domination – comme les bottes de Marvilli, peut-être?

Il passa devant l'hôtel du coin et s'engagea dans Ramo Bragadin. La première porte à droite donnait sur une cour d'où partait la volée de marches par laquelle on gagnait les locaux de la Lega Doge. Un atelier de taille du marbre était installé au rez-de-chaussée et Brunetti s'interrogea sur le bruit qui devait régner un étage au-dessus. On répondit rapidement à son coup de sonnette. Le jeune homme qui l'accueillit, rasé de près, portait une veste en tweed et des jeans noirs.

« Guido Brunetti, dit-il, omettant son titre et tendant la main. J'ai rendez-vous avec le signor Marcolini. » Il avait pris soin de bien prononcer l'italien, comme si cela ne lui venait pas naturellement.

Le jeune homme, qui avait un visage tellement étroit que ses yeux donnaient l'impression d'être encore plus rapprochés qu'ils ne l'étaient en réalité, sourit et serra la main de Brunetti. C'est en dialecte qu'il répondit. « Il va se libérer d'un instant à l'autre, signore. Si vous voulez bien me suivre, je vais vous conduire à son bureau. »

Brunetti accueillit le passage au dialecte avec un soupir audible, comme soulagé de ne pas avoir à s'exprimer dans une langue étrangère.

Il n'avait aucune idée des goûts que pouvait avoir un millionnaire de la plomberie en matière de décoration pour les bureaux de son parti politique, mais ce qu'il vit lui parut parfait. L'un des murs du couloir par lequel l'avait entraîné le jeune homme avait des fenêtres donnant sur les maisons, en face, et au loin sur le Campo Santa Marina. Sur l'autre, on voyait des drapeaux de la Lega regroupés par deux, hampes de bois croisées, de la taille approximative de ceux du Palio de Sienne et donc quelque peu démesurées dans ce couloir aux dimensions modestes. Il y avait aussi quelques boucliers, copies manifestes de modèles médiévaux, ayant l'air fabriqués dans du carton bouilli outrageusement enduit de laque. Le jeune homme le précéda dans une grande pièce où le plafond s'ornait d'une fresque un peu trop restaurée, représentant quelque événement céleste qui avait nécessité que fussent tirées force épées et dénudées beaucoup de chairs féminines bien roses. Une décoration en stuc blanc entourait la fresque d'un halo nerveux, ses tentacules sinueux aux tons pastel rampaient de manière menaçante jusque dans les angles de la pièce.

Alignées contre un mur, on voyait six chaises en bois tellement vernies qu'elles réussissaient à avoir l'air d'être en plastique, sous une gravure dans un cadre d'or représentant Victor-Emmanuel III inspectant ses troupes, peut-être avant quelque désastreuse bataille de la Première Guerre mondiale. En étudiant la scène, Brunetti se rendit compte qu'une sorte de miracle s'était produit : soit l'artiste avait ajouté une bonne vingtaine de centimètres à la taille du roi, soit la plupart de ses soldats étaient des nains.

« C'est avant Caporetto, dit le jeune homme.

— Ah, laissa échapper Brunetti, une bataille importante.

— Il y en aura certainement d'autres, répondit le jeune homme avec une telle nostalgie dans la voix que Brunetti dut se retenir pour ne pas le regarder.

— Sans aucun doute », conclut Brunetti avec un hochement de tête de satisfaction virile en direction de la gravure.

Un canapé rouge accueillant, l'air d'avoir commencé sa carrière dans un bordel français, était placé contre le mur du fond, sous d'autres gravures représentant des scènes de vraies batailles, cette fois. Les armes différaient de l'une à l'autre, mais toutes s'arrangeaient pour représenter un jeune homme à genoux brandissant le drapeau italien d'une main et s'étreignant le cœur de l'autre.

Sur la table basse, devant le canapé, attendaient une gamme de prospectus et petits livrets jaune et violet arborant tous, en couverture, le griffon caractéristique étendant ses ailes protectrices au-dessus du drapeau italien. Brunetti leva les yeux et sourit au jeune homme.

Avant que l'un ou l'autre puisse parler, cependant, une voix lança quelque chose de derrière une porte, à l'une des extrémités de la pièce; le jeune homme partit précipitamment dans cette direction, lançant par-dessus son épaule : « Il va vous recevoir. »

Brunetti le suivit. L'éphèbe entra et claqua des talons – équivalent chorégraphique, estima Brunetti, du salut au poing levé. « Le signor Brunetti, commendatore », dit-il, s'inclinant (vraiment) pour faire entrer Brunetti.

Dès que le policier fut passé devant lui, le jeune homme battit en retraite dans l'autre pièce et referma la porte derrière lui. Brunetti entendit le bruit cliquetant de ses pas qui s'éloignaient. Il regarda alors devant lui, en direction de la silhouette qui se levait… et reconnut l'homme qu'il avait vu à l'hôpital avec Patta.

Brunetti cacha sa surprise en portant une main à sa bouche et en s'éclaircissant la gorge. Puis il détourna son visage et toussa par deux ou trois fois, continuant d'avancer vers le bureau, arborant un sourire embarrassé.

Une autre culture aurait peut-être décrit Giuliano Marcolini comme étant gros ; les Italiens, cependant, disposant d'une langue très portée sur les euphémismes sympathiques au point de les produire en série, auraient dit de lui qu'il était *robusto* – fort. Il était moins grand que Brunetti, mais son torse en barrique et l'estomac que celui-ci surplombait le faisaient paraître plus petit encore. Il portait un costume semblable à celui que le policier lui avait vu la première fois, à l'hôpital, mais même les fines rayures grises verticales n'arrivaient pas à dissimuler son embonpoint. Le surplus de chairs, sur sa figure, lissait toutes ses rides et ne le faisait paraître guère plus âgé que Brunetti.

Il avait les yeux profondément enfoncés dans les orbites, des yeux clairs d'homme du Nord, mais il était aussi bronzé qu'un Arabe. Ses oreilles paraissaient d'autant plus grandes qu'il portait ses cheveux très courts. Son nez était long et épais, ses mains celles d'un travailleur manuel.

« Ah, commissaire », dit-il en faisant le tour de son bureau, se déplaçant avec une aisance étonnante pour sa corpulence. Brunetti lui serra la main avec un sourire qu'il ne laissa pas vaciller quand l'autre se mit à lui broyer les phalanges. Il rendit même la pression et l'augmenta, et c'est Marcolini qui lâcha le premier prise avec un sourire appréciatif.

Il indiqua à Brunetti une chaise identique à celles de l'antichambre, en prit une autre et la fit pivoter pour s'installer face à son visiteur. « Que puis-je faire pour vous, commissaire ? » demanda alors le chef de la Lega Doge. Sur le bureau de bois, derrière lui, il y avait des dossiers, des documents, un téléphone et un certain nombre de photos dans des cadres d'argent qui tournaient le dos à Brunetti.

«Trouver un médecin pour m'examiner la main », répondit Brunetti avec un petit rire des plus chaleureux, agitant sa main en l'air entre eux.

Marcolini éclata de rire. « J'aime bien prendre la mesure d'un homme que je rencontre pour la première fois. C'est une des façons de le faire. »

Brunetti garda pour lui l'idée que sourire poliment et se présenter avec courtoisie feraient peut-être aussi bien l'affaire tout en étant incontestablement moins douloureux. « Et alors ? demanda Brunetti, qu'en pensez-vous ? » Il avait parlé en dialecte, avec un accent appuyé.

« Je pense que nous pourrions peut-être nous entendre. »

Brunetti se pencha vers lui, ouvrit la bouche pour parler puis s'arrêta volontairement, comme s'il préférait s'abstenir.

« Quoi ? demanda Marcolini.

— Voyez-vous, mon métier m'autorise rarement à parler comme un homme. Ouvertement, autrement dit. Faire attention à ce que nous disons est une seconde nature chez nous. Il le faut. Ça fait partie du métier.

— Vous devez faire attention à propos de quoi ? demanda Marcolini.

— Oh, vous vous en doutez bien. Je dois éviter de scandaliser les gens, ne jamais me montrer agressif ou offensant d'une manière ou d'une autre. » Il s'était exprimé d'un ton monocorde, comme si c'était des formules qu'il avait apprises par cœur et malgré lui.

«Vous voulez dire que vous devez être *politically correct*? » demanda Marcolini, avec une prononciation de l'anglais à couper au couteau.

Brunetti ne fit aucun effort pour cacher la note de mépris dans son rire. « Oui, c'est ça, *politically correct* », répondit-il avec un accent qui n'était pas meilleur que celui de son interlocuteur.

« Et vis-à-vis de qui devez-vous vous montrer prudent? demanda Marcolini, comme si cela l'intéressait sincèrement.

— Oh, vous savez bien, les collègues, la presse, les gens que nous arrêtons.

— Vous devez traiter tout le monde de la même manière, même les gens que vous arrêtez? » s'étonna hypocritement Marcolini.

Brunetti répondit par un sourire qu'il essaya de rendre aussi rusé que possible. « Bien sûr. Nous sommes tous égaux, signor Marcolini.

— Même les *extracomunitarii*? » La question avait été posée d'un ton sarcastique.

Brunetti se contenta d'un petit bruit rentré débordant de dégoût. En homme qui ne pouvait pas encore se fier aux mots, mais voulant qu'une âme sœur sache ce qu'il pensait des étrangers.

« Mon père les appelait des nègres, dit Marcolini. Il s'est battu en Éthiopie.

— Le mien aussi a été là-bas », dit Brunetti, dont le père avait combattu sur le front russe.

— Tout avait si bien commencé. Mon père racontait qu'ils vivaient comme des princes. Puis les choses sont allées à vau-l'eau. » Marcolini n'aurait pas pu avoir l'air plus déçu si c'était à lui que tout cela était arrivé. «Vous n'êtes pas membre, n'est-ce pas? continua-t-il sans éprouver le besoin d'être plus précis.

— De la Lega? Non. » Brunetti s'autorisa un court silence avant d'ajouter, maintenant qu'il n'était pas nécessaire d'identifier davantage la Lega que ne l'avait fait Marcolini : « Pas un membre formel, en tout cas.

— Que voulez-vous dire? demanda Marcolini, surprenant un peu le policier.

— Que j'estime plus sage de garder mes opinions politiques pour moi », répondit Brunetti, en homme soulagé d'avoir enfin pu dire la vérité. Puis comme pour éviter toute éventuelle confusion, il ajouta : « Au moins, il vaut mieux le faire quand je suis dans le cadre de mes fonctions d'officier de police.

— Je vois, je vois, dit Marcolini. Mais qu'est-ce qui vous amène ici, commissaire ? Le comte Falier m'a appelé et m'a demandé de vous recevoir. Vous êtes son gendre, n'est-ce pas ?

— Oui, répondit Brunetti d'un ton neutre. En réalité, c'est à propos de votre gendre à vous que je voudrais vous parler.

— De mon gendre ? dit aussitôt Marcolini avec un peu de curiosité mais aucun enthousiasme.

— Mon service s'est trouvé impliqué dans les ennuis qu'il a eus avec les carabiniers, expliqua Brunetti d'un ton laissant à penser que c'était un souvenir désagréable.

— Comment ça ?

— Le soir de la descente, j'ai été appelé à l'hôpital pour le voir.

— Je pensais que c'étaient les carabiniers qui...

— Oui, c'étaient eux, mais nos services n'ont jamais reçu leur notification, si bien que lorsqu'il y a eu du grabuge, on nous a appelés. » Il prit le ton irrité d'un bureaucrate pour ajouter : « Ce n'était pas notre affaire, mais on nous a dit qu'un citoyen venait d'être agressé.

— Vous y êtes donc allé ?

— Bien sûr. Avec ce genre d'appels, nous devons nous déplacer, dit Brunetti, ravi de donner de lui l'image du bon petit soldat.

— Exact. Mais vous ne m'avez toujours pas dit pourquoi vous étiez ici.

— J'aimerais tout d'abord être entièrement franc avec vous, signore. »

La manière dont Marcolini acquiesça fut étonnamment gracieuse.

« Mon supérieur hiérarchique n'a pas apprécié que nous soyons mêlés aux affaires des carabiniers, et il m'a donc demandé d'éclaircir ce qui s'était passé. » Il se tut, comme pour vérifier que l'homme le suivait bien ; celui-ci acquiesça de nouveau. « On nous a donné plusieurs versions de l'affaire. Selon l'une d'elles, le signor Pedrolli aurait eu cet enfant d'une *extracomunitaria* qu'il aurait rencontrée dans le Sud », dit-il en s'arrangeant pour mettre le plus de mépris possible dans les deux mots, *extracomunitaria* et Sud. Il vit que Marcolini l'avait bien enregistré. « Selon une autre, l'enfant serait celui du mari de cette femme. » Il se tut, attendant la réaction de Marcolini.

« Pourquoi tenez-vous à savoir cela, commissaire ?

— Comme je vous l'ai dit, signore, s'il n'est pas le fils de votre gendre, on doit le laisser aux carabiniers. » Il sourit avant de poursuivre. « Mais si l'enfant est de lui, une éventuelle intervention de mes supérieurs, ainsi que de vous, pourrait faire la différence.

— Une intervention ? Faire la différence ? Je ne comprends pas de quoi vous parlez. »

Brunetti arbora une expression de bonne volonté des plus limpides. « Auprès des services sociaux, signore. L'enfant va probablement se retrouver dans un orphelinat. » Là, il s'agissait d'un fait, mais qui permettait à Brunetti de poursuivre dans sa fiction. « Il pourrait être possible, en fin de compte – et pour le bien de l'enfant – que celui-ci soit rendu à ses parents.

— Ses parents ! explosa Marcolini, sa voix dépourvue de toute amabilité, ses parents sont un couple d'Albanais qui sont entrés illégalement dans ce pays. » Il marqua une pause, pour l'effet, et répéta : « Des Albanais, pour l'amour du ciel ! »

Au lieu de réagir à cette remarque, Brunetti changea d'expression pour en adopter une d'intense intérêt. Marcolini poursuivit : « La mère doit être plus ou moins une pute ; toujours est-il qu'elle était parfaitement d'accord pour vendre son bébé pour dix mille euros. Alors s'il est placé dans un orphelinat, loin d'elle, c'est sûrement mieux pour lui.

— J'ignorais cela, signore.» Brunetti avait parlé d'un ton désapprobateur.

«Je suis certain qu'il y a beaucoup de choses que vous ignorez et que les carabiniers ignorent, dit Marcolini, de plus en plus en colère. Que cette histoire de coucherie à Cosenza est un mensonge, par exemple. Il est allé là-bas pour je ne sais quel congrès médical et il en a profité pour conclure un marché et acheter l'enfant.» Brunetti réussit à prendre l'air surpris, comme s'il entendait cette version des faits pour la première fois.

Marcolini se leva et alla derrière son bureau. «J'aurais pu le comprendre, si les choses s'étaient vraiment passées comme il l'avait dit au début. Un homme a certains besoins, il était parti pour une semaine et j'aurais compris qu'il se tape cette fille. Et au moins, le gosse aurait été son fils. Mais Gustavo n'est pas du tout du genre à se payer du bon temps et le fait est qu'il s'agissait d'un petit bâtard albanais que sa mère a mis sur le marché comme une marchandise, et que mon crétin de gendre a fait la bêtise de l'acheter et de le ramener à la maison.»

Marcolini prit l'une des photos disposées sur son bureau et la ramena avec lui. Une fois devant Brunetti, il la lui mit dans les mains. «Regardez, regardez-le, le petit Albanais.»

Brunetti regarda la photo et vit Pedrolli, sa femme et, entre eux, un bébé aux yeux noirs à la bouille ronde sous des cheveux filasse.

Marcolini fit quelques pas et revint vers Brunetti. «Vous auriez dû le voir, le petit coucou, avec sa tête carrée d'Albanais, toute plate derrière comme ils l'ont tous. Croyez-vous que j'avais envie que ma fille soit la mère de cet avorton? Croyez-vous que j'allais laisser un tel bâtard hériter de tout ce pour quoi j'ai travaillé toute ma vie?» Il reprit la photo et la jeta à l'envers sur le bureau. Brunetti entendit le bruit du verre qui se brisait, mais pas Marcolini, ou celui-ci n'y fit pas attention, car il s'empara d'une autre photo et la colla dans les mains de Brunetti.

« Regardez. Bianca, quand elle avait deux ans. Voilà à quoi un bébé doit ressembler, non? » Brunetti étudia la photo et vit un bébé aux yeux noirs à la bouille ronde sous des cheveux filasse. Il ne dit rien mais eut un hochement de tête pouvant laisser penser qu'il avait détecté, dans la photo, ce qu'il devait y détecter. « Eh bien? demanda Marcolini. Est-ce qu'elle ne ressemble pas à un vrai bébé? »

Brunetti lui rendit la photo. « Elle était très belle et elle l'est encore, signore.

— Et elle est aussi mariée à un fou. » Marcolini se laissa choir lourdement dans son fauteuil.

« Mais vous n'êtes pas inquiet pour elle, signore? demanda Brunetti d'une voix qu'il eut du mal à rendre soucieuse.

— Inquiet de quoi?

— Ne craignez-vous pas que le bébé ne lui manque?

— Ne lui manque? » s'exclama Marcolini, qui renversa la tête en arrière et éclata de rire. « D'après vous, qui m'a fait donner ce coup de téléphone? »

22

Brunetti ne put cacher ni déguiser son étonnement. Il resta bouche bée pendant une seconde avant de penser à la refermer. « Je vois, finit-il par dire, mais d'une voix mal assurée.

— Ça vous fait un choc, hein ? s'exclama Marcolini avec un gros rire. Je dois vous avouer qu'à moi aussi, ça m'a fait un choc. Je pensais qu'elle allait s'attacher à l'enfant, raison pour laquelle je n'ai rien dit pendant si longtemps, alors que plus il grandissait, plus il avait l'air d'un petit Albanais. Il ne ressemblait pas à l'un de nous, ajouta-t-il le plus sérieusement du monde. Et je ne parle pas de Bianca ou de ma femme ; il n'avait tout simplement pas l'air italien. »

Marcolini vérifia qu'il avait bien l'attention du commissaire ; il l'avait, sans aucun doute, cependant Brunetti fit de son mieux pour se donner aussi l'air de l'approuver. « Mais je ne savais pas trop, parce que, voyez-vous, j'avais l'impression qu'elle s'attachait à lui et moi, je ne voulais rien faire ou rien dire qui risquerait de la blesser ou rendre les choses difficiles entre nous deux.

— Bien entendu, dit Brunetti avec un sourire amical – d'un père à un autre. Mais ? le relança-t-il.

— Mais elle était à la maison – je veux dire chez moi, chez moi et ma femme – le jour où il y a eu ces articles dans les journaux à propos de la Roumaine qui avait vendu son bébé. Là-bas, dans le Sud, ajouta-t-il avec un mépris particulier. C'est là que tout a commencé. Ils n'ont aucun sens de l'honneur. »

Brunetti acquiesça comme s'il n'avait jamais entendu vérité plus grande.

« J'ai dit quelque chose. J'étais en colère, et j'ai eu peur d'avoir trop parlé, les mots à peine sortis de ma bouche. Toujours est-il que c'est là qu'elle m'a avoué qu'ils avaient fait la même chose, du moins qu'elle pensait que c'était ce qu'avait fait Gustavo. Bref, le bébé n'était pas de lui. » Marcolini s'interrompit comme pour vérifier que Brunetti le suivait bien. Ce dernier ne fit rien pour cacher son intérêt grandissant.

« Jusqu'à ce jour, je vous jure que je croyais que le bébé était de Gustavo et qu'il était comme ça parce qu'il tenait de sa mère, parce que son influence était la plus forte. Comme avec les Noirs : vous n'avez pas besoin de grand-chose pour que leurs gènes prennent le dessus. » Marcolini avait parlé avec une telle autorité qu'on aurait dit Mendel lui-même expliquant les règles du croisement des petits pois.

« Bianca m'a alors raconté ce qui s'était vraiment passé. Un des collègues de Gustavo – un type qui a fait ses études de médecine avec lui – travaillait à Cosenza et l'une de ses patientes allait avoir un bébé et voulait, euh, l'abandonner.

— Pour le faire adopter ? demanda Brunetti avec une ingénuité étudiée.

— On peut présenter les choses ainsi, si vous voulez, répondit Marcolini avec un sourire complice. Gustavo est allé voir son ami et parler à cette femme. À son retour, il en a parlé avec Bianca et elle a accepté parce que Gustavo affirmait que c'était leur seule chance d'avoir un bébé un jour. Elle ne voulait pas, en réalité, mais Gustavo a fini par la persuader. Ils étaient déjà trop âgés pour une adoption – ou alors on leur aurait donné un enfant déjà grand – et d'après les tests, ils ne pouvaient avoir d'enfant ni l'un ni l'autre. » Marcolini eut un petit rire sec. « C'est à peu près le seul avantage du fait que Gustavo soit médecin : il est capable d'interpréter les résultats des tests. Bianca a donc accepté.

— Je vois, marmonna Brunetti. Il est donc allé chercher le bébé ?

— Oui. Rien de plus facile, là-bas, que de faire des choses pareilles. Il s'est rendu à l'Anagrafe, il a dit que c'était son fils, la femme a signé avec lui et le tour était joué. » Marcolini leva les yeux au plafond d'une façon que Brunetti trouva mélodramatique, avant de continuer : « Il y a des chances pour qu'elle ne sache même pas lire et écrire, mais elle a signé le document et le bébé était à lui. Et il lui a donné dix mille euros. » Cette fois la colère de Marcolini n'était plus mélodramatique, mais bien réelle. « Ce n'est que plus tard qu'il a avoué à Bianca ce qu'il avait payé. Le fou. »

Il était clair, à voir l'attitude de Marcolini, qu'il avait encore autre chose à dire et Brunetti resta sans piper mot, arborant toujours son air d'intense curiosité. « Il aurait pu l'avoir pour beaucoup moins, pour l'amour du ciel ! L'autre type – celui qui a eu la même histoire avec la Roumaine – l'a eu en échange d'un permis de séjour et d'un bail pour un appartement. Mais non, il fallait que le dottor Gustavo fasse le grand seigneur, et il lui a donné dix mille euros. » À court de mots, Marcolini leva les bras en l'air avant de poursuivre : « Elle s'en est probablement servie pour acheter de la drogue ou elle les a envoyés à sa famille, en Albanie. Dix mille euros », répéta-t-il, manifestement incapable d'exprimer l'étendue de son dégoût.

« Et quand il l'a ramené, j'ai tout de suite vu que quelque chose clochait, mais, comme je l'ai dit, j'ai pensé que c'étaient les gènes de sa mère. Les gens croient que tous les bébés se ressemblent, mais celui-ci… j'ai tout de suite su qu'il n'était pas de chez nous. Il suffit de voir ses yeux et sa tête. » Marcolini secoua la sienne, incrédule, et Brunetti marmonna son assentiment pour l'encourager à continuer à parler.

« Mais Bianca est ma fille », poursuivit en effet Marcolini. Brunetti eut l'impression qu'il parlait maintenant pour lui-même et ne s'adressait plus à un interlocuteur. « Et je croyais aussi qu'elle en voulait, de cet enfant. Puis il y a eu ce jour où elle m'a expliqué ce qu'elle ressentait vraiment, où elle m'a dit que c'était une vraie corvée d'avoir cet enfant, de devoir s'en occuper, qu'elle n'en voulait pas, en fin de compte. C'est Gustavo qui en était fou, qui était toujours impatient de rentrer à la maison pour pouvoir jouer avec lui. Il ne faisait plus attention à Bianca, seul le bébé comptait, et ça ne lui plaisait pas, à ma fille.

— Je vois.

— Alors je lui ai dit quelque chose dans le genre "comme les histoires d'adoption dans les journaux, hein?", parce que nous venions d'en parler. Je faisais allusion à la façon dont Gustavo avait trouvé le bébé, mais Bianca a cru que je voulais dire la façon dont la police avait découvert la chose.

— Un coup de téléphone? demanda Brunetti, l'air tout fier d'avoir deviné.

— Oui, un coup de téléphone aux carabiniers.

— Et c'est à ce moment-là qu'elle vous a demandé de téléphoner, n'est-ce pas? demanda Brunetti, sachant qu'il n'arriverait pas à y croire tant que l'homme ne lui aurait pas dit.

— Oui, elle m'a demandé d'appeler les carabiniers pour leur dire que Gustavo avait acheté l'enfant. Après tout, le nom de la femme figurait sur le certificat de naissance à côté du sien, alors ça ne devait pas être bien difficile de la retrouver.

— Et c'est exactement ce qui est arrivé, n'est-ce pas? » Brunetti s'était obligé à prendre un ton d'approbation, y ajoutant même un peu d'enthousiasme.

« Je n'avais aucune idée de ce qui se passerait, une fois qu'ils auraient trouvé, reprit Marcolini. Et Bianca non plus, j'imagine. Elle m'a dit qu'elle était terrifiée, la nuit où ils sont venus. Elle a cru que c'étaient des terroristes ou des voleurs, un truc comme ça. » La voix de Marcolini était devenue mal assurée lorsqu'il avait parlé de ce qu'avait enduré sa fille. « Je ne m'attendais pas à ce qu'ils forcent la porte comme ils l'ont fait.

— Bien sûr que non, convint Brunetti.

— Dieu sait à quel point ils lui ont fait peur.

— Cela a dû être terrible pour tous les deux, se permit d'ajouter Brunetti.

— Oui. Je n'ai jamais voulu une chose pareille, pour l'amour du ciel.

— Je ne peux que vous comprendre.

— Et ils n'auraient jamais dû se montrer aussi brutaux avec Gustavo, ajouta Marcolini d'une voix sans timbre.

— Non, bien sûr que non. »

Mais les nuages se dissipèrent et la voix de Marcolini retrouva sa chaleur. « N'empêche, le problème a été résolu, pas vrai ? » Puis, comme s'il prenait soudain conscience de qui était la personne à qui il s'adressait : « Je peux vous faire confiance, n'est-ce pas ? »

Brunetti étira ses lèvres en un grand sourire. « Vous n'avez pas besoin de le demander, signore. Après tout, nos pères ont combattu ensemble, non ? » Puis, comme si la chose le frappait : « Sans compter que vous n'avez rien fait d'illégal, il me semble.

— Non, je ne crois pas », répondit Marcolini avec un sourire rusé, étant manifestement déjà arrivé depuis long-temps à cette conclusion. Il posa la main sur l'épaule de Brunetti et la serra d'une étreinte virile et amicale.

Brunetti se rendit soudain compte à quel point il lui serait facile, maintenant, de faire se déboutonner complètement son interlocuteur. Il n'avait qu'à lui poser d'autres questions et l'homme y répondrait certainement, peut-être même avec honnêteté. Le phénomène était courant, même si Brunetti l'avait avant tout observé parmi des personnes qu'il inter-rogeait sur des crimes ou des délits qu'on les soupçonnait d'avoir commis. Il arrive un moment où le sujet pense s'être acquis la sympathie de son interrogateur et, en retour, il lui fait confiance. Après quoi, les gens peuvent même avouer des crimes sur lesquels on ne les a pas interrogés, presque comme s'il n'y avait rien qu'ils ne fussent prêts à faire pour conserver la bienveillance de celui qui les interroge. Mais Marcolini, comme lui-même l'avait reconnu avec beaucoup de satisfaction, n'avait commis aucun délit. En réalité, il s'était même comporté en citoyen consciencieux, lorsqu'il en avait signalé un à la police.

C'est cette idée qui fit que Brunetti se leva malgré lui. Il s'accrocha aux restes du rôle qu'il avait joué. « Je vous suis reconnaissant du temps que vous m'avez accordé, signor Marcolini, dit-il en s'obligeant à lui tendre la main. Je rapporterai ponctuellement au questeur ce que vous m'avez dit. »

Le chef de la Lega Doge se leva et serra la main de Brunetti. Il eut un sourire amical, puis se tourna pour se diriger vers la porte. À la vue du dos épais de Marcolini, dans son veston coûteux, le policier se trouva pris d'une envie folle de le frapper. Il se vit jetant l'homme au sol, mais cela n'aurait servi à rien – il aurait fallu le bourrer de coups de pied, chose dont il se sentait incapable. Il traversa donc la pièce à son tour.

Marcolini ouvrit la porte, s'écarta pour laisser passer le policier et leva une main. Brunetti comprit qu'il voulait lui donner une tape sur l'épaule ou sur le bras. Cette idée l'emplit d'un dégoût proche de l'horreur et il sut qu'il ne le supporterait pas. Il accéléra donc le pas et passa devant l'homme, continua d'avancer de deux pas avant de se retourner, comme surpris de ne pas avoir été suivi.

« Merci pour le temps que vous m'avez accordé, répéta Brunetti en s'arrachant un dernier sourire.

— Pas de problème, répondit Marcolini, se balançant sur ses talons, bras croisés. Toujours heureux de venir en aide à la police. »

Brunetti, un goût métallique dans la bouche, marmonna des mots que même lui ne comprit pas et quitta le bâtiment.

23

Une fois dehors, Brunetti se sentit assailli par une horde de furies qui lui murmuraient : « Dix-huit mois, dix-huit mois, dix-huit mois... » Ils avaient eu l'enfant pendant dix-huit mois, après quoi Bianca Marcolini avait demandé à son père de prendre les moyens de l'en débarrasser, comme si le petit garçon était un meuble ou un robot de cuisine acheté sous garantie qu'elle avait décidé de rendre.

Au moment où l'un ou l'autre de ses enfants avait atteint l'âge de dix-huit mois, Paola aurait pu lui avouer qu'ils étaient le résultat d'une faiblesse qu'elle avait eue pour le facteur, l'éboueur ou le prêtre de leur paroisse, peu importait, il ne les en aurait pas moins aimés. Il s'arrêta brusquement de lui-même : voilà que, une fois de plus, il jugeait le monde entier à l'aune de son expérience, comme s'il n'existait pas d'autres normes pour mesurer les comportements humains.

Il poursuivit son chemin vers la questure, mais en dépit de tous ses efforts, il n'arrivait pas à se débarrasser de ces voix. Il était tellement distrait qu'il faillit se heurter à Patta, débouchant de la porte principale.

« Ah, Brunetti, dit le vice-questeur, vous sortez d'une réunion, n'est-ce pas ? »

Le commissaire adopta (non sans mal) l'expression affairée qui convenait. « Oui, dottore, mais je ne voudrais pas vous retarder pour la vôtre. » Sinon, comment faire une allusion polie au fait que son supérieur rentrait chez lui avec deux heures d'avance ?

Brunetti estima qu'il valait mieux que Patta n'apprenne pas à quoi il était occupé, en particulier qu'il venait juste de poser des questions au chef d'un parti politique dont l'importance devenait grandissante en Vénétie. Patta considérait que seuls les serveurs avaient le droit de poser des questions aux politiciens, après leur avoir présenté le menu. Tout le monde, sinon, devait patienter.

« Quel genre de réunions ? » demanda Patta.

Brunetti se rappela la description que le marquis de Custine donnait des douaniers du port de Saint-Pétersbourg. « Quelqu'un s'est plaint que les douaniers du port réclamaient des pots-de-vin ou rendaient la vie difficile à ceux qui ne les payaient pas.

— Rien de bien nouveau là-dedans, n'est-ce pas ? » répondit Patta d'un ton impatient en enfilant ses gants. Sur quoi il s'éloigna.

Au premier étage, Brunetti se rendit dans la salle commune des officiers de police et fut soulagé d'y trouver Vianello et Pucetti. Il ne voulait même pas savoir s'il y avait du neuf dans l'affaire du pharmacien, ni s'ils pouvaient l'aider à résoudre celle-ci : il était simplement heureux d'être en leur compagnie et de savoir que ces deux hommes partageraient son écœurement viscéral en apprenant ce que Marcolini venait de lui révéler.

Il entra discrètement dans la salle. Vianello leva les yeux et sourit, imité une seconde après par Pucetti. Leurs bureaux étaient couverts de papiers et de dossiers ; Pucetti avait une tache d'encre au menton. Bizarrement, Brunetti se sentait tellement ému de les voir qu'il ne put parler : deux hommes tout à fait normaux, assis à leur bureau et faisant leur travail.

Le sourire de Vianello, cependant, était celui d'un prédateur qui vient juste d'apercevoir la robe fauve tachetée d'un faon aux limites d'une clairière. « Qu'est-ce qu'il y a ? demanda Brunetti.

— Avez-vous vu la signorina Elettra ?

— Non. Pourquoi ?

— La compagne du signor Brunini a reçu un coup de téléphone hier au soir. »

Il fallut quelques instants à Brunetti pour digérer l'information : il s'agissait d'un appel sur le portable qu'il avait acheté et dont il avait donné le numéro à la clinique, le numéro du signor Brunini, le téléphone auquel la signorina Elettra s'était chargée de répondre.

« Et alors ?

— Et alors, l'individu qui a appelé a dit qu'il pourrait peut-être aider le signor Brunini et, par voie de conséquence, la signorina.

— C'est tout ?

— La signorina n'a pu s'empêcher d'être très émue en apprenant cela. » Brunetti ne réagit pas et l'inspecteur continua donc. « Elle n'arrêtait pas de dire, un bébé, un bébé et son correspondant a répondu que, en effet, il parlait d'un bébé.

— Et quoi, à présent ? Il a laissé un numéro ? »

Le sourire de Vianello s'agrandit. « Mieux que ça. Il a accepté de les rencontrer, elle et le signor Brunini. Elle m'a raconté que même quand il lui a donné rendez-vous, elle était encore incapable d'arrêter ses larmes. »

Brunetti ne put s'empêcher de sourire. « Et ensuite ?

— Eh bien, je me suis demandé ce que tu voudrais faire », répondit Vianello.

Marvilli s'était comporté vis-à-vis d'eux correctement, même généreusement : la moindre des choses était de lui rendre la politesse en lui donnant une information qui pourrait l'aider à le faire progresser dans sa carrière. Sans compter que cela ne pouvait pas faire de mal d'avoir un autre ami parmi les carabiniers. Il aurait pu appeler Marvilli lui-même, mais il estimait plus subtil de laisser Vianello s'en charger, car l'aspect rendu pour un prêté paraîtrait moins flagrant. « Cela regarde les carabiniers, dit Brunetti. Veux-tu appeler Marvilli ?

— Et le rendez-vous ?

— Parle-lui-en. S'ils veulent que nous y allions, nous le ferons. Mais c'est leur affaire, et c'est donc à deux de décider.

— Très bien, dit Vianello, sans toutefois tendre la main vers le téléphone. Le rendez-vous n'est qu'après-demain. »

Brunetti s'éclaircit la gorge et en vint à la raison qui l'avait fait venir ici. « Vous avez fini avec les noms, sur la liste de Franchi ?

— Nous avons passé tous les dossiers en revue, et il y en a une dizaine qui contiennent des informations, disons, pouvant intéresser certaines personnes. »

L'inspecteur se montrait d'une exquise diplomatie ce matin, se dit Brunetti. « Tu veux dire qu'ils pourraient faire l'objet d'un chantage ? »

Pucetti se mit à rire et se tourna vers Vianello. « Je t'avais dit que c'était mieux, au lieu de faire des périphrases.

— Je pense que la meilleure méthode serait de partager les dossiers entre nous trois et que nous allions leur parler.

— Pas par téléphone ? » demanda Pucetti, sans cacher son étonnement.

Brunetti intervint avant que Vianello ait le temps de répondre, conscient du genre d'informations que pouvaient contenir ces dossiers. « Pour un premier contact, si, pour voir si nous pourrions avoir des raisons de leur parler en personne ensuite (il montra les dossiers). Des aspects délictueux, sur certains ? »

Vianello tendit la main à l'horizontale et la fit osciller à plusieurs reprises. « Il y en a deux qui prennent des quantités astronomiques de tranquillisants, mais c'est plutôt la faute de leur médecin, à mon avis. »

Voilà qui parut bien insignifiant à Brunetti. « Rien de mieux ? dit-il, frappé par l'étrangeté de son expression.

— J'en ai un, peut-être », reconnut Pucetti à contrecœur.

Les deux hommes se tournèrent vers le jeune policier pendant que celui-ci fouillait parmi les documents empilés sur son bureau pour en retirer finalement une chemise. « Une Américaine », commença-t-il.

Vol à l'étalage fut la première idée qui vint à l'esprit de Brunetti – puis il se rendit compte qu'il était peu probable qu'un pharmacien dispose d'une telle information.

« C'est-à-dire, temporisa Pucetti, il s'agit peut-être de son mari, en fait. »

Vianello poussa un soupir peu discret. « Elle s'est présentée cinq fois aux urgences au cours de ces deux dernières années », dit Pucetti.

Il n'y eut aucun commentaire de la part des deux autres.

« La première fois, nez cassé. » Pucetti ouvrit la chemise, faisant glisser un doigt le long de la première page. Il la tourna, recommença sur la deuxième. « Ensuite, trois mois plus tard, profonde coupure au poignet. Elle se serait entaillée sur un verre à vin tombé dans son évier.

— Tiens, pardi, grommela Vianello.

— Six mois plus tard, deux côtes cassées.

— Tombée dans l'escalier, je suppose? proposa Vianello.

— Exactement. » Pucetti passa à la page suivante. « Puis un genou. Rupture des ligaments. Aurait trébuché sur un pont. »

Ni Vianello ni Brunetti ne dirent quoi que ce soit. Le froissement de la page que tourna à cet instant Pucetti emplit le silence.

« Et enfin, le mois dernier, elle s'est luxé l'épaule.

— En tombant encore dans l'escalier? demanda Vianello.

— On ne le précise pas, répondit Pucetti en refermant la chemise.

— Ce sont des résidents?

— Ils ont un appartement, mais ils viennent en touristes. Elle paie ses notes d'hôpital en liquide.

— Alors comment se fait-il qu'il l'ait dans son ordinateur? demanda Brunetti.

— Elle est allée se procurer ses antalgiques dans la pharmacie, la première fois, répondit Pucetti.

— Elle doit être une sacrée bonne cliente », marmonna Vianello.

Ignorant cette remarque, Pucetti compléta ses explications. « C'est comme ça qu'elle est sur l'ordinateur. »

Brunetti se demanda s'il devait pousser un peu plus loin l'étude de ce cas, puis décida de n'en rien faire. « Commençons par les Vénitiens, ou au moins par les Italiens, et voyons si nous arrivons à parler à quelqu'un. Si la personne comprend que nous savons de toute façon pour quelle raison on les fait chanter, ils risquent de nous parler. Et nous pourrions aussi trouver celui qui a saccagé la pharmacie.

— Il y a toujours les échantillons de sang, leur rappela Vianello d'un ton qui paraissait douter qu'ils puissent avoir les résultats avant un bon moment. Ce serait plus facile si on pouvait comparer ces échantillons avec le type sanguin d'une des personnes de ces dossiers. Ils sont chez Bocchese.

— Ou dans un labo quelconque », dit Brunetti. Il prit le téléphone et composa le numéro du technicien. Celui-ci répondit en personne.

« Alors, ces échantillons de sang ?

— Merci de me poser la question, dottore. Je vais très bien, merci. Content de voir que vous aussi.

— Désolé, Bocchese, mais nous sommes un peu pressés en ce moment.

— Vous êtes toujours pressé, commissaire. Nous autres, scientifiques, maîtrisons l'art de prendre les choses plus calmement. Par exemple, nous devons attendre que les échantillons reviennent du laboratoire, ce qui nous enseigne la vertu de la patience.

— Quand doivent-ils revenir ?

— Nous aurions dû avoir les résultats hier, dit Bocchese.

— Tu peux les appeler ?

— Pour leur demander quoi ?

— Pour qu'ils te disent ce qu'ils ont trouvé dans ce sang.

— Si je les appelle et qu'ils ont les résultats, ils peuvent aussi bien me les envoyer par courriel.

— Est-ce que tu veux bien les appeler, dit Brunetti d'une voix qu'il s'efforça de garder aussi calme et polie que possible, et leur demander s'ils t'ont envoyé les résultats ?

— Bien entendu. Je serai ravi de le faire. Dois-je vous rappeler si j'ai quelque chose ?

— Tu es la bonté même. »

Bocchese eut un reniflement et raccrocha.

Ni Vianello ni Pucetti ne prirent la peine de l'interroger, conscients qu'ils étaient tous les deux de cette vérité irrécusable : Bocchese travaillait à un rythme défini par lui seul et connu de lui seul.

Brunetti reposa le combiné avec une douceur étudiée. «Les voies du Seigneur sont impénétrables», fut la seule chose qui lui vint à l'esprit.

«Comment allons-nous nous y prendre? demanda Vianello, apparemment peu intéressé par l'impénétrabilité des voies du Seigneur.

— Connaîtrais-tu par hasard l'une des personnes de la liste?» demanda Brunetti.

Vianello hocha affirmativement la tête et en désigna une. Pucetti fouilla dans ses dossiers jusqu'à ce qu'il l'eût trouvée.

«Laisse-moi y jeter un coup d'œil, dit Brunetti à Vianello en montrant la liste. Il la prit et lut la colonne de noms. Il en reconnut lui-même deux : une jeune femme, collègue de Paola, qu'il avait rencontrée une fois, et le chirurgien de l'hôpital qui avait opéré la mère d'un de ses amis.

Étant donné l'heure, il fut convenu que chacun appellerait les personnes qu'il connaissait et prendrait rendez-vous pour le lendemain. Brunetti monta dans son bureau pour étudier les dossiers. On avait prescrit pour la première fois du L-Dopa au dottor Malipiero trois ans auparavant. Même Brunetti savait que c'était le médicament le plus couramment employé pour lutter contre les premiers symptômes de la maladie de Parkinson.

Quant à la collègue de Paola, Daniela Carlon, Brunetti ne l'avait rencontrée qu'une fois, par hasard; ils avaient pris un café ensemble, tous les trois, et eu une conversation qui s'était révélée beaucoup plus agréable que ce à quoi il s'était attendu. La perspective d'avoir à subir les échanges d'une prof de littérature anglaise et d'une prof de persan ne l'avait pas particulièrement excité, mais la découverte que Daniela avait passé plusieurs années au Proche-Orient avec son mari, un archéologue qui travaillait toujours en Syrie, avait tout changé. Ils n'avaient pas tardé à parler d'Arrien et de Quinte-Curce tandis que Paola les regardait sans rien dire, pour une fois dépassée sur une question de livres mais nullement démontée pour autant.

D'après son dossier, Daniela Carlon avait été hospitalisée pour une interruption de grossesse deux mois auparavant, alors que le fœtus était dans son troisième mois. Brunetti se souvenait qu'au moment de leur conversation, qui avait eu lieu peu de temps avant, son mari était en Syrie depuis huit mois.

Le commissaire choisit de commencer par le coup de fil le plus facile et apprit, de la femme du médecin, que le dottor Malipiero se trouvait à Milan et ne rentrerait que dans trois jours. Brunetti ne laissa pas de message et dit qu'il rappellerait.

C'est Daniela elle-même qui répondit au téléphone et, après le moment initial de confusion – elle se demandait pourquoi c'était Guido qui l'appelait et non pas Paola – elle voulut savoir la raison de son appel.

« J'aimerais vous parler. »

Le silence qui suivit s'étira longtemps, au point de devenir significatif de manière gênante.

« C'est dans le cadre du travail ajouta maladroitement Brunetti.

— Le vôtre ou le mien ?

— Le mien, malheureusement.

— Pourquoi, malheureusement ? »

Exactement la situation que Brunetti aurait souhaité éviter : avoir cette conversation au téléphone, sans pouvoir observer les réactions ni jauger les expressions de son interlocutrice.

« C'est en rapport avec une de nos enquêtes.

— Une enquête de police ? demanda-t-elle sans chercher à dissimuler son étonnement. Quel rapport puis-je avoir avec une enquête de police ?

— Je n'en suis absolument pas sûr, c'est pourquoi je voudrais vous en parler en personne.

— J'aimerais autant en discuter tout de suite, moi, répliqua-t-elle d'une voix soudain devenue dure.

— Demain matin, peut-être?

— Je ne suis pas libre, demain matin », dit-elle sans donner d'autre explication. Comme Brunetti ne disait rien, c'est elle qui reprit la parole. « Écoutez, Guido, je n'ai aucune idée des raisons pour lesquelles la police voudrait me parler, mais je l'avoue, je suis curieuse. »

Brunetti savait s'incliner quand il le fallait. « Très bien. C'est à propos de votre dossier médical.

— Et qu'est-ce qu'il a, mon dossier médical? demanda-t-elle d'un ton froid.

— Il y est dit que vous avez mis un terme à une grossesse il y a trois mois.

— C'est exact.

— Daniela, commença-t-il, se sentant lui-même comme un suspect, ce que je voudrais savoir c'est s'il n'y a pas des personnes qui...

— Qui serait au courant? » le coupa-t-elle, complétant sa phrase. Elle fulminait. « En dehors de ce petit tordu de pharmacien? »

Brunetti sentit les cheveux de sa nuque se hérisser. Il dut lutter pour contrôler sa voix. « Il a appelé?

— Il a appelé la mère de Luca. Voilà qui il a appelé! criat-elle dans le téléphone, sans plus de retenue. Il l'a appelée et il lui a demandé si elle savait ce qu'avait fait sa belle-fille, si elle savait que sa belle-fille avait été à l'hôpital et détruit un bébé, si elle savait qu'elle avait été enceinte! »

Les doigts de Brunetti étreignirent un peu plus le téléphone. Daniela se mit à pleurer, et il l'écouta sangloter pendant plus d'une minute.

« Daniela? Vous m'entendez, Daniela? finit-il par demander. Est-ce qu'il y a quelque chose... » Sa seule réaction fut les sanglots qui continuaient. L'idée le traversa d'appeler Paola et de lui demander d'aller voir Daniela, mais il n'avait aucune envie d'impliquer sa femme dans cette affaire, aucune envie qu'elle sache qu'il avait donné ce coup de téléphone ni fait ce qu'il avait fait.

Au bout d'un moment, la jeune femme cessa de pleurer et Brunetti l'entendit qui reniflait; puis il y eut le bruit étrangement réconfortant d'un nez qu'on mouche et sa voix revint. « C'était...

— Je ne veux pas le savoir, la coupa Brunetti, parlant un peu trop fort. Je ne veux rien savoir de tout cela, Daniela. Cette affaire ne me regarde pas, elle ne regarde pas la police.

— Mais pourquoi m'avoir appelée, alors? voulut-elle savoir, toujours en colère même si elle n'était plus en larmes.

— Je voudrais apprendre ce que voulait le dottor Franchi.

— Ce qu'il voulait? Dieu seul le sait, répondit-elle, toujours du même ton. Il doit vouloir que nous soyons tous des petits castrés bien tranquilles, comme lui.

— Il vous a appelée?

— Je viens de vous le dire : il a appelé ma belle-mère. Non, il ne m'a pas appelée. C'est elle qu'il a appelée. Est-ce assez clair?

— Il n'a pas demandé d'argent?

— De l'argent?» répéta-t-elle avant d'éclater de rire – d'un rire étrange, difficile à distinguer de ses sanglots. Elle s'arrêta bientôt, cependant. « Non, il ne voulait rien, pas d'argent, pas de sexe, rien du tout. Seulement la punition de la pécheresse.

— Je suis désolé, Daniela, dit-il, voulant signifier par là qu'il était désolé à la fois pour sa souffrance et pour l'avoir interrogée.

— Moi aussi, je suis désolée. Cela vous va?

— Oui, bien sûr.

— Vous ne voulez pas en savoir un peu plus?

— Je vous l'ai dit : cette histoire ne me regarde en rien.

— Alors au revoir, Guido. Je suis désolée que nous ayons eu à parler de ça.

— Moi aussi, Daniela », répondit-il en reposant le téléphone.

24

Sa voix lui brisa le cœur. Brunetti reposa le combiné doucement, comme s'il craignait aussi qu'il ne se brise. Il se leva et, aussi furtif qu'un voleur, descendit l'escalier et se glissa dehors. La pluie avait nettoyé les rues, quelques jours avant, mais saleté et poussière étaient revenus ; il le sentait sous son pied ou peut-être était-ce son imagination, peut-être les rues étaient-elles propres et la saleté ne venait-elle que des misérables secrets avec lesquels son travail le mettait en contact. Il croisait des gens qui paraissaient entièrement normaux, innocents, intacts ; certains donnaient même l'impression d'être heureux.

C'est lorsqu'il traversa le Campo Santa Marina qu'il prit conscience d'être contracté des pieds à la tête, que son corps était devenu un long nœud serré. Il s'arrêta devant le kiosque à journaux et resta planté là un moment, immobile, regardant les couvertures des revues placardées derrières leurs vitres, roulant des épaules pour essayer de se détendre. Des nichons et des culs. Paola lui avait une fois dit, quelques mois auparavant, qu'il devrait s'amuser à compter le nombre de fois qu'il voyait des nichons et des culs – ses propres mots – dans les revues, dans les publicités sur les vaporetti, dans les journaux ou exhibés dans les devantures de n'importe quel magasin. Cela pourrait l'aider à comprendre, lui avait-elle fait observer, l'attitude de certaines femmes envers les hommes. Et voici qu'il en contemplait les preuves, bien que, assez bizarrement, il se sentît réconforté par la vue de toutes ces chairs désirables. Comme ces seins étaient délicieux ; comme sa main avait envie de caresser la courbe pulpeuse de cette fesse ! C'était tellement mieux que ce qu'il venait d'entendre, cette répugnante étroitesse d'esprit, cet odieux refus de la vie ! Alors, qu'il y ait des nichons et des culs étalés partout et qu'on laisse les gens faire des petits enfants et les aimer.

L'idée d'avoir des enfants le ramena une fois de plus à Daniela Carlon, alors qu'il aurait mieux aimé ne pas repenser à ce qu'elle lui avait raconté. Avec les années, il en était venu à considérer qu'il ne pouvait avoir qu'une opinion de seconde classe quant à l'avortement et qu'appartenir à son sexe le privait du droit de vote sur la question. Cela n'affectait en rien sa façon de penser ni ses réactions viscérales, mais dans ce cas la décision appartenait aux femmes ; il devait l'accepter et garder ses réflexions pour lui. Par ailleurs, tout cela était théorique et n'avait guère de rapport avec la souffrance brute qu'il avait perçue dans la voix de Daniela.

Il sentit quelque chose contre sa jambe, baissa les yeux et vit un chien brun de taille moyenne qui lui reniflait une chaussure et se frottait avec satisfaction contre son mollet. Un jeune garçon, à peine plus haut que l'animal, se tenait à l'autre bout de la laisse.

« Milli ! Arrête ça », lança une voix féminine. La mère du garçon vint lui prendre la laisse des mains. « Je suis désolée, signore, mais elle est encore très jeune.

— Et elle aime les chaussures ? » demanda Brunetti, sa bonne humeur lui revenant devant la séduisante absurdité de la situation.

Elle rit, et il vit des dents parfaites dans un visage bien bronzé. « On dirait bien. » Elle tendit la main vers le garçonnet. « Allez, viens, Stefano. On va ramener Milli à la maison et lui donner à manger. »

L'enfant tendit à son tour la main et, un peu à contre-cœur, elle lui rendit la laisse.

Sans doute la chienne avait-elle senti qu'elle retrouvait des mains moins assurées, car elle détala en envoyant ses pattes arrière haut en l'air comme font les jeunes chiens; elle courait cependant assez lentement de sorte que le garçon qu'elle avait en remorque ne tombe pas.

Il se sentit le cœur un peu plus léger et resta ainsi jusqu'au moment où ses pensées s'échappèrent à leur tour pour le ramener au dottor Franchi. Comment Pedrolli l'avait-il décrit, déjà? L'homme aux exquises prises de position morale... Pour former un tel jugement, Pedrolli devait avoir eu quelques échos, ou, tout aussi probablement, avait dû entendre le pharmacien déblatérer sur ses clients et ses contemporains en général, ou sur un sujet quelconque pouvant conduire son auditeur à se forger une opinion sur lui. Maintenant qu'il y repensait, Brunetti se rappela le regard surpris qu'avait eu la signora Invernizzi pour Franchi lorsque celui-ci avait fait sa remarque sur l'incapacité des drogués à se sortir seuls d'affaire : « Les pauvres types... je suppose que c'est plus fort qu'eux.. »

Le dottor Franchi serait-il un caméléon, gardant ses idées pour lui, quand il jugeait qu'elles risquaient d'offenser une personne à laquelle il voulait donner une bonne opinion de lui, pour ne les révéler que devant des personnes qu'il jugeait inférieures à lui? Par expérience, Brunetti savait que ce genre de comportements n'est pas rare. N'était-ce pas une des raisons qui poussaient les gens à se marier, dans ce cas, afin de se débarrasser du pesant fardeau de mener une double vie? Et que penser de Bianca Marcolini? Que deviendrait sa vie, si jamais, un jour, son mari découvrait ce que son père avait fait à sa demande? Il avait été si facile d'amener Marcolini à se vanter d'avoir donné ce coup de téléphone; elle ne pouvait pas ne pas avoir pensé qu'un jour ou l'autre son mari apprendrait ce qui s'était réellement passé. Non, pas ce qui s'était passé, mais pour quelle raison ça s'était passé. Et l'idée frappa Brunetti comme la foudre : Pedrolli n'apprendrait jamais ce qu'était devenu l'enfant, seulement la raison pour laquelle il ne l'avait plus.

Il se rendit compte que la tension était revenue dans ses épaules et qu'il se tenait toujours devant le kiosque, contemplant, bouche bée, les filles nues sur les couvertures des magazines. Dans un moment de glaciale lucidité, il comprit ce qu'avait voulu dire Paola : elles étaient là, étalées, nues et sans défense, l'air de rechercher l'attention qu'un homme voudrait bien leur accorder.

Fasciné, il regarda un peu vers la gauche et tomba sur une colonne de couvertures criardes, chacune exhibant la poitrine dénudée d'une femme dans une posture de soumission, soit attachée par des lanières, soit par des cordes, soit par des chaînes. Certaines paraissaient effrayées ; d'autres, heureuses ; elles avaient toutes l'air excité.

Il détourna les yeux et regarda la façade du Palazzo Dolfin. « Elle a raison, marmonna-t-il.

— Vous allez passer toute la journée planté là à parler tout seul ? » fit une voix coléreuse et forte. Il détourna son attention de l'édifice et se retourna. Le vendeur de journaux se tenait à moins de un mètre de lui, le visage empourpré. « Vous allez rester planté là toute la journée ? répéta-t-il. Et ensuite, vous mettre les mains dans les poches ? »

Brunetti leva une main pour se défendre, pour s'expliquer, mais la laissa retomber et s'éloigna, quittant le *campo* pour prendre la direction de son domicile.

Il avait entendu raconter comment les gens ayant des animaux familiers les retrouvaient souvent derrière la porte de leur appartement lorsqu'ils revenaient du travail ; les animaux auraient eu un sixième sens qui les alertait à l'approche de ce qui était sans aucun doute pour eux leurs humains familiers. Lorsqu'il atteignit le haut des marches et commença à chercher ses clefs, la porte s'ouvrit sur Paola. Il ne put dissimuler sa joie en la voyant.

« Mauvaise journée ? demanda-t-elle.

— Comment as-tu deviné ?

— Je t'ai entendu monter. On aurait dit le pas d'un homme fatigué, alors j'ai pensé que ça te ferait peut-être du bien si j'ouvrais la porte et te disais que mon cœur est en joie de te voir ici.

254

— Tu sais, lâcha-t-il, tu as raison au sujet des nichons et des culs dans les magazines. »

Elle inclina la tête de côté et l'étudia un instant. « Entre, Guido. Je crois qu'un verre de vin ne te ferait pas de mal. »

Il sourit. « Quoi ? Je capitule sans condition sur un sujet de controverse qui dure depuis des années entre nous, et tout ce que tu as à m'offrir est un verre de vin ?

— Tu voudrais quoi, à la place ?

— Que penserais-tu de nichons et de cul ? » demanda-t-il, tendant une main avide vers elle.

Après le dîner, il l'entraîna dans son bureau. Il n'avait bu que peu de vin pendant le repas et ne désirait pas autre chose que s'asseoir, parler et écouter ce que Paola aurait à dire sur quelque chose qu'il ne savait même pas comment désigner : le « désastre Pedrolli » était ce qui s'en approchait peut-être le mieux.

« Le pharmacien de Campo Sant'Angelo ? » dit-elle lorsqu'il eut terminé son récit – espérant avoir présenté les faits dans l'ordre chronologique, mais craignant d'avoir fait un compte rendu plutôt chaotique et embrouillé.

Brunetti était assis à côté d'elle, bras croisés. « Tu le connais ? »

— Non, il n'est pas sur mon chemin. Sans compter que c'est une de ces places où l'on n'a pas envie de s'arrêter, pas vrai ? On la traverse pour aller à l'Accademia ou au Rialto ; je n'ai même jamais acheté un de ces tee-shirts en coton qu'ils vendent, tout à côté du pont. »

Brunetti fit appel à sa carte intérieure, se représentant tout d'abord le *campo* depuis le pied du pont, puis depuis la Calle della Mandola. Un restaurant où il n'avait jamais mangé, une galerie d'art, l'inévitable agent immobilier, le kiosque avec la publicité du chocolat Labrador.

Il fut tiré de ces considérations géographiques par Paola. « Tu penses qu'il l'a fait ? Qu'il a appelé les uns ou les autres pour leur parler de ses clients ?

— À une époque, je pensais qu'il y avait des limites à ce que les gens étaient capables de faire. Je ne le crois plus. Correctement stimulés, nous sommes tous capables de faire n'importe quoi. » Il écouta résonner en lui cette déclaration, se rendit compte à quel point elle était une réaction aux événements du jour, et ajouta rapidement : « Non, ce n'est pas vrai, n'est-ce pas ?

— J'espère que non, répondit Paola. Mais est-ce qu'ils ne prêtent pas plus ou moins serment et jurent de ne pas révéler certaines choses, comme les médecins ?

— Je crois, oui. Mais je suis certain qu'il est trop habile pour agir ouvertement ainsi. Il lui suffisait de décrocher son téléphone et de s'enquérir de la santé de quelqu'un : "Alors, Daniela est rentrée de l'hôpital ?" Ou bien : "Pouvez-vous dire à Egidio qu'il faut qu'il pense à faire renouveler son ordonnance" Et si quelque chose de honteux ou de gênant était révélé par son appel, eh bien, c'était à cause du fidèle pharmacien essayant d'être utile, se souciant du bien-être de ses patients, pas vrai ? »

Paola médita là-dessus un instant, puis se tourna vers lui et lui posa une main sur le bras. « Et on continuerait à penser de lui tout le bien du monde, n'est-ce pas ? Si on l'interroge, il pourra faire remarquer que ce n'était qu'un excès de zèle de sa part, et on pourra même le croire.

— Probablement.

— Le sale petit salopard.

— Ce que sont les moralistes, pour la plupart, dit Brunetti d'un ton fatigué.

— Ne peux-tu rien faire contre ça, ou contre lui ?

— J'ai bien peur que non. L'un des aspects les plus étranges de toute cette affaire est que, si sordide et répugnante qu'elle soit, le seul acte illégal de Franchi a été d'aller fouiller dans les dossiers médicaux ; et on peut être tranquille qu'il prétendra – le croyant lui-même – avoir réagi dans l'intérêt de ses clients. Et Marcolini... lui aussi faisait son devoir de bon citoyen, non ? Tout comme sa fille, j'imagine. » Brunetti réfléchit quelques instants à tous ces événements avant de reprendre : « Et quant à Pedrolli, la violence employée par les carabiniers ne sera même pas sanctionnée. Un juge avait signé un mandat d'arrestation en bonne et due forme. Ils ont sonné à la porte, mais les Pedrolli ne les ont pas entendus. Et Pedrolli a reconnu qu'il avait attaqué le carabinier le premier.

— Toutes ces souffrances inutiles », dit Paola.

Ils gardèrent le silence pendant un moment, côte à côte. Finalement, Brunetti se mit debout, retourna dans le séjour, prit les *Lettres de Russie* du marquis de Custine et revint avec dans le bureau de sa femme. Pendant sa courte absence, comme l'eau allant se répandre dans le point le plus bas, Paola s'était allongée sur le canapé avec un livre, mais une fois de plus elle releva les jambes pour lui faire de la place. «Tes Russes? » lui dit-elle.

Il s'assit à côté d'elle et reprit sa lecture là où il l'avait interrompue la veille. Paola étudia un moment son profil, puis glissa ses pieds sur les cuisses de Guido, sous le livre, et replongea dans le sien.

Le temps se dégrada le lendemain, tout d'abord par une baisse de température brutale, suivie d'une pluie diluvienne, ce qui eut pour effet de débarrasser les rues de Venise de sa crasse, puis des touristes et de les nettoyer de fond en comble. Quelques heures plus tard, les sirènes annonçaient la première *acqua alta* de la saison, aggravée par une puissante *bora* qui se levait, soufflant du nord-est.

Chapeauté, botté, engoncé dans un imperméable et tenant un parapluie, c'est un Brunetti de mauvaise humeur qui arriva à la questure, le lendemain matin, faisant sa tête des mauvais jours quand il s'arrêta dans l'entrée pour secouer son eau à la manière d'un chien. Il regarda autour de lui et constata que le sol était mouillé sur au moins un mètre dans toutes les directions. Le pas alourdi et peu désireux de parler à qui que ce soit, il se rendit directement dans son bureau. Il rangea le parapluie debout derrière la porte. Que l'eau coule comme elle voulait sur le plancher : personne ne la remarquerait, là-derrière. Il accrocha son imperméable au portemanteau, jeta son chapeau trempé sur une étagère vide et s'assit sur une des chaises des visiteurs pour retirer ses bottes. Le temps de se retrouver installé derrière son bureau, il était en sueur et de plus méchante humeur que jamais.

Le téléphone sonna. « *Sì,* dit-il avec un singulier manque de grâce.

— Dois-je raccrocher et vous rappeler quand vous aurez pris votre café ? demanda Bocchese.

— Ça n'y changerait rien, et je serai sûrement emporté par *l'acqua alta* avant d'avoir atteint le bar.

— C'est à ce point ? demanda le technicien. Je suis arrivé de bonne heure, et ce n'était pas encore trop mal, à ce moment-là.

— Le pic est en principe pour dans une heure, mais c'est déjà bien moche.

— Crois-tu que des touristes vont se noyer ?

— Ne me tente, pas, Bocchese. Tu sais que nous sommes sur écoute ; ce qu'on dit risque de remonter jusqu'aux responsables du tourisme. » Il se sentit soudain de meilleure humeur, peut-être à cause de ce que le bavardage de Bocchese avait d'inhabituel, ou peut-être à l'idée des touristes qui se noyaient. « Tu as quelque chose pour moi ?

— VIH, répondit Bocchese qui ajouta, le silence de Brunetti se prolongeant, si vous préférez, j'ai un échantillon de sang porteur du virus. Oui, pour être encore plus précis, j'ai eu les résultats du labo, finalement, et ils disent que l'échantillon que j'ai envoyé est séropositif. Groupe sanguin positif B, ce qui est relativement rare, et le VIH, qui ne l'est pas autant qu'on aimerait.

— Le sang prélevé dans la pharmacie ?

— Oui.

— L'as-tu dit à quelqu'un ?

— Non. Le courriel vient juste d'arriver. Pourquoi ?

— Pas de raison particulière. Je vais en parler à Vianello.

— Ce n'est pas son sang, n'est-ce pas ? » demanda Bocchese, gardant un ton neutre.

La question prit tellement Brunetti par surprise qu'il ne put s'empêcher d'aboyer : « Quoi ? »

Un long silence s'ensuivit à l'autre bout du fil après quoi un Bocchese au ton particulièrement retenu prit la parole : « Ça m'a échappé. Avec un échantillon, on ne sait jamais à qui appartient le sang.

— Alors dis-le comme ça ! répliqua Brunetti, criant toujours. Et ne refais jamais de blagues pareilles ! Elles ne sont pas drôles, ajouta-t-il, le ton encore rude et n'en revenant pas de la bouffée de colère qu'il avait éprouvée contre le technicien.

— Désolé, dit Bocchese. C'est une sorte de déformation professionnelle, je crois. Nous ne voyons que des morceaux de gens ou des échantillons de gens, si bien qu'on plaisante et qu'on finit par oublier qu'il s'agit de gens réels.

— Ça va, dit Brunetti, retrouvant peu à peu son calme. Je vais aller lui dire.

— Vous n'allez pas – commença le technicien, mais Brunetti lui coupa la parole.

— Je lui dirai simplement que les résultats sont arrivés... ne t'inquiète pas. C'est tout ce que je lui dirai, ajouta-t-il d'une voix apaisée. Nous allons vérifier s'ils ne correspondent pas au sang de quelqu'un que nous aurions dans nos archives. »

Bocchese le remercia et le salua, poliment, avant de raccrocher.

Brunetti descendit retrouver Vianello.

C'est en un rien de temps qu'ils trouvèrent l'échantillon correspondant dans les dossiers de Franchi et il ne leur fallut donner que quelques coups de téléphone pour avoir une idée du mobile. Piero Cogetto était avocat ; il venait de se séparer récemment de sa femme, elle aussi avocate, après sept ans de vie commune. Il n'avait aucune histoire d'usage de drogue et n'avait jamais été arrêté.

Une fois informé de ces détails, il suffit à Vianello de deux coups de téléphone supplémentaires pour trouver quelqu'un connaissant le fin mot de l'histoire : après avoir appris que Cogetto était séropositif, sa compagne l'avait quitté. Elle affirmait être partie à cause de l'infidélité de l'avocat, mais cette version avait été reçue avec un certain scepticisme de la part des personnes qui la connaissaient. La deuxième personne à qui Vianello avait parlé avait ajouté que la jeune femme avait toujours affirmé qu'elle avait appris la maladie de Cogetto par quelqu'un qui le lui avait dit par erreur.

Après avoir raconté tout cela à Brunetti et Pucetti, Vianello demanda : « Qu'est-ce qu'on fait, maintenant ?

— S'il est séropositif, il ne peut pas aller en prison, dit Brunetti. Mais au moins, on peut lui faire avouer l'effraction et le saccage de la pharmacie, ce qui nous permettra de clore le dossier pour vandalisme et de le ranger dans un coin. » Il se rendit alors compte qu'il parlait comme Patta et fut reconnaissant qu'aucun des deux autres ne lui en fasse la remarque.

« Tu crois qu'il va le reconnaître ? » demanda Vianello.

Brunetti haussa les épaules. « Pourquoi pas ? Les échantillons de sang correspondent, et un test ADN le confirmerait certainement. Mais il est avocat et il sait que nous ne pouvons rien lui faire, s'il est séropositif. » Il se sentit brusquement fatigué de tout ça et n'ayant qu'une envie, que tout soit terminé.

« Je comprendrais qu'il l'ait fait, dit Pucetti.

— Qui ne le comprendrait pas ? » convint Vianello. C'était reconnaître tacitement que le dottor Franchi avait bien mérité ce qui lui était arrivé. « J'irai lui parler si vous voulez, proposa l'inspecteur à Brunetti. Dès que l'eau aura redescendu. » Il se tourna vers Pucetti. « Pourquoi tu ne viendrais pas avec moi pour voir ce que ça donne, d'interroger quelqu'un qui sait qu'on ne peut pas l'arrêter ?

— C'est pas ça qui manque », rétorqua Pucetti, restant absolument impassible.

25

Il aimait ça, se trouver dans son labo, y travailler, élaborer des préparations qui aideraient les gens et leur rendraient la santé. Il aimait l'ordre, il aimait voir les pots et les fioles alignés comme il le voulait, prompts à obéir à sa volonté et suivant le système qu'il savait être le meilleur. Il aimait la sensation des boutons de sa blouse qu'il défaisait pour prendre, dans la poche de la montre de gousset de son gilet, la petite clef du cabinet. Il venait travailler tous les jours en costume, déposait son veston dans une housse sur un cintre, dans son bureau, mais gardait son gilet sous sa blouse blanche. Pas de chandail dans l'officine : sinon, comment les gens sauraient-ils qu'ils avaient affaire à un professionnel, un dottore, s'il ne se présentait pas de manière correcte ?

Les autres ne le faisaient pas. Franchi ne se sentait plus l'autorité de les obliger à se conformer à ses normes en manière de convenances, en ce qui concernait leurs tenues, mais il ne permettait toujours pas aux femmes de porter des jupes plus courtes que leur blouse, tout comme il interdisait le port du survêtement. En été, les sandales étaient tolérées, mais seulement pour les femmes. Un professionnel devait s'habiller comme un professionnel. Sinon, où irait-on ?

Il laissa ses doigts courir sur la chaîne d'or jusqu'à ce qu'il ait trouvé la clef ouvrant le cabinet des produits toxiques. Il s'accroupit et ouvrit la porte métallique, réconforté par le cliquetis de la clef dans la serrure : existait-il une seule autre pharmacie, dans tout Venise, où l'on prenait autant au sérieux ses responsabilités vis-à-vis des clients ? Il se souvenait d'avoir rendu visite, quelques années auparavant, à l'un de ses collègues, dans son officine, et d'avoir été invité à passer dans la salle des préparations. Il n'y avait personne à leur entrée et il avait vu la porte du cabinet ouverte, la clef encore sur la porte. Ce n'est que par un effort de volonté surhumain qu'il s'était retenu d'apporter un commentaire, retenu de faire remarquer les risques terribles d'une telle négligence. Car enfin, n'importe qui pouvait entrer ici, un enfant échappant à sa mère, un chapardeur, un drogué. N'importe qui, et Dieu sait ce qui pouvait arriver, alors. N'y avait-il pas un roman, ou un film, dans lequel une femme entre dans une pharmacie et ingurgite de l'arsenic laissé sans surveillance ? Ou un poison quelconque, il ne se souvenait plus lequel. Mais c'était une femme méchante, se rappelait-il, si bien que c'était peut-être justice.

Il retira la bouteille d'acide sulfurique, se releva et la posa soigneusement sur le comptoir, puis la fit glisser tout aussi soigneusement contre le mur, là où elle représentait le moins de danger. Il fit de même avec les autres bouteilles, les faisant ainsi glisser une à une de façon à les aligner les étiquettes devant, bien lisibles. Il y avait des contenants plus petits : pour l'arsenic, la nitroglycérine, la belladone, le chloroforme. Il répartit les fioles de part et d'autre de l'acide sulfurique, deux à droite et deux à gauche, laissant bien visibles les étiquettes à tête de mort et tibias. La porte du labo était fermée, comme toujours dans ces cas-là. Les autres savaient qu'ils devaient frapper et demander la permission d'entrer. Il aimait ça.

L'ordonnance était posée sur le comptoir. La signora Basso souffrait des mêmes problèmes gastriques depuis des années et c'était au moins la huitième fois qu'il lui faisait sa préparation ; il connaissait les proportions par cœur et n'avait pas vraiment besoin de l'ordonnance, mais un vrai professionnel ne joue pas avec ce genre de choses, en particulier dans un cas aussi sérieux. Oui, le dosage était le même :

l'acide chlorhydrique était toujours mélangé dans une proportion de un pour deux à de la pepsine, puis on devait ajouter vingt grammes de sucre et quarante grammes d'eau. Ce qui pouvait différer d'une ordonnance à une autre était le nombre de gouttes que prescrivait le médecin, à prendre après chaque repas, ce qui dépendait des examens subis par la signora. Il était responsable de la fiabilité et de la régularité de la préparation. Sinon, comment pourrait-il apporter les sucs gastriques manquants dans l'estomac de la signora Basso?

La pauvre femme souffrait depuis des années; d'après le dottor Prina, c'était fréquent dans sa famille. Elle était digne de toute sa sympathie et de son aide, la malheureuse, et pas seulement parce qu'elle fréquentait la même paroisse que lui – Santo Stefano – et était membre de la même société du rosaire que sa mère. Elle faisait son devoir et portait sa croix dans l'existence en silence; ce n'était pas comme Vittorio Priante, ce vrai goinfre. Le visage gras et les pieds plats, il n'avait qu'un seul sujet de conversation, la nourriture, la nourriture, la nourriture – ou sinon, il parlait vins et grappa, pour revenir bientôt à la nourriture. Ce n'est que parce qu'il mentait à son médecin sur ses symptômes qu'il pouvait se faire prescrire la solution acide qui l'aidait à digérer, ce qui faisait de lui un menteur en plus d'un goinfre.

Mais voilà, la profession exigeait des choses de ce genre de ceux qui lui étaient fidèles. Il aurait facilement pu modifier la préparation pour la rendre plus forte ou plus faible, sauf que du coup il aurait trahi le serment sacré qu'il avait prononcé. Peu importait que le signor Priante eût mérité un châtiment pour ses excès de table et ses mensonges, cela était dans les mains de Dieu, pas dans les siennes. De lui, tous les patients recevraient les soins qu'il avait juré de leur prodiguer; jamais il ne laisserait ses convictions personnelles affecter cela, en aucune manière. Ce serait manquer à ses obligations professionnelles, c'était impensable. Le signor Priante, cependant, ferait mieux d'imiter sa propre modération à table. Ce que lui avait appris sa mère : la modération en toutes choses. On était mardi, aujourd'hui, et il y aurait donc ce soir des gnocchis qu'elle aurait préparés de ses propres mains et du blanc de poulet grillé, puis une poire. Aucun excès, et un seul verre de vin, du blanc.

Si immoraux ou lascifs qu'eussent été les comportements de ses clients, jamais il ne songerait à laisser ses normes éthiques personnelles – ses normes en quelque domaine que ce fût – affecter son comportement professionnel. Même dans un cas comme celui de la signorina Adami, qui n'avait que quinze ans et avait déjà été traitée deux fois pour des maladies vénériennes : jamais il ne se permettrait de la traiter autrement qu'en restant fidèle à son serment. Ce serait, sinon, manquer à tous ses devoirs, ce serait pécher, et ces deux choses étaient anathèmes pour lui. Mais la mère de la jeune fille avait le droit de savoir dans quelle voie s'était engagée celle-ci et où cela risquait de la conduire. Une mère a le devoir de protéger la pureté de son enfant : jamais il n'avait douté de cette vérité. Il était donc de son devoir de veiller à ce que la signora Adami sache les dangers que courait son enfant : un devoir moral, nullement en contradiction avec ses obligations professionnelles.

Tiens, quelqu'un comme Gabetti, par exemple, qui jetait le discrédit sur toute la profession par son appât du gain. Comment avait-il pu faire une chose pareille, comment avait-il pu trahir son serment, profiter de la confiance que lui faisait tout le système médical pour mettre en place ces faux rendez-vous ? Et comme il était choquant que des médecins eussent fait partie d'un tel réseau de corruption. Le *Gazzettino* en avait fait un article en première page ce matin, avec une photo de la pharmacie de Gabetti. Qu'allaient penser les gens des pharmaciens, si l'un d'eux était capable d'une telle vilenie ? Et néanmoins, la loi serait une fois de plus bafouée. Gabetti était trop vieux pour aller en prison, et l'affaire finirait par être étouffée. Il aurait une amende ridicule, peut-être serait-il banni de la profession, mais il ne serait jamais puni, alors qu'un tel délit mérite d'être puni, comme la plupart des délits, d'ailleurs.

Il ouvrit l'un des placards vitrés du haut et en retira un mortier en céramique, celui de taille intermédiaire, celui qu'il utilisait toujours pour les préparations de 250 cm³. Sur une autre étagère, il prit une fiole de couleur brune vide et la posa sur le comptoir. D'un autre endroit, il retira des gants en plastique qu'il enfila, puis alla prendre la bouteille d'acide chlorhydrique. Il la posa aussi sur le comptoir, en face de lui, et retira le bouchon de verre qu'il déposa dans une coupelle en verre précisément destinée à le recevoir.

La chimie ne se fait pas au petit bonheur la chance, songea-t-il. Elle suit les lois établies par Dieu, car Dieu a établi des lois pour toute sa création. Appliquer ces lois était prendre part, dans une toute petite mesure, au pouvoir que Dieu exerce sur le monde. Ajouter les substances dans l'ordre prescrit – celui-ci en premier, celui-là en second –, c'était suivre les plans de Dieu, et donner ces substances à ses patients, c'était remplir son devoir, jouer son rôle dans ce vaste plan.

La seringue à usage unique était dans le tiroir du haut, dans son conditionnement en plastique transparent. Il déchira l'emballage, vérifia son fonctionnement en faisant refluer l'air pour voir si le piston coulissait convenablement. Il inséra l'aiguille dans la bouteille d'acide qu'il immobilisait de sa main gauche et fit lentement remonter le piston, penché sur la seringue pour suivre les graduations. Avec soin, il retira l'aiguille, l'essuya délicatement contre le flacon, puis la présenta au-dessus du mortier. Quinze gouttes, pas une de plus.

Il en était à onze quand il fut dérangé par un bruit, dans son dos. La porte? Mais qui se permettrait d'entrer sans avoir frappé avant? Il ne pouvait détourner les yeux de la pointe de la seringue, car s'il perdait le compte, il lui faudrait nettoyer le mortier et recommencer; et pas question de déverser cet acide, même à une dose aussi infime, dans les égouts de la ville. Tant de précaution pourrait prêter à rire, mais quinze gouttes d'acide chlorhydrique pouvaient avoir des conséquences néfastes dont on n'avait pas idée.

La porte se referma, plus tranquillement qu'elle ne s'était ouverte, au moment où la dernière goutte tombait dans le mortier. Il se tourna, et vit l'un de ses patients, bien qu'en réalité il s'agisse plutôt d'un collègue, n'est-ce pas ?

« Ah, dottor Pedrolli, dit-il, incapable de déguiser sa réaction. Je m'étonne de vous voir ici. » Ainsi formula-t-il sa remarque, soigneusement, pour ne pas offenser un médecin, un homme qui se trouvait un degré au-dessus de lui par sa formation et ses responsabilités. Et bien entendu, il l'avait vouvoyé, pour marquer le respect dans lequel il tenait toute la profession médicale, même si cela faisait des années qu'il le connaissait. En dehors du cadre de la pharmacie, il aurait peut-être aimé employer le tutoiement, pour montrer la proximité due à leur association professionnelle, mais tous les médecins qu'il connaissait continuaient à le vouvoyer, si bien que ce formalisme, au bout de toutes ces années, lui venait naturellement. Il le prenait comme un signe de respect pour lui et son statut, et il avait fini par en être fier. Il se débarrassa de ses gants en plastique et les déposa dans la corbeille à papier avant de tendre la main au médecin.

« Je voudrais vous parler, dottor Franchi », dit son visiteur d'une voix douce en lui serrant la main. L'homme paraissait agité, ce qui était inhabituel ; le dottor Pedrolli lui avait toujours paru quelqu'un de calme.

« Qui vous a laissé entrer ? » demanda Franchi, prenant toutefois garde de poser la question d'un ton aimable, qui ne trahissait que de la curiosité, pas de l'irritation. Seule une urgence médicale d'un genre ou d'un autre avait pu contraindre un membre de son personnel à passer outre à ses instructions.

« Votre collègue, le dottor Banfi. Je lui ai dit que je devais vous voir à propos d'un patient.

— Lequel ? » demanda le pharmacien, tout de suite inquiet que l'un de ses clients soit malade ou en péril. Il se mit à parcourir mentalement les noms des jeunes patients qu'il savait entre les mains du dottor Pedrolli ; il s'agissait peut-être d'un enfant atteint d'une maladie chronique et, en devinant de qui il s'agissait, il pourrait gagner de précieuses secondes pour préparer un traitement, pourrait se montrer utile.

« Mon fils », répondit Pedrolli.

Ça ne tenait pas debout. Il avait entendu parler, avec la plus grande stupéfaction, de la descente des carabiniers et de ce qui s'était passé au domicile du dottor Pedrolli. L'enfant ne pouvait certainement plus être considéré comme un de ses patients.

« Mais je croyais... » commenta Franchi, qui s'interrompit à l'idée que le petit garçon leur avait peut-être été restitué. « Est-ce qu'on vous l'a... ? » Il ne sut pas comment terminer sa phrase.

« Non », répondit Pedrolli de sa voix si curieusement douce. Cela semblait étrange, ici, dans cette petite pièce où les sons paraissaient d'ordinaire plus forts. « Non, il n'est pas revenu, continua le médecin, une expression de regret envahissant son visage. Et il ne reviendra pas.

— Alors j'ai bien peur de ne pas comprendre. » Prenant soudain conscience qu'il tenait la seringue à la main, il la posa sur le comptoir en évitant que sa pointe n'entre en contact avec la surface. Il vit Pedrolli qui l'observait, puis parcourait d'un œil professionnel les flacons rangés le long du mur. Le dottor Pedrolli était en quelque sorte un collègue et apprécierait certainement l'ordre rigoureux et impeccable qui régnait dans son laboratoire, reflet parlant de la rigueur et de la discipline de son travail ; reflet, en fait, de toute son existence.

« Je prépare un dosage de pepsine pour une patiente », expliqua-t-il en réponse à la question qui ne lui avait pas été posée, espérant que le dottor Pedrolli apprécierait le fait qu'il n'ait pas nommé la malade. Il eut un geste vers la rangée de bouteilles, le long du mur. « Je préfère sortir toutes les fioles du cabinet, par précaution, pour ne pas heurter celles placées devant en en prenant une derrière. » Un médecin ne pouvait qu'apprécier ce genre de prudence, il en était certain.

Pedrolli acquiesça, apparemment peu intéressé. « Je suis aussi un patient chez vous, n'est-ce pas ? demanda-t-il alors, à la surprise du pharmacien.

— Oui, bien sûr. » Il prit comme un compliment qu'un médecin, un collègue qui lui était hiérarchiquement supérieur, l'ait choisi comme pharmacien, même si c'était en réalité la femme du médecin qui venait dans son officine. Pour l'enfant aussi, bien sûr, mais plus maintenant.

« C'est pour cette raison que je suis venu, reprit le dottor Pedrolli, ce qui ne fit qu'augmenter la confusion de Franchi.

— Je ne comprends toujours pas. » La perte qu'il avait subie aurait-elle perturbé l'esprit de cet homme ? se demanda le pharmacien. Ah, le pauvre, mais c'était peut-être compréhensible, après ce qu'il avait vécu.

« Vous avez mon dossier, n'est-ce pas ? voulut savoir alors Pedrolli, surprenant une fois de plus Franchi.

— Oui, bien sûr, dottore. J'ai les dossiers de tous mes clients. » Il préférait y penser comme à ses patients, mais il savait qu'il devait en parler comme de ses clients, pour montrer qu'il connaissait sa place dans l'ordre des choses.

« Pouvez-vous me dire comment il se fait que vous l'ayez entre vos mains ?

— Entre mes mains ?

— Oui, mon dossier médical. »

N'avait-il pas dit simplement dossier ? Et non pas dossier médical ? Il n'avait pas dû comprendre. « Loin de moi l'idée de vous corriger, dottore, (ce qu'il faisait, néanmoins), mais je détiens votre dossier pour cette pharmacie, répondit-il en choisissant ses mots avec soin. Il ne conviendrait pas que j'aie votre dossier médical. » Ce qui était on ne peut plus vrai, et la réponse n'était donc pas un mensonge.

Pedrolli sourit, mais d'un sourire qui n'avait rien de rassurant. « J'ai bien peur que ce ne soit pas ce que j'ai entendu dire.

— De qui ? » demanda un Franchi indigné. Lui, un professionnel averti, un homme qui avait des avocats, des juges, des ingénieurs et des médecins parmi ses patients, devait-il être l'objet d'une telle accusation?

« De quelqu'un qui est au courant. »

Le visage du pharmacien s'empourpra. «Vous ne pouvez pas arriver ici pour lancer ce genre d'accusations! » Puis, se souvenant à qui il avait affaire, il ajouta d'un ton qu'il se força à rendre plus accommodant : « C'est tout à fait déplacé. Et injuste de surcroît. »

Pedrolli recula d'un demi-pas; curieusement, la distance parut augmenter la différence de taille entre les deux hommes et le médecin avait à présent l'air de dominer le pharmacien de toute sa hauteur. « Si vous avez envie de parler d'accusations déplacées et injustes, dottor Franchi, dit Pedrolli d'une voix raisonnable, une voix toute de patience, nous pourrions peut-être parler de Romina Salvi. »

Franchi prit le temps de préparer son expression et sa voix. « Romina Salvi? C'est une de mes clientes, mais je ne vois pas ce que vous voulez dire.

— Elle prenait du lithium depuis quelque chose comme six ans, je crois, expliqua Pedrolli avec un petit sourire, de ceux qui sont destinés à encourager la confiance d'un patient.

— Il faut que je consulte son dossier pour en être sûr, dit Franchi.

— Qu'elle prend du lithium, ou que cela fait six ans?

— Les deux.

— Je vois.

— Je ne comprends vraiment pas où vous voulez en venir, dottore, protesta Franchi. Et si vous n'y voyez pas d'inconvénient, je voudrais pouvoir retourner à mon travail. Je n'aime pas faire attendre mes clients.

— Elle devait épouser Gino Pivetti, l'un des techniciens du laboratoire, à l'hôpital. Mais mystérieusement, sa mère a appris l'histoire du lithium et de sa dépression, et elle l'a dit à son fils. Il l'ignorait : Romina ne lui en avait jamais parlé. Elle avait peur qu'il ne la quitte.

— Je ne vois pas en quoi cela me concerne », protesta Franchi. Il tendit la main vers une nouvelle paire de gants, avec l'espoir que son désir affiché de se remettre au travail allait impressionner le médecin et lui faire comprendre qu'il était inutile de poursuivre cette conversation, qu'il était temps pour lui de s'en aller. Mais le dottor Franchi ne pouvait tout de même pas demander carrément à un médecin de déguerpir, n'est-ce pas ?

« C'est ce qui s'est produit : il l'a quittée. Ainsi, il n'y aura pas d'enfants pour saboter les plans de perfection de Dieu par des manifestations bipolaires, comme c'est le cas pour leur mère. »

La politesse empêcha Franchi de répondre que c'était une très bonne chose : les créatures de Dieu devraient s'efforcer d'imiter ses innombrables perfections, au lieu de transmettre une maladie qui viciait les plans divins. Il déboucha une fiole vide et posa le bouchon à l'envers pour éliminer toute possibilité de contamination par un contact avec le comptoir, même si le risque était des plus minimes.

« J'ai réfléchi à tout cela depuis un certain temps, dottor Franchi, reprit Pedrolli d'un ton plus animé. Depuis le moment, pour être précis, où j'ai appris que mon dossier médical était ici et commencé à penser aux informations qu'il contenait. »

Espérant manifester qu'il était sur le point de perdre toute patience, le pharmacien rapprocha le mortier de lui de quelques centimètres, comme s'il allait procéder à l'élaboration de la préparation. « J'ai bien peur que rien de tout cela n'ait de sens pour moi, dottore. » Il tendit la main vers une étagère du cabinet pour y prendre la bouteille de pepsine, la solution de suspension qui constituait la partie suivante de la préparation. Il dévissa le bouchon et le plaça dans une coupelle en verre différente.

« Et Romina Salvi ? Quel sens cela avait-il que quelqu'un, sur un simple coup de téléphone, détruise sa vie ?

— Sa vie n'a pas été détruite », rétorqua Franchi sans chercher à cacher son exaspération, à présent. Il prit la seringue et la mit soigneusement à l'écart. « Ses fiançailles ont peut-être été rompues, mais sa vie n'en a pas été détruite pour autant.

— Ah, vous croyez? explosa Pedrolli, soudain en colère. Parce qu'il ne s'agit que d'émotions? Parce que personne n'est à l'hôpital, parce que personne n'est mort? »

Franchi en eut soudain assez, assez d'entendre parler d'émotions et de vies détruites. Une vie vécue dans l'ombre du Seigneur ne pouvait être détruite.

Il se tourna vers Pedrolli. « Je viens de vous dire il n'y a pas une minute, dottore, que je ne comprends même pas de quoi vous parlez. Ce que je comprends, c'est que la signorina Salvi souffre d'une maladie qui pourrait être transmise aux enfants qu'elle aurait, si bien qu'il vaut peut-être mieux que ses fiançailles aient été rompues.

— Avec votre aide, dottore?

— Pourquoi dites-vous ça? demanda Franchi avec ce qui était presque de l'indignation dans le ton.

— D'après la mère de Gino, quelqu'un lui a demandé si elle n'était pas inquiète à l'idée d'avoir des petits-enfants. Ils habitent Campo Manin, pas vrai? Cette pharmacie est donc la leur. Et où ailleurs aurait-elle pu entendre s'exprimer ce genre de préoccupations?

— Je ne colporte pas de ragots sur mes clients », déclara Franchi d'un ton sans réplique – comment aurait-il pu mentir?

Pedrolli le regarda longtemps, étudiant son visage, si longtemps, même, que Franchi, pour échapper à son regard, se remit au travail. Il prit une seringue neuve et déchira l'emballage d'un geste sec qui faisait écho à sa colère. Il testa l'instrument, puis l'inséra dans la petite fiole. Lentement, il commença à faire remonter le liquide.

« Ah, vous ne colportez jamais de ragots sur vos clients, hein? dit Pedrolli étonné d'avoir mis autant de temps à comprendre. Vous ne mentez pas, vous ne cancanez pas à propos de vos clients. Vous ne vous le permettriez pas, n'est-ce pas? »

Cela ne méritait même pas d'être commenté, mais Franchi jeta tout de même un regard de côté, juste le temps de dire (non sans dégoût devant la bêtise du médecin) : « Bien sûr que non.

— Cependant, vous seriez capable de donner un coup de téléphone si jamais vous jugiez qu'un de vos clients fait quelque chose d'immoral, pas vrai ? » Pedrolli avait parlé lentement, en détachant chaque mot. « Cela, vous le feriez vraiment, tout comme vous avez averti la mère de Gino. Vous ne diriez rien directement, pourtant. Sauf qu'après vous avoir entendu manifester vos inquiétudes et les raisons que vous avez d'en avoir, les gens comprennent de quoi il retourne, hein ? » Il se tut et étudia l'homme qu'il avait devant lui comme s'il le voyait pour la première fois depuis tout ce temps.

La main de Franchi changea de position sur la seringue, qu'il se mit à tenir comme si c'était la poignée d'un couteau. Il la brandit dans la direction générale du médecin, à bout de patience. À quoi rimait tout cela, et pourquoi le dottor Pedrolli avait-il autant de sollicitude pour cette femme ? Elle ne comptait certainement parmi ses patientes. « Bien sûr, je le ferais, dit-il finalement, la colère le forçant à parler. Ne croyez-vous pas que j'en aurais l'obligation morale ? Ne l'avons-nous pas tous, quand nous voyons le mal, le péché et que nous pouvons faire quelque chose pour l'empêcher ? »

Si le pharmacien lui avait porté un coup de sa seringue, Pedrolli n'aurait pas été davantage estomaqué. Il leva une main, paume tournée vers Franchi et, d'une voix contenue, demanda : « Seulement pour l'empêcher ? Et s'il est trop tard pour l'empêcher, pensez-vous qu'il est juste de le punir ?

— Bien entendu, répondit Franchi, comme si c'était la chose la plus évidente du monde. Les pécheurs doivent être punis. Le péché doit être châtié.

— Du moment que personne ne se retrouve à l'hôpital ou n'est mort ?

— Exactement, répondit le pharmacien à sa manière tatillonne habituelle. S'il ne s'agit que d'émotions, c'est sans importance. »

Il se remit à son travail. Calme, compétent, un modèle de professionnalisme.

Qui sait ce que vit Pedrolli à cet instant? Un petit garçon dans un pyjama avec des motifs de canard qui se touchait le bout du nez? Et qui sait ce qu'il entendit? Une petite voix disant papa? Ce qui compte est ce qu'il fit. Il s'avança vers le pharmacien et, d'une bourrade, le repoussa. Franchi, concentré sur sa seringue pour éviter de se blesser avec, se prit les pieds l'un dans l'autre et tomba sur un genou, poussant un soupir de soulagement d'avoir pu tenir la seringue à l'écart de son corps.

Il leva alors les yeux vers Pedrolli, mais ce qu'il vit fut la bouteille de verre que le médecin tenait à la main et qui se dirigeait vers lui, puis le liquide qui en jaillissait, puis sa propre main tendue. Ce furent ensuite les ténèbres et la douleur.

26

« Dottore, je crains que cet entretien ne doive être différent des précédents que nous avons eus.

— Je le comprends.

— La première fois que je vous ai parlé, j'étais venu à l'hôpital pour voir la victime d'une agression ; la deuxième, c'était pour vous poser des questions sur quelqu'un que je soupçonnais d'avoir commis un délit. Mais aujourd'hui je dois vous informer que vous êtes interrogé dans le cadre d'un crime qu'on vous accuse d'avoir commis, et que l'interrogatoire sera enregistré par vidéo. Mon collègue, l'inspecteur Vianello, est présent ici en tant qu'observateur, et on vous présentera un compte rendu écrit pour que vous le signiez... Avez-vous tout bien compris, dottore ?... il faut que vous parliez, dottore. Pour l'enregistrement.

— Oh, je suis désolé. Je crois que je ne faisais pas très attention.

— Voulez-vous que je répète ce que je viens de dire ?

— Non, ce n'est pas nécessaire. J'ai compris ce que vous avez dit.

— Avant de commencer, dottore, souhaitez-vous boire quelque chose ? Un verre d'eau ? Un café ?

— Non, merci.

— Si vous désirez fumer, il y a un cendrier.

— Merci, commissaire, mais je ne fume pas. Évidemment, si l'un ou l'autre d'entre vous...

— Merci, dottore. Pouvons-nous commencer?

— Bien sûr.

— Le seize dernier au matin, vous êtes-vous rendu à la pharmacie du dottor Mauro Franchi, Campo Sant'Angelo?

— Oui, en effet.

— Pouvez-vous me dire pour quelle raison vous y êtes allé?

— Je voulais parler au dottor Franchi.

— Était-ce pour des raisons médicales? Pour lui parler de l'un de vos patients, peut-être?

— Non. C'était pour un motif personnel.

— Voudriez-vous… je vous demande pardon, dottore?

— Je suppose que, d'une certaine manière, c'était pour lui parler d'un patient, mais pas un des miens; l'un de ses clients. Et pendant que j'étais sur place, nous avons également abordé le cas d'une femme qui était aussi sa cliente.

— Pouvez-vous nous donner l'identité de cette femme, dottore?

— J'aimerais autant pas. Elle n'a en fait rien à voir avec tout cela.

— Je préférerais en juger par moi-même si c'était possible, dottore.

— Je n'en doute pas, commissaire. Mais je crains bien que, dans le cas précis, je ne sois meilleur juge que vous. Et je maintiens que je préfère ne pas vous donner son nom.

— Voulez-vous au moins me dire, dans ce cas, pourquoi vous vouliez parler d'elle avec le dottor Franchi?

— Hmm… Je suppose que cela ne peut pas lui faire de mal. Je connais son fiancé – enfin, celui qui était son fiancé. C'est un de mes amis.

— Que pouvez-vous me dire d'autre d'elle?

— J'étais en train de réfléchir à la manière de présenter les choses… Ils étaient fiancés, donc, ces deux jeunes gens. Mais la mère de mon ami a appris que la jeune femme avait une maladie qui pouvait se transmettre à ses enfants. Ils voulaient en avoir, voyez-vous.

— Excusez-moi, dottore, mais je ne vois pas pour quelle raison vous vouliez parler d'eux au dottor Franchi.

— Oh, je ne vous l'ai pas dit? Désolé, désolé. Voyez-vous, ils habitent – je parle du jeune homme et de sa mère – très près du Campo Sant'Angelo.

— Et?

— Vous ne voyez pas, commissaire? Ne comprenez-vous pas ce qui est arrivé?

— Je crains bien de n'être là que pour poser des questions, pas pour fournir des réponses, dottore.

— On l'oublie facilement.

— Oui, je suppose.

— Où en étions-nous, commissaire?

— Vous me parliez de l'endroit où habitaient votre ami et sa mère.

— Ah, oui. Juste derrière le Campo Sant'Angelo. Si bien que le dottor Franchi était leur pharmacien. C'est le dottor Franchi qui a appris la maladie de la jeune femme à la mère de mon ami.

— En êtes-vous absolument certain, dottore?

— Non, pas de manière absolue. Mais durant ma conversation avec le dottor Franchi, celui-ci a déclaré qu'il avait le droit moral d'empêcher le mal et de contribuer à le punir. Et cela m'a conduit à en déduire qu'il avait effectivement parlé à la mère de mon ami, ou qu'il le lui avait fait comprendre, sachant ce que serait sa réaction.

— Vous a-t-il dit l'avoir fait, dottore?

— Non, pas directement. Il ne l'a pas dit. Mais quiconque ayant un peu de jugeote l'aurait conclu aux propos qu'il tenait. Ou aurait compris la signification sous-jacente de ses propos.

— Est-il correct d'affirmer que ce que vous a déclaré le dottor Franchi vous a conduit à croire qu'il avait révélé cette information à la mère de l'homme que la jeune femme devait épouser?

— Oui.

— Quelle a été alors votre réaction, dottore?

— Cela m'a mis en colère. La jeune femme a été... a été particulièrement mal, suite à la rupture avec son fiancé.

— Et le jeune homme?

— Ah, lui, c'est une autre histoire.

— Que voulez-vous dire?

— Il est déjà fiancé à une autre femme, et celle-ci est enceinte.

— Est-ce que l'autre femme, la première fiancée, est au courant?

— Je ne voudrais pas paraître impoli, commissaire, mais croyez-vous qu'il soit possible, dans cette ville, qu'elle ne le sache pas?

— Bien sûr. Je comprends ce que vous voulez dire. Et quelle a été la réaction de la jeune femme en apprenant cette nouvelle, dottore?

— Elle a été... encore plus mal.

— Rien d'autre?

— Je crois que c'est suffisant. Je préfère ne rien ajouter.

— Bien sûr, dottore. Vous avez dit que vous étiez venu discuter le cas d'un des patients, ou clients, du dottor Franchi. Pouvez-vous me dire qui est ce patient?

— Était.

— Pardon?

— Était son client, il ne l'est plus.

— A-t-il déménagé?

— En un sens, oui.

— Je crains de ne pas vous suivre, dottore.

— Il s'agit de mon fils, commissaire. Mon fils Alfredo. Ses médicaments venaient de la pharmacie du dottor Franchi. Mais il ne fait plus partie de ses patients puisqu'il n'habite plus avec moi.

— Je vois. Merci, dottore. Allez-vous me dire ce qui vous a poussé à aller parler de votre fils avec le dottor Franchi?

— J'ai peur que la réponse ne soit un peu compliquée, commissaire.

— Alors prenez tout le temps qu'il vous faudra.

— Oui. Oui. Merci. Je vais essayer. Je pourrais commencer en disant que je travaille à l'hôpital – l'Ospedale Civile – depuis neuf ans. En pédiatrie. Mais pourquoi je vous raconte ça? Vous le savez déjà. Deux fois, par le passé, c'est-à-dire avant cet incident avec la mère de mon ami, j'ai entendu des gens se plaindre du dottor Franchi. Ils disaient qu'il donnait à certaines personnes des informations qu'elles n'auraient pas dû avoir... plus exactement, quelles n'avaient aucun droit d'avoir. Des informations médicales, des choses qu'aurait apprises le dottor Franchi en tant que pharmacien : sur les maladies, les faiblesses et les tares des gens. En aucun cas, ces choses n'étaient dites clairement ou explicitement – et je dois dire, pour être entièrement honnête, qu'elles n'étaient jamais confirmées ; ces informations passaient pour avoir une source indirecte.

— Parlez-vous de chantage, dottor Pedrolli?

— Non, au nom du ciel! Rien de tel. Il n'aurait pas plus été capable de chantage que de saler une note à ses clients, le dottor Franchi. C'est un homme honnête, voyez-vous. Mais c'est justement son problème. Il décide de ce qui est bien ou mal, de ce qui est péché ou pas, et quand une personne fait quelque chose qui est un péché de son point de vue, il estime qu'elle doit en être punie. Non, commissaire, je ne parle pas de choses spécifiques, d'agissements connus et avérés de sa part : tout ce que je sais n'est fait que de rumeurs et d'allusions, de choses dites à demi-mot, comme les gens le font souvent. Cela tient davantage au fait que je sais quel genre d'hommes il est, quelle est sa manière de penser, les obligations qu'il s'imagine avoir – à savoir défendre la moralité publique. Comme je vous l'ai dit, j'en ai entendu parler en ce sens de lui par deux fois, mais toujours sous forme de vagues rumeurs, une histoire que quelqu'un avait entendu raconter par quelqu'un d'autre, rien qui ne puisse être prouvé. Ou rejeté. Si bien que lorsque j'ai appris que la mère de mon ami, qui doit être cliente à la pharmacie, avait eu vent d'une information médicale, il m'a paru évident que la source n'en pouvait être que le dottor Franchi.

— Avez-vous compris cela sur le moment?

— Quel moment?

— Au moment où la mère de votre ami a reçu cette information?

— Non, pas alors. Plus tard.

— Et quand?

— Bien plus tard. Quand j'ai commencé à réfléchir à certaines choses.

— Mais vous n'aviez aucune preuve? Avez-vous parlé avec la mère de votre ami?

— Non-non, rien de tel. Je n'avais aucune preuve. Sans compter, si je puis me permettre et sans vous offenser, commissaire, que la recherche de preuves relève davantage de vos responsabilités que des miennes. J'en étais sûr, et je suppose que cela revient au même.

— Ah.

— Vous n'êtes pas d'accord, commissaire?

— Ce n'est pas pour moi le lieu d'être d'accord ou pas, dottore. Mon rôle est de vous demander des explications.

— Je vois.

— Vous me parliez des raisons qui vous ont poussé à aller parler de votre fils au dottor Franchi.

— Oui, mon fils. Il serait absurde de m'entêter à prétendre qu'Alfredo était mon fils – mon fils biologique. Sa mère était une Albanaise que j'ai rencontrée à Cosenza.

— Rencontrée, dottore?

— Qu'on m'a présentée, si vous préférez. Une personne que je connaissais – je préférerais ne pas dire qui – savait qu'elle était enceinte mais qu'elle ne voulait pas garder le bébé. Il m'a présenté à cette femme et j'ai accepté ses conditions.

— Des conditions financières, dottore?

— Bien entendu. C'était la seule chose qui l'intéressait. Cela me chagrine de devoir l'admettre, commissaire, mais tout ce qu'elle voulait, c'était l'argent. Je crois qu'elle se fichait éperdument de l'enfant.

— C'est malheureux.

— Eh bien, elle a eu l'argent. Dix mille euros, et puisse cet argent lui être utile.

— C'est une attitude généreuse, dottore.

— Quels torts a-t-elle, en fin de compte? D'être née dans le mauvais pays. D'être venue dans un pays plus riche. De s'être retrouvée enceinte, de ne pas vouloir le bébé et de trouver quelqu'un qui le voulait? D'une certaine manière, elle a au moins le mérite d'avoir pris l'argent et de ne pas être revenue plus tard pour m'en demander davantage.

— Je ne suis toujours pas certain de bien comprendre pourquoi vous avez été en parler au dottor Franchi.

— Je vous en prie, commissaire. Vous n'avez pas besoin de faire semblant d'être idiot. Depuis que je suis entré dans cette pièce, tout tourne autour des raisons que j'ai eues d'aller voir le dottor Franchi. En fait, l'événement le plus important de ma vie, et sans aucun doute pour mon avenir, aura été cette raison pour laquelle je suis allé le voir.

— Vous affirmez, dottore, que la raison pour laquelle vous avez été voir le dottor Franchi est centrale. Voulez-vous me dire, dans ce cas, quelle est cette raison?

— À cause de quelque chose que vous m'avez dit.

— Je crains de ne pas comprendre.

— Vous m'avez dit qu'il avait mon dossier médical.

— Non, dottore, je vous ai demandé si les informations concernant toute ordonnance que vous auriez fait exécuter dans sa pharmacie se trouverait dans ce dossier.

— Mais vous avez parlé d'un usage délictueux de ces informations.

— Oui, en effet. Mais parce qu'à l'époque, comme je l'ai déjà dit, nous avions des raisons de penser que le dottor Franchi pouvait être impliqué dans une affaire de chantage.

— Cette hypothèse ne mérite même pas d'être prise en considération.

— J'ignorais alors que vous le connaissiez aussi bien.

— Assez bien, en tout cas, pour pouvoir affirmer ça.

— Et donc, vous êtes allé à la pharmacie pour lui parler de votre fils?

— C'est cela. Avez-vous vu mon dossier médical, commissaire?

— Oui, je l'ai vu.

— Puis-je vous demander où?

— Bien que ce soit moi qui pose les questions, je vais répondre à celle-ci. Sur l'ordinateur du dottor Franchi.

— C'est bien ce que je pensais. Dans ce cas, pourquoi m'avez vous dit qu'il ne l'avait pas?

— Ce n'est pas ce que je vous ai dit, dottore. Je vous ai demandé, la première fois que vous avez été en état de me parler, si certaines informations y figuraient. Je ne vous ai pas dit qu'il l'avait.

— Cependant, il l'avait?

— Il l'avait, mais si l'on exclut la possibilité du chantage, il ne s'en est pas servi.

— Il ne s'en est pas servi? Vous ne pouvez pas être bête à ce point, commissaire! Bien sûr qu'il l'a utilisé! C'était écrit dedans, noir sur blanc, et le premier crétin venu l'aurait compris : stérilité totale. Venise est une petite ville, commissaire, sans compter que le dottor Franchi et moi sommes en quelque sorte dans le même milieu.

— Je ne vous suis pas ici, dottore.

— Je veux dire qu'il avait certainement eu vent des rumeurs qui couraient à l'hôpital. Ne me dites pas que vous ne comprenez pas ça, commissaire. Il a dû entendre parler de ma prétendue liaison lors de la conférence médicale, et du fruit illicite – pour emprunter les termes probables dans lesquels il concevait la chose – de cette liaison. Il y en a qui ont dû ricaner quand j'ai ramené Alfredo à la maison, mais lui n'a pas fait ça : oh, non, le dottor Franchi a dû se contenter d'éprouver de la compassion pour le pauvre pécheur. Mais pensez au choc qui a dû être le sien lorsqu'il a vu mon dossier médical et compris que si j'avais été coupable de quelque chose, ce n'était pas d'adultère, mais que j'avais bafoué l'État par des faux en écriture! Un homme aussi soucieux de vivre rigoureusement dans les voies du Seigneur que le dottor Franchi ne pouvait voir là qu'un grand péché.

282

— Je crois que vous vous trompez, dottore.

— Que voulez-vous dire, que je me trompe? Il est comme ça, cet homme. Il adore imposer ses idées aux autres, il adore les voir punis pour leurs péchés. Regardez ce qu'il a fait à Romina : elle est devenue un zombie, on la voit sortir tous les jours du Palazzo Boldù bourrée de tranquillisants. Et tout cela parce qu'elle voulait se marier et avoir des enfants, et que le dottor Franchi a décidé que les personnes atteintes d'un syndrome bipolaire ne devaient pas se marier et avoir des enfants. Et je suppose qu'à ses yeux, les menteurs ne devraient pas avoir d'enfants non plus. Ce salopard est un vicieux qui hait la vie.

— Je vous en prie, dottore. Ces insultes ne vous rapporteront rien.

— Non, rien, je suppose. N'empêche que c'est une ordure et qu'il...

— Vous l'avez vu, dottore?

— Bien sûr que non. Je suis enfermé ici depuis que c'est arrivé, il me semble.

— En effet. Je l'ai vu, moi.

— Où?

— À l'hôpital.

— Et?

— Et il y est encore. Ils ne savent pas ce qu'ils doivent faire, pour le moment. Il faut attendre la guérison. Ils ont parlé de greffes de peau. Mais...

— Mais quoi?

— Mais ce n'est pas le principal problème.

— Et quel est ce principal problème?

— Ses yeux.

— Les deux?

— Il en a perdu un. L'autre, ils vont peut-être pouvoir le sauver, ou bien il faudra procéder à une transplantation. Et il y a ses mains.

— Oui, il a essayé de se protéger le visage.

— Un geste instinctif, sans doute. Les choses auraient pu être bien pires.

— Vous voulez dire, si je ne lui avais pas mis la tête dans l'évier et tourné le robinet?

— Oui.

— C'est la seule chose qui me soit venue à l'esprit : aussi instinctif que son geste pour se protéger la figure, j'imagine. C'est peut-être parce que je suis médecin. On réagit, un point c'est tout : on voit une personne blessée, on ne réfléchit pas, on réagit. On se souvient de ce pour quoi on a été formés pendant nos études et on le fait. Et je me suis rappelé, quand je l'ai vu, que la seule chose à faire était de l'inonder d'eau le plus rapidement possible et de laisser couler l'eau.

— Les médecins pensent que cela a joué. Les greffes seront plus faciles à faire.

— Je vois.

— Dottore, je crois que je vous dois une explication. Vous n'allez pas me croire, bien que ce que j'aie à vous dire soit la vérité, et quelle que soit votre envie de la récuser.

— À propos de Franchi?

— En un certain sens, oui.

— Quel sens?

— Ce n'est pas lui qui a appelé les carabiniers.

— Comment pouvez-vous dire une chose pareille? Qu'est-ce qui vous permet de l'affirmer?

— Ils ont reçu un appel anonyme. C'est la vérité. Mais il ne provenait pas du dottor Franchi.

— Je ne vous crois pas. L'Albanaise ne voulait pas l'enfant; de toute façon, elle aurait su où me trouver si elle avait voulu davantage d'argent. Elle n'a jamais cherché à me joindre, et elle n'avait donc aucune raison d'appeler les carabiniers. Sans compter que si elle l'avait fait, elle n'aurait pu avoir que des ennuis. Elle le savait parfaitement. Jamais elle ne les aurait appelés.

— Ce n'était pas la femme.

— Vous voyez? Je vous le disais.

— Oui, vous me le dites.

— Eh bien, qui c'était alors? Qui vous l'a dit?

— Je suis navré de devoir vous l'apprendre, dottore, mais c'était votre beau-père. Oui, c'est un choc, n'est-ce pas ? Mais je sais que c'est vrai pour la bonne raison qu'il me l'a déclaré en personne. Je lui ai parlé il y a quelques jours, et il me l'a dit. Et à la manière dont il me l'a dit, je pense que c'est la vérité.

— Giuliano ? *Oddio*, pourquoi aurait-il fait ça ? Pourquoi nous a-t-il fait enlever notre enfant ?

— Il n'y pensait peut-être pas comme à votre bébé.

— Que voulez-vous dire ?

— Il a peut-être trouvé difficile de voir dans cet enfant votre enfant et celui de votre femme.

— Commissaire, vous ne me dites pas la vérité, n'est-ce pas ? Ou vous ne me dites pas tout ce que vous savez. Si vous lui avez parlé et qu'il vous l'a avoué, il a dû vous dire pourquoi il l'avait fait. Il se vante de tout ce qu'il fait, alors il a dû aussi se vanter de ça. Sans compter que Bianca ne lui aurait jamais pardonné...

— Je crois que vous avez assez souffert comme ça, dottore.

— Je ne suis pas le seul à souffrir. Pourquoi ne pas me dire la dernière chose, commissaire, pour que nous puissions arrêter cette conversation ?

— Votre beau-père m'a dit que ce n'était pas son idée.

— Oh, non ! Vous ne pouvez pas me demander de croire une chose pareille ! Elle l'aimait. C'était son fils à tous égards, sauf par sa naissance. Elle l'aimait. Elle était sa mère. Elle le regardait grandir... Eh bien, commissaire, qu'est-ce que vous dites ? Voulez-vous toujours que je croie ce mensonge ?

— Je n'ai rien dit, dottore ; je n'ai ni menti ni porté d'accusation. Je n'ai même pas suggéré que c'était votre femme. C'est vous qui l'avez dit.

— Alors Franchi...

— Non, dottore. Il est possible qu'il ait parlé à la mère de votre ami et nous connaissons d'autres cas où il a fait savoir à certaines personnes ce qui se trouvait dans le dossier médical de quelqu'un que ces personnes connaissaient.

— Vous avez posé la question à Franchi?

— Je l'ai fait, mais il ne m'a pas répondu

— Comme moi, hein?

— Peut-être, plus ou moins. Car dans son cas, je crois qu'il ne pouvait pas.

— Pourquoi?

— Ses pansements. Sa bouche a été aussi gravement brûlée, d'après ce que m'ont dit les médecins.

— Mon Dieu, mon Dieu... Qu'est-ce qui va arriver?

— À qui?

— À lui.

— On doit attendre pour le savoir.

— Et à moi?

— Cela va dépendre de votre avocat.

— Je suis obligé d'en prendre un?

— Ce serait mieux.

— Mais est-ce que c'est obligatoire?

— Non. Vous avez le droit de vous défendre vous-même, si vous préférez. Mais ce ne serait pas un choix très judicieux.

— Je n'ai guère fait de choix judicieux, on dirait.

— Non, en effet.

— Je pense qu'il vaut mieux que je retourne d'où je viens, commissaire.

— Je ne comprends pas.

— Je ne pouvais pas parler, quand vous m'avez vu la première fois à l'hôpital, puis ma voix est revenue. Je ne faisais pas semblant, vous savez. Il a fallu quelques jours pour qu'elle revienne. Mais cette fois, je crois que je n'ai pas envie de parler parce que je n'ai plus rien à dire.

— Je ne comprends... Dottore? Je ne comprends vraiment pas. Dottor Pedrolli, vous m'écoutez? Dottore, vous m'entendez? Dottore? Très bien. Ouvre, Vianello. Nous allons ramener le dottor Pedrolli dans sa cellule. »

Photocomposition Asiatype

Impression réalisée par

BRODARD & TAUPIN

La Flèche

pour le compte des Éditions Calmann-Lévy
31, rue de Fleurus 75006 Paris
en mars 2010

N° d'éditeur : 14895/03
N° d'impression : 57142
Dépôt légal : mars 2010

Imprimé en France